推しが尊い
不憫で最強の推しをモブ以下令嬢の私がいつの間にか手懐けていました
前澤のーん
ill. チドリアシ

「俺たちだけの景色だ」
「まるで星に包まれているみたいです！」

不憫で最強の推しを
モブ以下令嬢の私が
……いつの間にか……
手懐けていました

前澤のーん

ill. チドリアシ

CONTENTS

第一章 ✦ 五つの魔力とオタクのお姫様

『本当にお前は無能だな』

私を揶揄《やゆ》するときに言われてきた言葉。

（悲しいってことはない。それは本当だから――）

どうにか赦《ゆる》してもらえるように手を伸ばしても、振り払われて冷たく見下ろされる。仕方ない。

だって私は……。

『我が家の汚点だ。お前は使えない』

そう、何をしても上手《うま》くいかなくて。

優秀な兄たちとは比べものにならないくらいに不出来なのだ。周りが言うとおり私は無能で――

……。

――……。

「気持ちが悪い！　お前は本当に無能なのだな!!」

――はっ!!

奥底に暗く沈んでいた意識が呼び起こされるように大きく響いた声。その声に顔を上げた。

（ここは……）

辺りを見回せば、刺繍《ししゅう》が入った豪華なドレスやコートを着た人々がこちらを見ている。それに見慣れない中世的なレンガ調の建物が並んでいた。

「聞いているのか!? ルルーシェ・エヴァンス!」

呆然《ぼうぜん》と口を開いて辺りを眺めていると、目の前で仁王立ちしていた男性が目を吊《つ》りあげて私を睨《にら》みつけている。

その男性の格好も中世の世界の服装だ。髪型は茶色のおかっぱ、顔は脂ぎったそばかす顔で。なんとまぁ、特徴的……いや、容姿は関係ないか。

「は……はぁ……聞いています……けど」

「けど!? 聞いているのなら早く返事をしないか!」

「あ、は……はい」

(それは分かってます。この男性はいつもすぐに返事をしないと怒るのも分かってるんです)

分かっているのだけれど……。それよりも頭が追いついていないのだ。

「まったく! 本当にお前は、五つの魔力の加護を受けたアクライト国の国民だとは思えない!」

「五つの魔力……アクライト……国……」

「なんだ!? さっきからボソボソとうるさいぞ!」

「あっ、すみません」

反射的に頭を下げると、少し気が落ち着いたのか「ふんっ」と聞き慣れた鼻息が頭上で吐かれた。

(やっぱり。やっぱりそうです)

私の額から滲《にじ》み出てくる玉のような汗。

――『お前は本当に無能なのだな』

このおかっぱ男性の先ほどの言葉で一気に呼び起こされた記憶。これは何度も言われてきたことだった。

私は日本の元財閥の名門一家の生まれだった。優秀な兄たちを持ち、いつも比べられてきた。私は何をしても兄のようにはなれず、それにかなりのドジという要素付き。

そんなこんなで両親や兄たちから冷たく見下され、もはや存在しないものとして扱われていた。

大学を卒業してから家のグループ会社に就職したけれど、そこでも『親の七光り』やら『兄と比べて不出来な妹』と陰口を叩《たた》かれ肩身の狭い思いをしてきた。

（途中から仕方ないと、諦めの境地に達していたんですけど……）

両親の冷たい視線に兄たちから振り払われた手、周りからの私を蔑む陰口。それは脳裏に焼き付いている。

けれど、そんな寂しい私にも趣味があった。

――『五つの魔力と幸せなお姫様』

紙が黒くよれよれになるほど読んだ愛読書。通称『五つ姫』。それは中世的な世界で魔法使いや王族、聖女が繰り広げる壮大な恋愛ストーリーでファンタジー要素も強く、私の辛《つら》い現実を忘れさせてくれた。

そんな小説の舞台となっている『アクライト国』。

先ほどのおかっぱ男性が言い放った国名と同じ名前だ。それに……。

(読み覚えがあります。掲げられた国旗に遠くの方に見える王宮……)

頭を下げながら、ちらりと目線だけ動かして辺りを確認する。小説内での説明文と酷似している風景、それと脳内にある『この世界の私』の記憶。そんな風景と記憶によって確信に変わっていく。

変に心臓が高鳴って、溢《あふ》れた汗の粒が頬を伝う。

(やっぱり……ここは……)

――――小説の世界だ!!

ポタリと汗が砂利の地面に落ちたのと同時に、頭を思いっきり上げた。

(そうです！　ここは私の大好きな小説の世界!!)

「な、なんでお前は目を輝かせている？」

私の抑えきれない感動におかっぱ頭の男性がさすがに困惑している。

「よくもこんなときに目を輝かせられるものだ！　無能のくせに」

(あー……はい、はい)

「申し訳ありません、ミッチェル様。私、お話ししてる暇はないんでした」

「は!?　暇!?」

「はいっ。やらなければならないことがたくさんありますから」

「な、何を言っている!?　この俺の話を遮って……」

「あぁ、すみません。伝わりにくかったですかね？　では、はっきりと申し上げますね？」

ドレスの裾を持ち上げて頭を下げたものの、全然引いてくれないおかっぱ男性にため息をついてから顔を上げる。にっこりと口角を上げて笑いかけたあと……。

「私はミッチェル様のような脂ぎった顔のきったない殿方と、お話ししている暇はないんです！」

――ズガーン!!

その瞬間、目の前のおかっぱ頭男性ならぬミッチェルに雷が落ちた幻覚が見えた。

（あれ？　とっても失礼でしたかね？　でもほんとに構ってる場合じゃないんですっ）

「では失礼しますねっ！」

（アディオス！　きったないモブキャラさん！）

心の中でテヘッと舌を出して敬礼してから放心状態のミッチェルに背を向けて走り出した。同じ伯爵位ということで昔から顔を合わせることが多く、ミッチェルの性格の悪さは重々に知っている。だから、いまさらかわいそうとはちっとも思わない。

鼻息荒く顔を赤らめながら走る私に周りの人たちが嫌そうに眉を歪《ゆが》めて道をあけていった。

――そんな光景も見慣れたものだ。

むしろ異常行動をしてもしなくても反応は変わらない。記憶をたどってみるけれど、私はどうやら小説の登場人物ではないみたいだ。ましてやモブでもない。もはやモブキャラ以下の存在だ。

（強いて言うなら『アクライト国に住まう貴族』と大まかにまとめられるものですかね？）

私、ルルーシェ・エヴァンスの立ち位置は伯爵家のご令嬢のようだ。

少しばかり買い物をしてから、道端でつかまえた馬車に乗る。窓の外を眺めると城下の街並みの中で人々が忙《せわ》しなく働いている。そこでは、手から小さな炎を出して蠟燭《ろうそく》をつけ鍋を温める者や手から水を出して水やりしている花屋の店主がいた。

「さすが『五つ姫』の舞台のアクライト国ですね。別名、五つの魔力の国と言われてるだけあります」

五つの魔力である水、風、炎、雷、木。国民たちはそれらに関連する能力のどれか一つを持ち、活用して暮らしている。神の力だとか言われているけど、実際の理由はよく分かっていない。

（まぁ、ファンタジー王道小説だから当たり前ですが）

ふっと息を吐いて窓から視線を戻した。転生前の記憶しかなければ、それがいきなり現実になったら簡単に飲み込めないことだろう。けれど、ありがたいことに私は『ルルーシェ・エヴァンス』として生きてきた記憶も残っているから、いまさら特段の驚きはない。

「すごい力だなぁとは思いますけど……」

逸《そ》らした視線を自分の手に移して、また深くため息をつく。

私の視界に入ったのは手に被《かぶ》せられた手袋。この手袋は特別な力が込められていて、加護の魔力を通さないものになっている。

（使うことができないうえに、他人の力を奪うなんて）

乾いた笑いすら出てきて、今度は自らの手からも視線を逸らした。

私は先日、二十歳を迎えたばかり。アクライト国では二十歳には婚約か結婚を済ませた女性が多いけれど、私はまったくご縁がなく独り身だ。それはもう本当に綺麗《きれい》な純潔。真っ白。

薄黄色の髪に丸い瞳。自分で言うのもなんだけど、容姿は悪くないと思う。転生前の記憶が戻ってもそう思うのだから、間違いはないのだと思う。貴族の生まれで、容姿も悪くない。それなのに結婚できていないのは……。

「あぁ、まさか小説の世界でも無能だなんて思いもしませんでした」

ゴトゴトと揺れる中でため息をついてしまう。ミッチェルが言っていたのも、あながち間違いではない。

この小説の中でも私は――――無能なのだ。

揶揄じゃなくて正真正銘の無能。プラスアルファ、無能が人の魔力まで奪うという汚点付き。

（あー……これなら、転生前のお兄様たちに無能だと言われてた理由の方がまだマシだったのかもしれませんね？）

アクライト国民であれば、必ず与えられるという魔力は私には与えられなかった。一般的に歳《とし》が十二を超えた頃から加護の魔力を使った魔法が使え始める。けれど私は十二を超えても一向に魔法を使うことはできなかった。それどころか……。

『魔力を奪われた！　こいつに吸収された！』

舞踏会のダンス練習のため、ミッチェルと嫌々ながらも手を取り合った。すると苦しそうに彼が悶《もだ》え始めたあと、そう言い放たれたのだ。最初こそはミッチェルのいつもの虚言癖かと思ったけれど、それは本当だったようで私の手に触れた人が次々に魔力不足で体調を崩していった。

魔法を使えないどころか他人に触れると魔力を奪ってしまう。加護の魔力にも限度があって、使うとスタミナ切れを起こすので、魔力を貯《た》める休息の時間も必要ということだ。それを使うことなく奪ってしまうのが私。どういう理由かは分からないけど。

そんなこんなで私は『力を奪う恐ろしい娘』という異名まで付けられてしまった。そのため魔力を遮断するための手袋を着けるのが必須となった。

先ほどのミッチェルは同じ伯爵位の生まれで、そんな私に昔から絡んできてはばかにしてくる。今日も城下街で買い物をしていると、めざとく私を見つけて、たくさんの使用人を引き連れながら絡んできた。社交界にも顔を出さず、平民のように暮らし、ひっそりと城下街で買い物をしているのに毎度私の行く先々に現れて絡んでくる。どうやって見つけてくるのだ。もはや謎。

「ん？……あの方はもしや私のことが好きなのでは？」

顎に手を当てて首を傾《かし》げる。ポツリと呟《つぶや》いてしまった自分の発言にぞっと寒気がして、気持ちの悪い想像を速攻でやめた。

前の記憶が戻って、小説の中に転生した事実を知った私にはあんなキモキャラとわちゃわちゃしている暇なんぞないのだ。時間は有限。大事に使わなければならない。

大切な愛《いと》しきものたちのために。お金と時間、それとたっぷりの愛を込めて。そう私は――。

「推し活しなきゃいけませんから!!」

◇　◇　◇

――――バァン！

馬車を降りてから我が家の扉を開ける。私が顔を赤らめて鼻息荒く屋敷に帰ってきたのに、使用人たちが何事かと驚いて固まっている。そんな使用人たちを無視して自分の部屋に向かった。

「やばいっ。こんなことがあるなんてっ……たまらない……たまらないですっ！」

手が……いや全身が震えている。震える指先で抱えていた紙袋から買ったものを取り出していく。テーブルに並べられた厚紙とペン、そして色とりどりの紙。

（丁寧に、壊れないように、そして一際目に入るように）

カッターやハサミ、ペンを駆使して手早く仕上げていく。

「あぁ、推しに捧《ささ》げる愛のボードとうちわ」

そうして出来上がったのは文字が書かれた特製うちわと特製ボード。ファン界隈《かいわい》では人気のあった私の手作りグッズ。ライブ会場では熱い視線を受けることも度々。『愛してる！』やら『あなたが一番！』『サランヘ……』あぁ、これは海外バージョンだった。無意味だ、訂正訂正っと。

（ふふふ……これを掲げて目に留めてもらえれば最高ですね）

美しく仕上がったグッズの数々にうっとりと息を吐く。そう、私は正真正銘のオタクなのだ。『五つ姫』は小説だったがゆえに二次元の領域なのかすら怪しかったのだが、挿絵は少しばかりあった。

小説の『五つ姫』の内容は第二王子であるヒーローと、異世界から召喚された聖女がヒロインの王道ラブファンタジー。心を通わせながら力を合わせて、第一王子をこらしめるといった話。

第一王子はこれまた嫌なやつで、王位継承権をめぐって、しゃれにならんことを度々起こす。そんな第一王子を、魔力を強める能力を持った聖女のヒロインと第二王子が倒すのだ。だから基本的にメインの二人の挿絵ばかり。表紙に描かれたのも二人しかいない。

「たしかに第二王子も聖女のヒロインちゃんも最高なんですけど……けどっ！」

私にはたまらなく性癖にぶっ刺さったキャラクターがいたのだ。

出来上がったうちわを高く掲げて眺める。ラメを散りばめた紙で作られた名前が窓から差し込む日差しでキラキラと反射している。

「リオンハルト様……」

うっとりと崇拝するように名前を呼ぶ。

リオンハルト・シュトレン様――第二王子直属の側近で筆頭魔法使い。

五つの魔力の加護を受けた国民の中でも、魔力の強弱はある。手からライターのような小さい炎を出すとか、バケツ一杯分くらいの水を出すとか、ほとんどの国民はそのくらいの魔法しか使えない。だが、ごく僅かに魔力が強いものがいる。魔力が強いものは『魔法使い』という役割を与えられ、王宮にある魔法塔で働くことができた。

そんな魔法使いの中で一番上に立つのが筆頭魔法使いだ。それがリオンハルト様。長く美しい黒髪に整った容姿……らしい。らしい、というのは、リオンハルト様は基本的に顔を黒のローブで隠しているからあまり容姿の描写がないのだ。

「その理由が美しすぎて女性が群がるのが鬱陶しいから、だなんて最高すぎませんか？」

ヒーローである第二王子のミライ殿下も美しい容姿だが、リオンハルト様も負けず劣らずらしい。

まぁ、女性向け小説だから当たり前か。第二王子をメインにしたいから、あまり作者が詳しい容姿を描かなかったというのもあり得る。

それに五つの魔力の加護をすべて受けて全魔法が使えるチート級サブキャラ。最年少の八歳で魔法使いとなり、歴代最強の魔法使いだという。歳は二十五で独身だ。その理由は幼い頃から魔力が強すぎるがゆえに周りから恐れられて、人間不信というか人に対してコミュ力が皆無になったとかなんとか。だから基本的に無表情。

そんなリオンハルト様がミライ殿下と聖女のヒロインだけには心を開いて、たまに登場しては二人を陰ながら手助けする。それに淡く聖女のヒロインに恋心を抱いていたが、その気持ちを隠して二人の幸せを願う――――いやいや、最高すぎるか？

「サブキャラにするのは惜しくないですか？　作者は本当に惜しいことしてますよね!?　それに好きな女性と別の男性がくっつくのを何も言わず、傍らで切なげに見つめるのがたまらなすぎます！　あー、幸せになってほしい！　お願いだから失恋を癒してくれる別の女キャラと幸せに過ごしてほしいです！」

なんてことを延々と夜中のファミレスで数少ない友達に語ったら、翌日以降連絡アプリの返事が返ってこなくなった。私も切ない。

そんなこんなで私の性癖どストライクのリオンハルト様は私の推しの一人である。ほかにも色々と囲っていたので忙しかった。雑食オタクあるある。

家族との幸せがなかった私にとって、推し活だけが心の支えだったのだ。

――――転生前の最後の記憶。それは私が二十三になった誕生日の日だった。ひとり寂しくコンビニで買ったケーキを真夜中の公園で食べていると、身代金狙いの何人かの男に誘拐された。

だが蓋を開けてみれば『そいつは好きにすればいい』なんて私の家族から返されるなんて誘拐犯たちも思ってもみなかったようだ。

『お前みたいな使えないやつは初めてだ！』

なんて誘拐犯さんにも言われて『本当にごめんなさい』と謝罪しながら心から申し訳なくなったのは私くらいだろう。なんやかんやで自暴自棄になってしまった誘拐犯さんたちが揉《も》め始めて、それをなだめようとした。

『殴り合いはだめですっ！　喧嘩《けんか》はやめ……うぎゃっ!?』

『『え?』』

別の誘拐犯に殴りかかろうとした誘拐犯を止めるために腕をつかもうとしたとき、足元にあった自分が買ったケーキのセロファンに気がつかずに踏んで足を滑らせた。つかもうとした手は宙を空振りして、なおかつその先は下に降りる階段。高台の公園で捕らえられたために、それはそれは長～い階段だった。

――――あっ、死んだ。これ。

スローモーションに見える光景。誘拐犯さんたちも階段の上から『うわ。ここまで使えなくてドジなやついるのか』的な目をしていた気がする。まぁ、あくまで気がするだけだけど。

（あぁ、もっと推し活したかったのに……リオンハルト様メインのスピンオフ……同人でもいいから読んでみたかった……）

――推しの幸せを見届けられないなんて!!

私の死よりも悲しすぎる。最期の最期までそんなことを悠長に考えていたら視界が真っ暗になった。

ちーん。

転生前の記憶はそこで終わっているから、私はお亡くなりになったのでしょう。ほんとになんてドジな終わり方なのでしょうか。そりゃあ家族から『無能』と言われ続けるわけだ。自分でもそう思ってしまう。

「いやいや、でもそれで『五つ姫』の世界に転生したんですから無能万歳ですわ!!」

残った紙で紙吹雪を作り自らの頭上に降らす。無能最高！　無能天才！

リオンハルト様の実写が、三次元で立体的なリオンハルト様がっ。小説の中に転生するなんて、こんな素晴らしいことはない。それに……。

――バァン！

ドタバタと足音が聞こえたと同時に部屋の扉が開かれて二人の男性が私の部屋になだれ込んできた。

「ルルっ！　大丈夫だったか!?　だからあれほど一人で出歩くなと言ったのにっ」

「今度あいつ見つけたら火あぶりにしてやろうか」

ぎゅうっと二人の男性に抱きしめられて苦しい。死ぬ。息できなくてまた死ぬ。必死にそう伝えるように手を動かすと、力を緩めてくれた。

「ぷはぁっ、だ、大丈夫ですっ。お兄様」

目の前にはルルーシェこと私と同じ薄黄色の髪をした男性二人。どちらも美しい容姿をしていて華やかだ。

「いや、だめだ!! あいつは魔法塔に連れていって制裁するぞ!」

「ライレルお兄様、あの……魔法塔でのお仕事は……」

「ルルがあのおかっぱ野郎に絡まれていると聞きつけて、抜け出してきたに決まってるだろう!! あいつを火あぶりにして息の根を止めるためにな!」

「あ、あはは……」

短髪でムキムキの筋肉質な体格の一番上のライレルお兄様。歳は二十五歳。エヴァンス伯爵家は代々、炎の魔力の加護を受けていて、とくにライレルお兄様はその魔力が強い。そのため魔法使いとして、いまは魔法塔で働いている。

「ライレル兄さん。それより貴族会議でやつの家を貶《おとし》めた方が早いんじゃない？ 家ごと潰して嫁の来手をなくした方が手っ取り早いよ」

「ゆ、ユラレルお兄様？ それも穏やかではないですよっ!?」

「ふふ、大丈夫、だいじょーぶ。種を根絶やしにして後世に血族を残さないようにするだけだから」

「あ、あはは……」

肩にかかるくらいの長さの髪を耳にかけながら、優雅に笑う二番目のユラレルお兄様。歳は二十三歳。頭がよく切れるためエヴァンス伯爵家の頭脳としてお父様と領地を管理している。

「ルルは俺が守るからな！」

「ルルは僕が守ってあげるねっ！」

なんてお兄様の生い立ちやらを改めて自分自身に説明していると、またぎゅうっと二人から抱きしめられた。

（あ、愛が重いです）

『無能』という意味では転生前も転生後も一緒なのだけれど――ここはまったく違う。なぜか私はエヴァンス伯爵家のお兄様たちから溺愛されているのだ。

昔から『魔力を奪う恐ろしい娘』と揶揄されていじめられてきたが、お兄様たちが激怒し、いじめてきた人たちにすぐに制裁を加えていた。

『力で操っているのかしら、恐ろしい』なんて別の意味で恐れられてしまったが。そういったことには察しの悪い兄たちは知らない。

（まぁ、ありがたいことには違いないのですけど）

そう。なんやかんやで、こんなにも家族から愛されたことはなかったので過剰な愛も幸せなのだ。

――温かい。幸せ。

「ありがとうございます。お兄様」

「「うぐぁ!?:」」

ふわりと頬を染めて笑うとお兄様たちが左胸を押さえて悶絶《もんぜつ》している。そんな二人の姿に救急車に乗せられる人の画像が思い浮かんでしまった。

そうして、ほわほわとお兄様たちとの触れ合いを楽しんでいれば、なにやら外が騒がしい。

(なんだろう?)

「そういえば、今日は月に一度の聖礼の儀だったね。ライレル兄さん、聖堂の警備は大丈夫だったの?」

「ああ。後輩にまかせてきたから大丈夫だ!」

「え～?　それは大丈夫なの?　まぁ、ライレル兄さんらしいけど」

私を抱きしめながら話しているお兄様たちの話に、はっと意識が引き戻される。

(聖礼の儀!　これはチャンスなのでは!?)

「お兄様っ!　私、聖礼の儀に行ってきます!!」

「え?　聖礼の儀?　いつも行かないのになん……って、ルル——!?」

抱きしめる四本の大きな腕から、足を曲げ床に膝をつけて一瞬で抜け出す。お兄様たちの驚いて呼び止める声を背に受けながら、先ほど作り上げたグッズ片手に部屋を飛び出した。

◇　◇　◇

（うぅ、久しぶりに来ましたがやっぱりすごい人です）

城下にある大聖堂の前まで行くと国民たちでごったがえしている。大きな門が開かれた大聖堂の中にある広場にもすでに人が溢れていて騒がしい。

「っく！　私としたことが出遅れました。もう少し早く記憶が戻っていれば、始発組並みの時間から待機していたのですが……」

ギリギリと悔しさを堪《こら》えながら人混みをかき分けて、なんとか真ん中の方へ進むことはできた。だが、これ以上は無理そうだ。

『聖礼の儀』とは月に一度ある儀式で、国民と王族が顔を合わせることができる唯一の機会。与えられた魔力に感謝を込めて聖堂で祈禱《きとう》する。高く大きな聖堂の上階にあるテラスから国王陛下、第一王子、第二王子のどなたかが現れて国民たちと一緒に祈禱をするので、その姿見たさに集まる国民も多い。

（今日は第二王子のミライ殿下だから、なおのこと人が多いんですね）

周りを見回せば若い女性が多い。なんとまぁ、これは絶好のタイミング。

「今日がミライ殿下ならきっとそばにおられるはず……」

顎に手を当てて、ぽつりと呟いたとき『きゃあああ！』と一際大きな歓声があがった。主に女性の黄色の声。もちろんその視線の先には……。

（おぉ、さすがヒーローなだけありますねぇ。綺麗なお顔をしていらっしゃいます）

大聖堂の上階のテラスから現れる男性。皇族の厳格な服を身にまとい、ふわふわとした銀髪を揺らして手を振りながら微笑《ほほえ》んでいる。少しだけ垂れ目の碧眼《へきがん》の優しそうな瞳に整った顔立ち。周りの女性たちが頬を染めて、うっとりとする気持ちが理解できる。

『魔力を奪う恐ろしい娘』と言われていたため、私は社交界には顔を出していなかった。そのため第二王子であるミライ殿下のお顔は初めて拝見した。

「でも私は……」

――――バッ！

持っていた鞄《かばん》の中から作り上げたオタグッズであるボードとうちわを取り出す。後ろの方に迷惑にならない程度に掲げて主張した。その目的はもちろん……。

(ぎゃああああああ!! 存在してるっ、リオンハルト様が存在している――――!!)

ミライ殿下の後ろから現れたのは美しい装飾がされた黒のローブを着てフードを頭に被る愛しき推し。

「こ、ここここ腰が砕けますっ。いや、ここで腰が砕けたら美しいお姿が見られなくなります！　一秒、コンマ一秒も見逃してはなりません！」

ガッと目を開いてそのお姿を焼き付ける。顔はやはりローブで隠されていて見られないが、そこに存在しているということで腰砕けものだ。

はぁはぁと息を漏らしながら『リオンハルト様、愛してる！』と書かれたボードを掲げる私に、周りの女性陣が少し異質なものを見るように困惑している。

「す、すごいわ。愛を伝えるのにあんなものが……」

「でもリオンハルト様？　ミライ殿下じゃなくて？」

（ふふ。皆様はミライ殿下推しでしょうけど、私はリオンハルト様一強ですから！　リオンハルト様強火ファンですから！）

リオンハルト様はずいぶん前から素顔を隠していて、なおかつ魔力の強さから女性から忌避されている。本当はめちゃくちゃ美しいお顔をされている……はずなのに。それにめちゃくちゃ優しい……はずなのに。とにかくもったいない！

同担拒否ではないので、いくらでも推しの良さを教えますよと晴れ晴れしい笑みを浮かべると『愛が強いわ』『すごい、かっこいい』なんて感服された。って、オタ仲間作りに来たのではなかった。ボードを掲げてアピールする。厳格で静かな祈禱の時間まではあと数分はあるはずだ。

（あっ！）

そのときミライ殿下がお美しい碧眼を少し開いてこちらを見た。驚いたように私を見ているから、こんなボードとうちわを掲げている女なんて初めて見たに違いない。むしろ初めてじゃないわけないか。

しばらくしてから可笑《おか》しそうに笑ったのに『ぎゃあああああ!!』『ミライ殿下がこっち見た――!!』と周りの女性たちが手を取り合って歓喜している。分かる。推しがこっち見たらそうなる。うん、他推しだけど最高。

うんうんと頷《うなず》いていれば、ミライ殿下が後ろを少しだけ振り返ってリオンハルト様に目配せをする。からかうように笑って私の方を指さすと、リオンハルト様が僅かに顔を動かした。

（こ、これは……）

「ぎゃあああああ!!　リオンハルト様がこっち見た――――!!」

すぐに私もさっきの周りの女性たちと同じ状況。この周りだけファンサがすごすぎて阿鼻《あび》叫喚《きょうかん》の空間と化している。羨ましそうに遠くの女性たちが唇を噛《か》み締めている。

（お顔は見られないけど！　私を見ているのは分かります、これは間違いないです！）

『リオンハルト様、愛してる！』と書かれたボードを掲げると、リオンハルト様の身体《からだ》がカチンッと固まった。けれど、すぐに顔を背けてそっぽを向いてしまう。

たまらない。コミュ障、塩対応たまらない。それもご褒美だ。というか見てもらえただけで最高なのだ。こうしてミライ殿下がまた可笑しそうに笑って私に手を振ったあと祈禱の時間が始まった。

「はぁ……はぁ……やばい……あなたのおかげですごい一日になったわ」

「ほんとにありがとう。ミライ殿下の笑顔、脳裏に焼き付けたい。あぁ、たまらない」

「感謝するわ。リオンハルト様好きのお方」

（幸せは他推しの方とも共有しなきゃですよね）

祈禱しつつも多く感謝を告げられたので、鼻血を押さえつつグッと親指を立ててドヤ顔する。すると周りの女性たちも鼻血を押さえながらグッと親指を立てた。

「リオンハルト様が存在していた……幸せ……後ろ姿もお美しいです……なむなむ」

祈禱中もチラチラとリオンハルト様のお姿を見ていたが、その後は頑《かたく》なに私の方に背を向けていたのもたまらなかった。むしろ３６０度お姿を見られたので、ありがたい。

こっち
むいて！

（また愛をお伝えしなきゃ!!）

そう心に誓って初対面を終えたのだった――……。

その後、聖礼の儀は交代制なはずなのにミライ殿下がよく参加されるようになられた。その度にまた新たなグッズを作って掲げる私を楽しそうに笑って眺めているので、おそらくミライ殿下が聖礼の儀に自ら進んで出ているのかもしれない。

からかうようにリオンハルト様に目配せする姿をお見かけするので、やはり楽しんでいるに違いない。それに私のグッズ作りを女性たちが真似《まね》して、同じように作って持ち込み始めたから、もはや聖堂はライブ会場と化していた。

『師匠！　今日のうちわも素敵です！』

『どうやってお作りになられたのですか？』

『真似してもよろしいですか!?』

なんてライブ終わ……いや、儀式終わりに声をかけられることもたびたび。

私が『魔力を奪うエヴァンス伯爵家の令嬢』だと知られていたはずだが、ここの世界のオタク同士でも身分や素性はあまり関係ないようだ。推しの気持ちを共有できれば、それでいいとの考え。

それはありがたい。男性は近づかずに遠くに離れていったけど。

ということでミライ殿下推しの女性ファンたちから、私はちょっとした有名人となった。

（さてさて、今日も推しへの愛を伝え……）

「ぎゃっ!?」

――ボッ!!

祈禱が始まる前の時間。『リオンハルト様、お顔を見せて!』というボードを掲げようとすると、炎が灯《とも》って一瞬でボードが灰となる。これは……。

「さすがリオンハルト様……塩対応……」

私に背を向けて、開いた手だけをこちらに向けるリオンハルト様の姿。数ヶ月は無視を続けていたリオンハルト様だが、最近はこういった妨害をするようになってきた。

嫌ならやめようかと考えることがあったが、ミライ殿下がその度に『気にしないで。続けて』と伝えるように笑うから公式公認《許された》ということで私も甘えさせてもらうことにしたのだ。ていうか絶対ミライ殿下めちゃくちゃ愉《たの》しんでいる。

(ふふ……私はこれくらいではへこたれませんよ! オタクを舐《な》めないでください!)

こうして諦めまいと今日も鞄から別のボードとうちわを取り出して掲げる。

『こっち見て!! お顔見せて!』

――ボッ!

『愛してます!』

――ボッ!

『リオンハルト様、大好き!!』

――ボッ!!

私の周りの地面に散らばっていく黒の灰。ミライ殿下推しの女性たちがかわいそうなものを見るように眉を下げた。たらりと汗を流しながら、ファンサゼロ、愛嬌《あいきょう》ゼロ、超塩対応の推しを眺める。

（おふ。さ、さすがリオンハルト様。一筋縄ではいきませんね。でも……）

「このくらいでは私の推しへの愛はなくなりませんからね！」

そう宣言してボードを掲げるとまた一瞬で燃やされたが、周りの女性たちは逆に『ファンの鑑《かがみ》だわ！』なんて拍手をして感動していた。

第二章　謎の美少年との出会い……………………

「お嬢様、いつもの商会が今回は都合が合わないそうで……」

「あっ、大丈夫ですよ。すでに別の商会の手配をこちらでしておきましたから」

「ルルーシェ様、計算がどうしても合わなくて……」

「見せてもらってもいいですか？　あぁ……なるほど。大丈夫です。すぐこちらで直しますね」

エヴァンス伯爵邸の執務室で何人もの使用人と執事に声をかけられる。テキパキといつも通り業務をこなしていると……。

「ルル〜、さっすが僕の妹！　事務処理が早いね！」

「わぁ！　お、お兄様、いきなり抱きつかないでくださいっ」

ユラレルお兄様に後ろから抱きつかれて、持っていた分厚い帳簿を落としそうになった。

「ふふっ、僕もお父様も貴族の外仕事で忙しいから、こういったことをルルに頼めるのは助かるよ」

「そうですか？　お金や予定管理などの事務処理は嫌いじゃないので、気にしないでください」

にっこりと笑って拳をつくると、お兄様に「僕の妹、超優秀ー!!」とさらに強く抱きしめられてしまった。

（オタクたるもの財政、スケジュール管理はしっかりしないとダメですからね）

そう私は財政管理や雑務などが得意だった。オタクであるがゆえに毎日の出費はばかにならない。そのため、ちゃんとしたスケジュールと金銭の管理は必須なのだ。

転生前に嫌というほどおこなっていたためか、ルルーシェとしての私もそういった面は得意だった。

(転生前は好きなことをさせてもらえなかったので、ここでの仕事はありがたいです)

両親に言われるがままの学校、仕事。転生前の私は何一つ選ぶ権利がなかった。それに『親のコネがあるといいよな』と嫌がらせばかり周りから受けていたため、私の自由にできなかった。だからいま色々な事務処理を信頼され任されているのは、とてもありがたく幸せだ。

「あっ！　そうだ、ユラレルお兄様。少しお願いがあって……」

「ん？　ルルのお願いならなんでも聞いてあげるよ」

「ありがとうございますっ。では、こちらの筒に炎の魔力を込めてもらってもいいですか？」

「え？　筒？　それはいいんだけど……」

ポケットから透明のガラスでできた長細い筒を取り出して、その中にユラレルお兄様の炎の魔力を込めてもらう。すると筒が明るく照らされて光を放った。

(おぉ～、ペンラができた！　今日はこれで注目してもらおう!!)

「ルル……まさかそれはまた今日の儀式に持っていくの？」

「ええ、もちろんです！　それよりお兄様っ、ライレルお兄様にリオンハルト様へのお手紙を届けてもらうことは、どうしてもできないのですか？」

「うーん。ライレル兄さんは筆頭魔法使いと会えるほどの立場ではないからねぇ」

ライレルお兄様は魔法使いのため伯爵邸ではなく魔法塔にある宿舎で暮らしている。そのためリオンハルト様と一番近い距離のはずだけれど……。

（魔法塔で暮らしていても、やっぱり会えないのでしょうか）

手紙をお願いしても、いまのように断られ続けている。ペンラと手紙を両手に項垂《うなだ》れていると、ユラレルお兄様にため息をつかれてしまった。「ほんとはあいつの右腕らしいんだけど……」なんて呟《つぶや》かれたあと抱きしめられる。

「ユラレルお兄様？　それはどういうこと……」

「ん〜。僕もライレル兄さんも、ルルが変な虫に夢中になってるのが許せないってこと」

「え？　私は虫ではなくて、リオンハルト様に夢中になってるだけですよ？」

「はぁ〜。だからそれが嫌なんだって」

むぅと眉を寄せて怒りながらも、さらに強く抱きしめてくる。ユラレルお兄様に困惑した視線を送ると「ふんっ」と拗《す》ねたように私から視線を逸《そ》らしてしまった。

「ユラレルお兄様？」

「僕も兄さんもルルがあんな筆頭魔法使いに夢中なのが許せないのさ」

「え？　ええ？」

「この優しいルルが、あの恐ろしいリオンハルトなんかに毎月毎月健気《けなげ》に会いにいく必要なんてないってこと！　分かる？」

「リオンハルト様は恐ろしくないですよ、すごい人です」

「たしかに筆頭魔法使いで魔力は桁違いに強いけど、けーどっ！　ルルが夢中になる必要はないでしょ？」

「え？　えーっと……」

「ルル……」

少しだけ身体《からだ》を離されると、私の髪を掬《すく》ってユラレルお兄様が悲しそうに眉を歪《ゆが》める。

「ルルはあいつのことが好きなの？　お兄ちゃんたちのことなんてどうでもいいの？」

（ぐほぁ!?）

「もちろんお兄様たちのことは大好きですわ！」

そう伝えると、ぱぁっと嬉《うれ》しそうに目を輝かせるユラレルお兄様。可愛《かわい》らしくて、これまたたまらない。

「それにリオンハルト様のことは好きですが、あくまで推しというだけであって」

「オシ？」

「幸せになってほしいだけなんです。好きな方と結ばれなくても、きっと別の方が幸せにしてくれますよって伝えたいんです」

――あなたはそれだけ素敵な人。

そう伝えたい。リオンハルト様の心の傷は小説の中でも感じ取れた。由緒正しい侯爵家の生まれだが、魔力を持ちすぎて周囲の人たちから恐れられてきて、血の繋《つな》がった両親や姉からも邪険に扱われていた。

そのため人に対して不信感を強く抱いていること。だからこそ、その心の傷が癒されて別の女性と結ばれてほしい。それが私の求める結末だった。

「うん！　なので今日もそれをリオンハルト様に伝えてきますねっ！」

「ちょっ、ルルっ！　まだ話は終わってな……ルル!!」

ユラレルお兄様の呼び止める声をまた無視してグッズを手に取って屋敷を出る。意気揚々と大股で大聖堂に向かった。

（あぁ、好きなヒロインちゃんと別の男性の幸せを願えるほど素敵な人はいないです！）

「だから聖女のヒロインちゃんが好きでも、これからは傷を癒してくれる人ができて……そうなるためにも人に不信感をなくしてもらって……って、ん？」

そのときピタリと止まった私の足。

（ちょっと待ってください）

私の髪を揺らしてふわりと吹く風、それは少し肌寒い。いまは夏が終わり肌寒くなってきた頃だ。

「おかしい……」

手を顎にあてて首を傾《かし》げる。

――そうおかしいのだ。三次元のリオンハルト様に会えた興奮で数ヶ月忘れてしまっていたが、ここは『五つの魔力と幸せなお姫様』の小説の中。ということは聖女のヒロインもいるはずで。

でも……。

（聖女のヒロインちゃんが現れてない！）

という明らかにおかしいこと。

「小説では夏終わりには聖女が現れていたはずなのに。それに聖礼の儀で異世界から来られた聖女としてお披露目もされていたはずなのに、まったくその気配がないです」

早口で一人で自問自答し始めた私を周りにいた人たちが訝《いぶか》しげに避《よ》けて歩いていく。でも私はそれどころではない。肝心の小説のストーリーが変わっているかもしれないという事実に額から汗が流れた。

（私はモブキャラ以下ですし、ただリオンハルト様に遠くから愛を伝えていただけだから物語に影響はないはず……）

――そうだとしたら、なぜ？

考えれば考えるほど謎が深まっていく。

「と、とにかく聖礼の儀に行かなければ……」

（今日、もしかしたらお披露目があるのかもしれないですよね？　私の記憶違いかもしれませんし）

そう信じたいがために、いつも通りグッズを持って足早に大聖堂に向かう。もし改編しているのなら、それなら……。

「あの悲しそうに笑う飛びっきりに美しいリオンハルト様が見られないなんて！」

小説最後にある結ばれたあとのヒーローとヒロインちゃんの結婚パレード。そのときの失恋した傷心リオンハルト様の美しい描写たるや。それを生で見られたら絶対に失神ものに違いない。理由はどうあれ、そのお姿が見られないのは辛《つら》い。辛すぎる。

（それにリオンハルト様の失恋を別の女性キャラが癒して結ばれるのが私の最大の希望エンドなのに！　それを傍らで少しだけ拝見させてもらえたらと願っていたのに!!）

第一王子のアレン殿下を制裁できないかもとか、ざまぁ展開が危ういとか。そんなことより、何よりもリオンハルト様の失恋癒しルートが大ピンチということが私にとって一大事なのだ。

あくまでリオンハルト様一強のオタクだから、焦る理由がこんなことなのは許してほしい。

◇◇◇

「えっ！　今日の儀式は中止？」

そうして大聖堂についたとき、ミライ殿下ファンのオタク仲間であるルーデン伯爵家令嬢のベルにそう伝えられた。

「うぅ、はい。理由は分からないのですが、先ほど急に中止を伝えられまして……」

「げ、元気を出してくださいっ！　来月もありますから」

「はい、師匠〜……」

カールのかかる茶色の髪を揺らしてベルが私に抱きついた。小柄な彼女の頭を撫《な》でて慰めてあげると『せっかく師匠にうちわ作りを教えてもらって作ったのに』なんて悲しそうに首を垂らしながら、ほかのオタク仲間の女の子たちと一緒に帰っていった。

（聖礼の儀がなくなるなんて……こんなこと初めてです）

また深く首を傾げて、落胆する国民たちと同じように聖堂をあとにする。ルルーシェとして生きてきた記憶の中で聖礼の儀が中止になることは一度もなかった。

魔力の加護を信仰しているアクライト国にとって感謝と祈りを捧《ささ》げる聖礼の儀はそれほど重要な儀式なのだ。なんだか不穏な空気を感じつつ、屋敷に戻るために足を進めたとき……。

――――ぎゅむっ!!

（――――ん?）

柔らかな何かを足で踏んづけた気がする。転生前にドジであるがゆえによく踏むことがあった懐かしのものを思い出した。

これはまさか、うん……いやいや、汚い。よからぬことを想像するのはやめよう。ひと呼吸おいてから、恐る恐る下を見る。

「え？　これは……」

持ち上げた足の下には黒い布きれ。小さい何かを包んでいるのか丸く膨らんでいた。ここは路地裏だから布に包んだゴミを誰かが捨てたのかもしれない。

「はぁ……うんちはトイレに、ゴミはゴミ箱に捨てなきゃだめ……」

ため息をついて布に包まれたゴミを捨てようと手を伸ばす。その布をつかんでみると柔らかな人間の肌が隙間から見えたのに、手が固まった。

（え？）

ゆっくりとそのまま布を少しだけ横にずらすと……。

「ぎゃあああ!?　うんちでもゴミでもなくて人間――――!?」

そこには十歳くらいの黒髪の子供が包まれていた。

「どどどどうして子供が!?」

薄暗い路地裏で大パニック。ドジゆえにあらゆるものを踏みつけてきたけれど、子供はさすがに初めて。

「ちょ、ちょっと、君！　大丈夫ですか!?」

顔や服が薄汚れて、ところどころけがもしている。血を流して倒れている子供に声をかけたけれど反応がない。

（死んでる――――!?）

慌てて首に触れながら顔を近づけて、脈と呼吸を確認する。脈と呼吸はあるので死んではいないようだ。よかったとほっと胸を撫で下ろしたけれど、それどころじゃない。

「どうしましょう！　ひどいけがですし、とりあえず家に運ぶしかないですよね!?」

火事場の馬鹿力で子供を背負って、猛スピードで屋敷に戻った。

「あっ、ルルおかえり。聞いたよ～。儀式が中止になったんだって……って、え？」

大量の汗をかいて息絶え絶えになりながら屋敷に帰ってきた私に、ユラレルお兄様が口を開いたまま固まる。その視線の先が私に背負われた薄汚れた子供に向かうと口がさらに開かれていった。

「ルルっ!? それはな……」

「お兄様! すぐに木の治癒の魔法使い様をお呼びしてくださいっ!!」

「えっ!? ルルっ、でもどこの子供か分から……」

「そんなこと言ってる場合ではありません! 生命みな平等!!」

ビシッと扉を指させば、ユラレルお兄様が慌てて木の加護を受けた治癒の魔法使い様を呼びに向かう。

その後、魔法使い様から『命には別状はない』との診断を受けて、しばらくしたら目が覚めるだろうとのことだった。

「本当に大丈夫でしょうか。心配です」

「大丈夫、大丈夫~。ルルがそんなに心配することじゃないでしょ? ていうか元気になったら野に放たないとね」

ベッドに横になって眠っている子供。その前で頭を垂れる私とは反対に、他人事《ひとごと》のようにユラレルお兄様が欠伸《あくび》をする。ひどいことを言うものだからギッと強く睨《にら》むと、開いた口を閉じた。

「もうっ! 私が一人でこの子の面倒をみますから、ユラレルお兄様は部屋から出ていってくださいっ!!」

無理やり背中を押して部屋から出す。「あぁ、ルルを怒らせちゃった~。失敗した」なんて悠長に呟いて、反省してなさそうなお兄様。そんなお兄様を無視して扉を思いっきり閉めた。

(まったく! 他人には冷たいんですから!)

エヴァンス伯爵家のお兄様たちは私にはでろでろに甘いが、ほかの人には基本冷たい。美青年兄弟と貴族令嬢から大人気なのに、毎度毎度言い寄られてもぶった切っている。

その理由が『妹が一番』なのは最初こそ嬉しかったものの、さすがに若干恥ずかしくなってきたこの頃。

「まぁ、どこの子供なのかは分からないのは事実なんですけど」

さらりと柔らかな黒髪に触れて頭を撫でてやる。使用人が服を替えたのと、魔法使い様が身体のけがを治してくれたおかげでいまは綺麗《きれい》な肌になっている。

（うーん。瞳は閉じられてるけど、とっても綺麗な顔してる子ですねぇ）

白い肌に通った鼻筋、整った輪郭。子供ながらに美貌が映える顔立ちだ。これはショタ好きの人にはたまらないのかもしれない。綺麗な頬に思わず触れると……。

「うわっ、冷たいっ⁉」

あまりの冷たさにゾッとする。魔法使い様は大丈夫だと言っていたが、果たしてそれは本当だろうか。ユラレルお兄様を呼んで子供の身体を温めてもらおうかとも思ったけれど、きっとまたひどいことを言われるに違いない。

（私は炎の魔力はないし……十歳くらいなら、まだ加護の魔力はないですよね？）

大抵は十二歳ほどで魔法が使えるようになるため、この年齢くらいならまだ魔力はないから奪うこともない。

ゆっくりと白のレースの手袋を外して、頬に触れる。冷たい頬を温めるように手で包んであげた。

「けがをしたときや弱っているときに一人なのは辛いですから」

この見ず知らずの子供を必死に介抱するのは、転生前の自分と被《かぶ》るからかもしれない。弱っているときに誰にも心配されず、一人なのは寂しく辛いものだ。

少しだけ熱を帯びてきた頬にほっと息を吐いて安堵《あんど》する。手を離して、今度は小さく冷たい手を握ってあげた。

「このまま心まで温まりますように……」

そう祈りながら握った手に力を込めた。

◇　◇　◇

「……ん……」

小さな声に微睡《まどろ》んでいた意識が戻る。いつの間にかベッドに伏せて眠っていたようだ。ぼんやりとした頭を上げると日が暮れていて、暖炉に灯《とも》していた火だけが部屋を照らしている。

（あぁ、私も寝てしまいました。看病しなきゃなのに）

――ぴくり。

握っていた手が少しだけ動いたのに、瞳をはっと見開いた。

「っ……」

「大丈夫ですか!?　目が覚めましたか？」

子供の顔を覗《のぞ》き込めば、眉を歪めて閉じられていた瞳をゆっくりと開く。その瞼《まぶた》の隙間から見えたのは美しい若草色。その瞳が暖炉の灯火《ともしび》で煌《きら》めいている。

（わっ、綺麗な緑色の瞳！）

「ここ……は……」

僅かに口を開いて確認するように瞳だけ左右に動かしたあと、私の顔に視線が留まった。そのまましばらく視線が停止していたと思えば……。

「っ!?」

いきなりガバッと起き上がる。

「お前は……あのいつも気持ちの悪いボードを掲げたおん……っぅ！」

「あぁっ！　まだ動いたら、だめです！」

起き上がったせいで目まいがしたのか、くらりと頭を抱えたものだから慌ててベッドに横にさせた。

忌々しそうに私を睨んでいるのはなぜだ。まぁ、見知らぬ女がいたらびっくりして警戒するかとすぐに自己完結する。

「なぜ……こんなところに……まさか俺に薬を盛ったのか？」

私に心底蔑むような視線を向けて、睨みながら「ここまでするとは」なんて人聞きの悪いことを言い始める。なんて子供だ。可愛げのないやつめ。

（でも顔はめちゃくちゃ可愛い。美貌が凄《すさ》まじいです）

起きた子供の美貌はやはりすごいもので、見蕩《みと》れてほぅっと感嘆の息を吐いてしまうほど。そんな私に気がついたのか、ぞっとするように顔を背けてしまった。慌てて咳払《せきばら》いして、大人としての意識を取り戻す。

「……いやいや。君、路地裏に倒れてたんですよ。あまりにひどいけがだったので、私の屋敷に連れてきたんです」

「倒れていた……」

少しだけ瞳を開いて、こちらを向く。考えるように口を閉ざしたが、すぐにはっとしてまた起き上がった。

「殿下は？　王宮は？……っぅ！」

「あぁ、もうっ。だから起き上がってはだめですって！」

また頭を抱えた子供にため息をついて椅子から立って、背中をさする。

「はぁ……大丈夫だ……気にするな」

「いやっ、気にしますよ。子供が強がってはだめですっ」

「……は？　子供？」

頭を抱えた手の隙間から私へ視線を戻した。今度は心底怒っているような視線。けれどまたすぐに瞳を大きく開く。頭を抱えていた自分の手を離して上に掲げると、表情が呆然《ぼうぜん》としたものに変わった。

（情緒不安定だなぁ。この子に何があったんでしょうか？）

「なんで……手が……というかお前はなぜそんなにでかいんだ？」

「は、はい!?　ば、ばかにしてますかっ!?」

さすがにひどい。女性にでかいと言うなんて。昔にお兄様たちから『ルルはもちもちしてて可愛いなぁ～』と頬をむにむにと触られることはあったけれども。それからはダイエットに励んで、ナイスバディになったと思ってたのに！

「いや、違う。俺が小さい……それに魔力が……まさか……」

怒る私を気にすることなく開いた口に手を当てて、片方の手を開いて見ている。その手をさらに大きく開くと……。

――パチパチパチッ!!

手から放たれた雷の小さな静電気。

（え!?　子供なのに、もう魔法が使えるなんて！）

「わぁっ、すごいです！　すでに魔法を使えるんですね!?」

拍手をして褒めたけれど子供の表情はうかない。

「力が少ない……」

「え!?」

（も、もしや私が魔力を奪った!?　でも大人の人並みの魔法だった気がするのですけれど）

「ごめんなさいっ！　それは私のせいかもしれません」

とにかく悪いことをしてしまったと謝りつつ、ベッド横に置いてあった魔力を遮断する手袋をつけだした私に子供が首を横に振った。

「いや、違う。これはお前のせいじゃない」

「は、はぁ……？　ならよかったです……」

って、なんで私は子供相手にこんなに謝っているのだろうか。なんだかこの子供すっごい上からな感じがする。無表情で冷静に私を諭す子供の態度に年齢が逆転している気がするのはなんでだ。

「衝撃で飛ばされて、なおかつ魔力を使い切ったのか……僅かに残る魔力の温存のために無意識にこうしたのだな……だとすると……」

「あの〜。さっきから何を言ってるのか分かりませんが、君の体調は大丈夫なのですか？」

「あぁ、大丈夫だ。しばらくしたら戻るはずだ」

「はぁ……しばらくって。それって分かるものなのですか？」

「ずいぶんと身体を酷使したみたいだ。数ヶ月かかるかもしれない」

「は、はい!?　それはしばらくのうちに入りますか!?」

「入るだろう。それだけのことだ」

驚く私に「何をおかしなことを」と首を傾げる子供。どうしてか私が本当にとんちんかんなことを言っているみたいな状況になっているような。

（なんだか不思議な子だなぁ）

「ごほん。というか、君はどこの子なんですか？　君を介抱したこの優しいお姉様に教えてもらってもいいですか？」

「……介抱してくれたのは感謝するが……」

『自分で言って恥ずかしくないのか』という蔑むような視線を向けられて、思わず赤面してしまう。

たしかに恥ずかしい……かもしれない。

「そこは流してくださいよ」

「何も言ってないだろう。恥ずかしいやつだなってことは」

「言ってますっ！　いま言ってますよね!?」

「……よく分からない」

不思議そうに無表情で言葉を放ってくる子供に、頭を抱える。なんていうかコミュ力無さすぎないか。無意識なのがすごい。私もたしかに恥ずかしいこと言ったかもだけど！

「と、とにかく！　君はどこの子なんですか？　お家《うち》に戻るなら私も一緒に行きますよ」

「家……」

ふむと考えるように顎に手を当てる。

「この魔力量と姿で戻っても危険だな……」

「危険!?　そんな危ないところから来たんですか!?」

(だからあんなにけがして!?)

顔を真っ青にさせた私をじっと見つめる。すぐに諦めたかのような表情をして、ふっと息を吐いた。

「この娘の家は心底嫌だが、背に腹はかえられないか……それに、ばかそうだから大丈夫か」

「ん？　いまなんて……」

（よく聞こえなかったけど、なんかすっごい侮辱されたような……？）

むむっと顔を顰《しか》めていると、手袋をつけた私の手に触れた小さな白い指。

「家に戻るのは危険かもしれない……またけがをするかも」

「ひぃぃ!?　だ、だめです、絶対に戻ってはだめです！」

「でも、住むところがない……」

「私が面倒を見ますからっ！　大丈夫になるまで、ここに居てください!!」

「ここに住まわせてくれる、のか？」

（ぐほぁ!?）

きゅーんと下から見上げられる。無表情ながらも、めちゃくちゃに美しい顔の若草色の瞳がキラキラと輝いている。これはショタ好きなら失神ものだった。意識が飛びかけるほどの可愛さの暴挙。

さっきまでは悪魔のような子供だったはずなのに。

「やっぱりだめ……」

「だ、だだだだめなわけあるもんですか！　もももももちろん大丈夫ですます!!」

（可愛いっ！　めちゃくちゃ可愛い！）

しゅばっと椅子から起き上がって子供を抱きしめてしまう。わしゃわしゃと頭を撫でながら抱きしめてしまうと子供の苦しそうな声が聞こえた。

「っ……離せ」

「あっ、ご、ごめんなさいっ！　我を忘れました！」

　オタク特有の夢中になると周りが見えなくなる現象。意識を取り戻して、すぐに離してあげる。子供が無表情で乱れた髪を手櫛《てぐし》で整えている姿も美しくて見蕩れてしまう。子供なのに。

「ったく……」

　髪を整え終わると布団から身体を出して私の前でゆっくりと足を組んだ。

（ほぁっ!?　しょ、ショタの半ズボン……はぁはぁ……って私はショタ好きではないのに！　ぐっ、でも足、白っ……た、たまらん……）

　まずい、沼る――――また新たな沼が目の前に。小さく細い足の前ではぁはぁと鼻息を荒くすると、眉を歪めて冷たく見下ろしてくる。

「うるさいのは嫌いだ。早く座れ」

「は、ははははいっ！　ごめんなさい！」

　ピッと椅子を指さされて、すぐに正座して頭を下げた。いや、ちょっと待って。私、さっきから飼い慣らされてない？　おかしくない？

　冷静さを取り戻して、咳払いしてから普通に座り直す。向き合う子供に大人の余裕を出して微笑《ほほえ》んだ。

「では、さっそくお父様とお兄様たちにお願いしてみます。それで君の名前は？」

「名前……」

「……？」

視線を私から逸らしてから、手を口に当てて考えている。けれどすぐに手を離して視線を元に戻した。

「リオ……リオでいい」

「……リオ」

ほう、名前も可愛い。私の思ったことが分かったのか、さらに眉間に皺《しわ》を寄せて怒りのオーラを放ったので、慌てて表情を真面目なものにした。

そのおかげで少し気が落ち着いたのか、皺もなくなって自分の髪先を指で触っている。そんな姿も様になるから美形は羨ましい。まさかまさかの今日一日でこんな美少年を拾うとは思わなかった。

(うーん。話が変わっているという不安は拭えないですが……)

「……どうした？」

「あっ……いえ、なんでもありませんよ」

とにかくいまは目の前のこの子供、リオを助けないと。すぐに何事もなかったかのように笑いかけてやった。ふんっとそっぽを向いたのは、まったく可愛げがないけれど。

◇　◇　◇

「は？　そいつを屋敷に置くだって!?」

――ガターン!!

夕食前、ユラレルお兄様が椅子を後ろに倒して立ち上がった。使用人が慌てて椅子を直すのを目にもとめず、私たちを睨んでいる。

「はい。自分の家に戻っても危ないとのことなので、しばらくの間、我が家で預かろうと」

「だめに決まってるでしょっ!? なんでルルがそんなやつの面倒を見るの!? あり得ないっ!」

「で、でも……」

直線上に座っていたお父様に助けを求める視線を送ったけれど困ったように笑うだけだ。緩やかに後ろに流した薄黄色の髪を揺らして微笑みつつも、どうするのか考えているのか言葉を返さない。

（うーん。いくら優しいお父様でも知らない子供を受け入れるのは難しいのでしょうか）

「孤児院にでも預ければ？ ていうか、そいつは自分の顔使えばなんとでも生きてけるでしょ！」

「お兄様！ なんてことを言うのですか？ リオはまだ子供ですよ」

「ルルは優しすぎるっ！ 子供だからって甘く見てたら、また嫌なことされるよ!?」

「そ、それは……」

――お兄様の言う『嫌なこと』

お兄様たちが頑《かたく》なに他人を遠ざけて冷たくする理由が私のためなのは分かっている。昔から『魔力を奪う恐ろしい娘』と揶揄《やゆ》され忌避されてきた私を守るためだ。

（心配、してくれてるんですよね）

「お前、ルルに何を吹き込んだ？ まさかその顔で騙《だま》したんじゃないだろうな」

リオの顔に指をさして睨みつける。指の先から真っ赤な炎を放って脅すようにリオの顔の間近まで灯したが、彼は無表情でその炎を眺めている。

「お兄様っ、それはやりす……」

――――バシャッ!!

止めようとお兄様に近づいた瞬間、私たちの頭上から降ってきた大量の水。その水にお兄様の指先に灯されていた炎が消えた。

(え?　なんで水……)

お兄様も私も呆然と水が降ってきた頭上を見上げると天井から水が滴っている。

「雨漏り!?　も、申し訳ありません!　すぐに修理をいたしますっ」

「ルルーシェ様、ユラレル様。こちらのタオルをお使いください」

使用人たちが慌ててタオルを渡して、水を塞ぐものを取りに行ったが、すぐに水の勢いがなくなって粒が滴るくらいになった。

「建ててからそんなに日は経《た》ってないはずなんですけど……」

「はぁ、炎の魔力の加護を受けた由緒正しいエヴァンス伯爵家の屋敷が雨漏りなんて不吉～。なんか変なのが紛れ込んだからかなぁ?」

「お、お兄様、リオはなんにもしてないですよ?」

濡《ぬ》れた髪をかきあげて、椅子にドサッと座り直すお兄様。忌々しそうにリオを横目に意地悪に笑うので、嫌味を言いたいのが伝わってくる。私が注意すると、それ以上は何も返さずに無表情で鼻息を漏らして口を閉ざした。

（もう。どっちが大人か分からないですね？　まぁ、私も人のこと言えないんですが）

「それよりルル、僕の髪が濡れちゃった。タオルで拭いてくれ……」

「あぁ！　リオ、服が濡れてますっ！」

「大丈夫。すぐに乾く」

「でも風邪でも引いたら……」

「気にするな。離れろ、面倒くさい」

リオの服が少し濡れていたのに気がついてタオルで拭こうとしたけれど、手を払われてしまった。

しゅんと落ち込んだ私と素っ気ないリオの光景に、なぜかお兄様が髪を拭かずにタオルを握りしめて怒りに震えている。

「うーん。本当なら孤児院に預けるのがいいんだろうけど……」

「お父様？」

「ルルーシェが面倒を見るっていうなら仕方ないかな。好きにしたらいいよ」

「はっ!?　お、お父様！　でもっ……」

ガタンっとお兄様がまた椅子から立ち上がると、お父様が「静かに」と口に指を当てた。さすがのお兄様もお父様の強い圧には逆らえなかったようで、悔しそうに椅子に座り直す。

「ライレルもユラレルも過保護すぎる。そろそろルルーシェの意思も尊重してあげなさい」

「っ！」

にっこりと笑うお父様にお兄様がぐっと口を噤《つぐ》んだ。そんなお兄様に微笑んだあと、お父様が立ち上がってこちらに近づいてくる。

「まぁ、ルルーシェが家族以外に懐くのは、本当は嫌なんだけど」

「わぁ!? ちょ、お、お父様っ！」

「あの筆頭魔法使いに夢中になったときはどうしようかと、それにどうやって止《や》めさせようかと思ったけど」

ぎゅーっと私を抱き寄せたお父様。お父様も負けず劣らず私を溺愛していた。早くにお母様が亡くなってしまったがゆえか、私に対する愛が大きい。ここも転生前とは真逆だ。

（うーん。嬉しいんですけど、少し苦しいかも？）

嬉しくもあるが愛が重く苦しいので少し暴れれば、ゆっくりと身体を離してくれた。

「ふふ。もしかしてルルーシェの想《おも》いが通じたのかと思って焦ったけれど、そういうことではなさそうだね」

リオを見つめて微笑みかけるのに、無表情だったリオの瞳が少しだけ見開かれる。

「何が言いたいのか分からない」

「あぁ、子供には分からないか。仕方ないね」

「……子供、ではない」

「ふふ、そうだね。君は立派な大人だ」

（あれれ？ なんだかリオが素直な反応……可愛らしい）

お父様に頭を撫でられるのは嫌そうだが、拒否はせず困ったようにリオがそっぽを向いた。

「好きなだけここにいなさい。君の体調が万全に戻るまではこちらも支援しよう。だけど、ルルーシェに変な気は持たないこと。分かったかい？」

――――「もし破ったら、火あぶりにするからね？」

じっとりとした大人げない笑みを浮かべて脅すお父様。背後に先ほどの雨漏り程度の水では消えないほどの大量の炎を灯す。さすがのリオも表情を曇らせて、僅かに首を縦に振ってから後ずさった。

（や、やっぱり重いです。それにリオは子供なのに）

◇　◇　◇

「なんていうか……本当に道端で倒れてた平民の子供なのよね？」

「本人がそう言うんだから、そうなんじゃない？　雇い主に躾《しつ》けられたとか？」

使用人たちが部屋の片隅でこそこそと話している。それもそのはず……。

（誰よりも動作が美しいんですけど）

優雅に紅茶のカップを手に取りそれを口に運ぶ。足を組みながら本を片手に読書をする姿は神々しい。

リオを屋敷に住まわせてから、すでに数週間が経っていた。リオの生まれを聞けば『平民』だと返されたが、まったくもって動作や口調が平民っぽくないのはなんでだろうか。

「リオ。お外に遊びに行きませんか？　いまは聖花が見頃らしいですよ？　新しい日傘も買ったので使いたいですし」

「行かない」

「で、でもっ、子供は外で遊ぶのが仕事でっ……」

「俺は子供じゃない」

「うっ……」

本を読むリオの周りで私が必死に外へ誘導するが、これもまったくもって反応が冷たいのは変わらない。

（うぅ、可愛い弟ができたと思っていたのですが……）

この冷たい反応は転生前を少しだけ思い出して胸が痛い。日傘を両手に抱えてしゅんと落ち込む私にリオが眉を微《かす》かに寄せて、小さくため息を漏らした。

「……リオ？」

リオが本を閉じて机に置いたあと、ゆっくりとソファから立ち上がる。

「外……」

「外？」

「外に行くんだろう。ちょうど読み終えたから、少し付き合ってやってもいい」

「っ！」

一瞬にして顔を輝かせた私から面倒くさそうにリオが顔を背ける。本の栞《しおり》が真ん中の方のページに挟まれているのに、自然と口が緩んでしまった。「気持ち悪い。笑うな」とリオに吐き捨てられたが痛くも痒《かゆ》くもない。

（意外とリオは優しいんですよね？）

なんだかんだ言いつつ、リオはこういった優しい面もあった。口調や態度は冷たいけれど、転生前に周囲の人から感じていた悪意、蔑みなどを彼から感じたことはなかった。だからかリオと話すのは心地よい。

「日差しが強いのは嫌いだ。それをさせ」

屋敷の玄関先。私の腕に抱えられていた日傘を指さして、そう命令してくる。笑顔で頷《うなず》いて、持っていた日傘を開いてから二人で屋敷を出た――……。

「リオ、街中で美味《おい》しいレモンジュースが流行《はや》っているようですよ！　それも飲みましょう！」

「飲まない」

「な、なら美味しいお菓子のお店でクッキーを食べ……」

「食べない」

いつものように平民に近い格好をして、リオと城下の街を歩く。

（うぅ、めげません！　塩対応の推しと付き合ってきた私はこれくらいではへこたれませんから！）

「リオ、手を繋ぎましょうか？　はぐれても危な……」

「絶対に嫌だ」

私の差し出した手を拒否して顔を背けた。けれど、日傘をさしながら、ふふと笑った私をリオが少し怪訝《けげん》そうに横目で見てくる。

いつもは一人だったが、今日はリオもいるので楽しい。いくら冷たくされても一緒に歩いてくれるだけで嬉しいのだ。お兄様と出掛けてもいいのだが、目立つし周りに威嚇しかしないので逆に落ち着いて歩けない。

「あっ、リオ。花の丘へ行く前に飲みものを……リオ？」

無言で周囲を見回すリオに何かあったのだろうかと私も周りを見ると……。

（あぁ、避けられてるのが気になるんですね……）

リオの視線の先には、私の姿を見て周囲の人たちが離れていく光景。見慣れていたものだったから気にしたことはなかったが、リオは初めて見たから驚いているのかもしれない。

「私に魔力を奪われると思ってらっしゃるから仕方ありませんよ。いつもこうですからリオも気にしないでください」

「……なぜ？　それをつけていれば奪うこともないだろう」

「ふふ、そうですね？　でも分かっていても嫌なものは嫌でしょうから」

それよりもリオに対して「美しい子供を。怖いわ」「脅して手元に置いたのかしら」なんて囁《ささや》かれている方が気になるかもしれない。

「ごめんなさい。リオ、飲みものはあとにして先に丘に……っ！」

そっと私の手に触れるなにか。それに驚いて顔を俯《うつむ》けるとリオの小さな手が私の手を握っていた。

「はぐれたら危ないのだろう？」

「っ、そ、そうですね？」

手を握って無表情で首を傾げるリオに思わず口が緩む。

「だから笑うな。気持ち悪い」

「そうですね、善処します」

「善処すると言いながら笑っていたら説得力がない」

「はい。でもリオ、私は悲しくないのですよ？　お兄様もいらっしゃるし、それに……」

「師匠～！」

そのとき向かいから走ってくるオタク仲間のベルと女の子たち。ミライ殿下のイメージカラー（私が勝手に決めた）の青色の服を身にまとっている。

その姿が見えた瞬間、リオが握っていた手を離した。恥ずかしがり屋め。可愛いやつ。

「街中にいるなら教えてくれたらよかったのに！」

「ごめんなさい。色々と立て込んでて……」

「そうなんですね。あっ、師匠！　これ新作のボードなんですよ。今月の聖礼の儀はなくなってしまいましたからね。来月に向けて気合を入れたんです！　どうですか？」

「わぁ、いい出来ですっ！　これなら遠くからでも目に入りますね！」

きゃっきゃっと盛り上がる私とベルと何人かの女の子たち。最近はミライ殿下推しの子たちとお茶をしたりしているので、悲しさも紛れている。

わいわいと盛り上がる私たちに周りの人たちが離れていく。私を見て離れるのは、最近の推し活も原因の一つなのかもしれない。

（ふふ、推し活さえあれば私はなんとでもなるのです）

楽しく笑っているとベルと女の子たちが固まっている。その視線の先にいるのは……。

「し、師匠っ、なんですかこの子供は！　めちゃくちゃ可愛い!!」

すっと私の背中に隠れたリオ。舐《な》めまわすように女の子たちが周囲に群がってくると、リオが心底嫌そうに壁の方へ逃げていった。だが、じりじりと壁際に囲まれて逃げ場を失っている。

「あぁ、この子は事情があって私の屋敷に住まわせているのです」

「おぉ!!　すごっ、これは脳内に収めたいほどの逸材！」

「めちゃくちゃ美しいじゃないですか!?　師匠、グッジョブ！」

「……っ、俺に近寄るな」

――――ズカーン!!

珍しく顔を青ざめさせて額から汗を流しつつ、必死に睨むリオから女の子たちに雷が落ちた幻覚が見えた。

「はぁ……やば……いい人生でした……さような……ら……」

「ぎゃあああ！　ショタ好きのベルが倒れたわ、息してない！」

「可愛い見た目に反して冷たいというギャップ……これはショタ好きじゃなくても即死レベルよ！みんな気をつけて!!」

私が教えてあげた現代オタク用語を使いながら慌てる女の子たち。

「師匠、今日は回復に努めますっ！　失礼します！」

そのまま倒れたベルを抱えて女の子たちが慌ただしく離れていった。

「驚きましたかね？　リオ」

「……いや、見慣れている……」

「え？　そ、そうなんですか？　はは、やだなぁ。そんなに私たち有名になったんでしょうか」

（推し活もこの世界に広まってきたのでしょうか？　それはそれで嬉しいような、恥ずかしいような）

うーんと考えているとリオがぶつぶつと何かを呟いている。

「くそ、だからああいう輩《やから》は厳重に対処すべきだと伝えたのに。あのアホ殿下が……いや発端はこいつのせいか。最悪だ……少しでも気にかけてやったのがばからしい……」

「り、リオ？」

ボツボツと忌々しそうに唇を噛《か》みながら呟くリオに手を差し出すと「絶対に嫌だ」と振り出しに戻ってしまった。悲しい。

◇◇◇

「わぁ、リオ、見てくださいっ！　とっても綺麗ですね！」

返事も返さなくなってしまったリオに落ち込みつつも、丘に向かうと五色の光をそれぞれ灯した花々が咲いていた。

そんな美しい丘にリオの機嫌もさすがに直ったのか、寄せられていた眉がやっと元に戻ったので安心する。

「座りましょう、お昼ご飯も持ってきたのですよ。椅子にしますか？　それとも敷物にしておきますか？」

「なんだか手馴《てな》れているな」

「はいっ、始発から開始までの長い待機には慣れていますから!!」

「……シハツ？　待機？」

首を傾げるリオを無視して、持っていた鞄《かばん》から小型の折りたたみ椅子やら敷物を取り出して設営に入る。ものの数分でしっかりとした待機態勢……いやピクニック準備が完了した。

「初めて見た」

敷物に座るリオの前で咲き誇る五色の光をそれぞれ灯す聖花。水、炎、風、雷、木の五つの魔力を僅かに宿しているため、その魔力ごとの色の光を放つ。

「初めてなんですか？　この国の者なら一度は見たことあるのに」

「あぁ……」

（もしかしてリオは他国の出身？　にしても加護の魔力の魔法を使えてたのですけど？）

言葉を濁すリオに首を傾げる。謎が多いこの世界。小説の中だから、様々なことがあっても不思議ではないかと早々に納得した。基本的に私は単純なのだ。じゃないと転生前やいまの生い立ちでのうのうと生きていけない。

それが良いのか悪いのか自分でも苦笑していると、リオが黄色の花に触れて淡く光る花の輝きを強めた。この聖花は加護の魔力を持つものが、同じ魔力の花に触れると光が強まるのだ。

「リオは雷の加護を受けているんですね。とっても綺麗です」

「……いや……まぁ、そう、かもしれない」

「ふふ、なんで疑問形なのですか？」

さっきから煮え切らないリオの反応に笑ってしまう。他国の子が加護を受けるなんて思いもしなかったが、分からないことが多い世界だから本人も理解できていないのだろう。

「私が触れると枯れてしまうので綺麗です」

「枯れるなんて聞いたことがないが？」

「そうですよね……」

ゆっくりと手袋を外して花に触れれば、光が手に吸い込まれるように一瞬で消えてしまう。すぐに花びらが黒く色を変えて萎《しお》れて俯く。

その光景にリオが瞳を見開いて驚いているのに、微笑んでから手袋を付け直した。

「ね？　枯れてしまうでしょう。かわいそうだから触れないようにしてるんです」

（まぁ、手袋をしてたらなんにも起こらないからいいんですけど）

けれど、少しの悲しさはある――萎れた花。かわいそうなことをしてしまった。せめて土に埋めてあげようと花の茎に手を伸ばせば、その前にリオの手が伸びた。

――――パァァァァ！

「っ!?」

彼の手の先から強い光が放たれて花が光に包まれる。萎れていた花が光を取り戻して、さらに元のものより輝きを放ち咲きほこった。

「え？　え？　いまの……」

「力を失っただけならば、戻せばよいだけでは？」

「っ!!」

リオがふわりと笑う。いつも無表情だった彼の初めてみせた笑顔。それに光を戻した花を摘み取って私に差し出すのに驚いて固まってしまう。

（花に光を戻せるなんて……それに綺麗……）

緩やかにカーブを描くリオの若草色の瞳。そんな瞳が光り輝く花に照らされて揺れているのから目を離せない。

「いらないのか？」

「っ、も、もらいます!!」

はっと気づいたときには、すでに無表情に戻っていた。怪訝そうに眉を歪めたリオから一際光り輝く花を慌てて受け取って、口を開きながら見つめてしまう。

リオはそのまま敷物の上にどさりと横になった。何かあったのかと、あたふたしていると面倒くさそうに口を開いた。

「疲れた。ただでさえ不足している魔力を使ったからな」

「あぁ、ご、ごめんなさい」

「謝るな。お前は何もしていない。少し寝れば回復する」

光に照らされていた若草色の瞳が閉じられて見られなくなる。残念に思うと同時に、ドクドクと心臓が早まるのはなぜだろうか。

(私も大概にショタ沼にはまってしまったのでしょうか？)

私のドキドキも知らずに、リオは呑気《のんき》に寝息を立て始めた。そんな愛らしい姿を、光を放つ花を手に握りつつ、ぼんやりと眺めることしかできなかった。

◇◇◇

「こ、これは……」

リオが屋敷に来てからしばらく経ったとある朝、私は新聞の前で固まった。いつも通り優雅にナイフとフォークを使って食事をとるリオが少しだけ顔を上げる。

「おはよう、ルル。何かあった？」

「何か……何かあったどころではありません!! こ、これはどういうことですか!?」

愕然《がくぜん》とする私にユラレルお兄様が首を傾げて、私が手に持つ新聞を覗き込む。そこには……。

「あー、とうとう筆頭魔法使いが死んだんだぁ。かわいそう〜」

そう。新聞の見出しには『第二王子ミライ殿下、何者かに襲われる！　筆頭魔法使いリオンハルト様は生存不明！』との一文。

愉《たの》しそうに笑った悪魔のようなお兄様の声に、リオもさすがに驚いたのか持っていたナイフを机に落とした。

「お兄様っ!!　ま、まだ安否は分かりませんわ！　不吉なことを言わないでくださいっ」

「えぇ、でも生きてるかどうかも分かんないって書かれてるじゃん。第二王子は命に別状はないって書いてあるのに～」

「きぃぃ!!　死んでません、私の推しが死ぬわけないでしょう！」

「あぁ、はいはい。言いすぎました～。ごめんねぇ？」

新聞を机に置いて、ぽこぽこと胸を叩《たた》く私を抱き寄せて頭を撫でてくる。邪魔者がいなくなって心底嬉しそうなお兄様が腹立たしい。私にとっては死活問題なのに。

（いっこうに聖女も現れないし、リオンハルト様も安否不明だなんて……）

第二王子のミライ殿下が第一王子のアレン殿下に襲われるのは、小説のストーリー上にあった。だがその衝突はリオンハルト様と聖女がミライ殿下を守ってなんともなかったはずだ。となると……。

――――やはり物語が変わっている。

としか考えられない。前までは私の記憶違いかと考えられる程度だったけれど、ここまでくると確信に変わってくる。

（でも、どうして？）

私はモブキャラ以下の人物。物語には影響がないはずなのだ。だとすると『私』とは別の要因があり、大きく話を変えることが起きている。

何が起きているのかはモブキャラ以下の私には分からないこと。けれど、一つだけいま分かるのは『五つ姫』の小説と同じ結末とは限らなくなってきたということだ。

「もしかするとリオンハルト様が死ぬ結末もあり得るということ……？」

どくどくと心臓が嫌な鼓動を立て始めたとき……。

「どこかしらか話が漏れたか……それか魔法塔の誰かが漏らしたのか」

リオが置かれた新聞を持ち上げて読んでいる。

（魔法……塔……はっ！）

「ライレルお兄様に連絡してみます！」

ばっとユラレルお兄様の身体を離して、棚の上に置いてあった水晶玉を手に取る。コンコンと指先で叩くと、透明だった水晶玉に靄《もや》がかかったあと聞き慣れた声が響いた。その玉に映るのは見慣れた薄黄色の短髪の筋肉質な男性の姿。

「ルル～!!　ルルから連絡くれるなんてお兄ちゃんは嬉しいぞ！　お兄ちゃんはいま長期演習中で……」

「そんなことはどうでもいいのです！　それより聞きたいことがあるんです！」

「ど、どうでもいいって……ひどい……」

しくしく泣《な》き真似《まね》をするライレルお兄様を一刀両断する。これは連絡珠《れんらくだま》というもので、電話のような役割を持っている。向こうの顔も映るすごいものだ。価値も高く、貴族ですら一家に一台しか持っていない代物。

「王宮で何があったのですか!? リオンハルト様は、リオンハルト様に何があったのですか!? ほかはどうでもいいです、それだけ教えてください！」

「おぉふ、お兄ちゃんが元気かとかもどうでもいいのか……」

「はい！ どうでもいいです！」

がーんっと顔を青ざめさせるライレルお兄様には申し訳ないけど、ほんとにそれどころではない。推しの一大事なのだ。

せっかく転生したのに推しの幸せを見届けるどころか、推しが死に至るなんてあり得なさすぎる。最悪だ！

（せめて物語が変わる原因だけでも知る手がかりを探さなければ！）

「あー、大丈夫、大丈夫。新聞の話も一ヶ月前くらいのことだし」

「一ヶ月前!?」

「ああ。殿下が襲われたのは確かだけど、リオンハルトが死んだとは言われてないし。まぁ、あれからあいつの姿を見かけないけど」

「そ、それは大丈夫なのですか？」

「大丈夫だろ。殿下を守るために魔力を使いすぎてどっかで野垂れ死んでるかもしれないけどな」

(野垂れ死に……)

口を開いて固まる私に気がついたライレルお兄様が少し気遣うように笑った。

「これを機にルルもあんなやつを追いかけるのをやめることだな。あんな仏頂面の無表情で気も利かなくて、たいして面白くもない……」

――――パリーン!!

その瞬間、強い風が起きて連絡珠に亀裂が入る。通信も途切れてしまい、ただの透明な水晶玉に戻ってしまった。

「あぁ、我が家の連絡珠っ、なんで割れたの!? また壊したってお父様に怒られるじゃんか!」

割れた連絡珠にユラレルお兄様が慌てている。その横でリオがあり得ないくらいに怒りのオーラを漂わせて口を閉ざしていた。「くそ、ライレルが」なんて言っているから、リオも私の気持ちを汲《く》んでくれているのかもしれない。

(うぅ、安否不明なんて……)

――――絶望に近い。

なんとか連絡珠を直そうと試みているお兄様を尻目に、ふらふらと屋敷の外に出た私にリオが気づいて後ろからついてきた。

「おい、どこへ行く」

「分かりません……推しが……私の推しが死……」

「……死んだとは言われていない。というか勝手に殺すな」

「うぅ、リオには私の気持ちは分かりません……」

「なぜそこまでそいつに肩入れする？　会ったこともないのに」

「それは推しだからですよ!!」

「オシ？」

わあぁぁっと抑えきれなくなって私が泣きじゃくりながら、道端の木の下でうずくまる。

「汚いな……泣くな」

「うぅ、推しがっ、私の最愛の推しがっ……せっかくこの世界で推しの幸せを傍観しようとしたのに!!　結末が変わっているなんてひどいですっ、いじめです！」

「は？　傍観？」

「私も死にます！　殉死させてください！」

「さっきから何を言ってるんだ？　落ち着け」

「離してくださいっ！　この木に登って飛び降ります！」

木の幹をつかむ私のドレスの裾を引っ張るリオ。真顔で「その高さでは死ねないぞ。ばかか？」と諭してきた。相変わらず冷たい。その通りなのだけども。

「うぅっ、そんな……こんな仕打ち……うぇ、ひっく……」

諦めて木の幹の下でうずくまる私を面倒くさそうに見下ろしてくる。その前を引いた目をして通り過ぎていく人たちに、彼が恥ずかしくなったのか私を隠すように前に立ったのはひどい。

さらに泣きだした私に、ため息をついて横に同じようにうずくまる。

「どうしてそんなに気にかける？」

「どうしてって……だから推しだからですよぉ……」

「……そのオシっていうのがよく分からない。それは……」

言葉に迷うように口を噤んでから、ゆっくりと薄く開いた。

「好きなのか？　そいつのこ……」

「もちろん、大好きですよ!?　好きじゃなかったら推し活してませんからっ、愛してます！」

リオの言葉を最後まで聞かずに声を被せてカッと目を見開いて断言した私。そんな私にリオが驚いたように目を丸くしてから、すぐに視線を逸らした。

僅かに耳が朱色に染まっている。それに無表情ながらも嬉しそうなのはなぜだ。こやつも私の悲しみを喜んでいるのか。

（みんなして！　ひどいです！　私はこんなにも悲しいのにっ）

うぉぉっと汚い嗚咽《おえつ》を漏らしながら、また泣き出してしまう。リオがふぅと息を吐いてから私の頭をポンポンと撫でた。

「大丈夫、死んではいない」

（――――え？）

リオが私の流す涙を、指先で頬をなぞるように掬い上げる。

「リオ？」

「だから安心しろ。そいつは……」

首を傾げた私を真剣に見つめる彼の言葉の先を聞く前に……。

「ぶっ、あははは！　ここに汚い女がいるぞ！」

これまた聞き慣れた忌々しい声が辺りに響いた。

(げ……いま一番会いたくない人……)

顔を上げれば、やはりそこにはミッチェルの姿。鼻水と涙を流すぐちゃぐちゃな私の顔を見下ろしてゲラゲラと笑い声をあげている。「こいつは？」とリオが聞いてくるので、ため息をついて立ち上がった。

「リオ、先に屋敷に……」

「あぁ、お前が最近子供を囲っているというのは本当だったんだな？　誰にも見向きもされないから、とうとう子供を買ったか？」

リオの頭を撫でて屋敷に戻るように促そうとすると、目ざとく気がついて貶《けな》してくる。

「違います。エヴァンス伯爵家で保護しているだけです。ミッチェル様も私なんかをほっといていただけると助かるのですが」

「な!?　な、なんで俺がお前に構っているように言うんだ!!」

「はぁ……」

顔を真っ赤にして否定してくるが、後ろに従えている使用人たちも私と同じようにげんなりとした表情を浮かべている。

(無視してお屋敷に戻りましょうか。あぁ、今日は厄日です)

「お話がそれだけなら失礼します」

リオの手を引いてそのままミッチェルの横を通り過ぎようとしたとき……。

「そういえば、この国の筆頭魔法使いが死んだらしいなぁ？」

愉しそうに笑いながら私のいま一番ナイーブなところをついてくる。

「ま、まだ死んだと決まっていません！　勝手に殺さないでください！」

ぱっと顔を上げて思わず言い返してしまえば、ミッチェルがさらに口の端を上げて笑う。私の横でリオが「さっき何度も殺したのは誰だ」と突っ込んできたのは聞かなかったことにしよう。

「最強だと言われてたのに、その程度だったとはな？　まぁ、五つの魔力の加護を受けている時点でおぞましいのには変わりないが」

「なっ、我が国の筆頭魔法使い様ですよ！　いまの発言は撤回してください！」

「ふっ、撤回だと？　ほかの国民たちも言ってることじゃないか。加護の枠を超えた人間でない恐ろしいものだって」

「なんてこと……！」

「お前は無能で恐れられて、向こうは有能すぎて恐れられている。だから情が湧いたんだろ？」

ふるふると震える私を愉しそうに見下ろして、話すのをやめないミッチェル。いつも無反応を決めている私がリオンハルト様への侮辱で反応しているのが心底愉しいのだろう。

ぎりぎりと奥歯を噛み締めていると、手を強くつかまれた。リオが強く手を握って無表情でこの様子を眺めている。幼い子に聞かせるような会話ではなく、申し訳なくなってくる。

（でも、私の最愛の推しを……）

「リオ。いまからのことはお父様には内緒でお願いします」

首を傾げたリオから手を離して、ミッチェルの方へ向き直る。

「なんだ言い返すこともないか？　だから、さっさと諦めてこの俺と……」

「黙れ、ゲス野郎が」

「……は？」

髪の毛を揺らしながら口を開いた私にミッチェルが固まった。珍しく私から吐かれた汚い言葉に、脳内が停止したのかもしれない。

（もうどうでもいい。こいつだけは許さない……）

「お前みたいな汚いモブ以下キャラが高貴なサブメインキャラを侮辱していいわけないだろ？　しかも私の推しを恐ろしいだと？　恐ろしいわけないだろ。素晴らしい能力持ってんだから最高のオプションだろうが」

「ひっ!?」

私が睨みをきかせて早口でまくしたてるのに、ミッチェルが小さく悲鳴をあげた。

（許さない。私の推しをばかにした罪は万死に値する！）

「お前みたいなミジンコクソ野郎がリオンハルト様を侮辱するな――――!!」

ミッチェルにつかみかかって地面に押し倒し、ぽこぽこと手で叩く。もはや使用人たちが呆然とその様子を眺めている。私の戦闘能力は皆無なのでミッチェルにまったくダメージを与えられていないからだろう。

「うわっ！　な、何をする、離せ！」

「恐ろしいとか言うな、二度と言うな！　それを言われるとどれだけ辛いと思ってるんだ――――!!」

泣きながら叩き続ける。小説の中で描かれていたリオンハルト様の過去の話。由緒正しい侯爵家に生まれて、両親や姉から魔力の強さから忌避され、周りからも『恐ろしい』と言われてきたこと。リオンハルト様が私の推しになったのは、そういった面でも転生前の自分と被るところがあったからだ。

「勝手なこと言うな！　リオンハルト様を侮辱するなっ!!」

（私の推しは幼い頃から傷ついてるのにっ！）

「っ！　いい加減にし……」

しつこく叩く私にミッチェルも耐えられなくなったのか、手を振りあげたとき……。

――――バチィ!!

顔の真横を稲妻が走った。ミッチェルの顔の横の地面に突き刺さったのは剣の形をした雷。バチバチと電気を放ちながら光っている。

「こ、これは……」

顔を真っ青にさせているミッチェルの横に小さな影がかかる。私も顔を上げるとリオが雷の剣に触れて、ミッチェルを無表情で見下ろしていた。

「お前……」

「くだらないやつに魔法を使うつもりはなかったのだが……」

「なっ!?」

触れていた剣を地面から抜いてミッチェルの頭上に高く持ち上げる。

「さっさと消えろ。じゃないと殺す」

剣の刃先をミッチェルの鼻先に向けて、恐ろしく冷たい目をしたリオ。あまりの冷酷な瞳に
「ひゅっ」と喉を鳴らして、ミッチェルが大量の冷や汗を流し始めた。そして、そのまま逃げるように立ち上がって走り去っていった。

(な、何が……いまのはリオの魔法ですか?)

小さくなっていく姿をぽかーんと口を開いて眺めていると、リオが息を吐いてから手を握って剣を消した。

「リオ、君はすごい魔法が使えるんですね？　これならゆくゆくは魔法使いになれますよっ、将来有望です！」

「魔法使い……あぁ、まぁ……それより汚いな」

「うぇっ?」

言葉を濁したリオが服の裾で私の鼻水やら涙を拭ってくれる。あまり雑に顔を拭くので若干痛い。

それに気がつけば周りの人たちが、遠くの隅へ逃げている。怪訝そうに眺めてこちらに近づこうともしない。

「……ごめんなさい、リオ。取り乱しましたね」

「取り乱したどころじゃないだろう」

「もっとみんなに恐れられてしまいました」

「そうだな。あんな狂ったように叫んで殴りかかっている女には誰も近づかない」

「うぅ、そうですよね……でもリオは逃げないんですね？　ふふっ」

泣きながら笑う私にリオがため息をついた。

（それにミッチェルから守ってくれました）

「私はリオがいてくれればいいです」

にっこりと笑った私にリオの瞳が見開かれる。それにいまはお父様やお兄様、ベルやオタク仲間もいるから辛くはない。

「……ばかだな。どこの者か分からないのに。正真正銘のばかだ」

「それ、リオが言います？　頑なに素性を教えくれないのはリオの方じゃないですか」

「……大人の事情がある」

「はいはい、そうですね。大人のリオにはもう聞きません」

ぷいっと顔を背けたリオの耳がほんのりと赤く染まっている。相変わらずの無表情だけれど、耳が赤いので拗ねてもなんにも意味がない。そのことを伝えたら、きっと怒るだろうから脳内にとどめておく。

（やっぱりリオは優しいです）

ふふっと笑う私に脳内にとどめていたことが分かってしまったのか眉を歪めている。けれど私の前に差し出される小さな手。

笑顔でその手を強くつかんで立ち上がると「笑うな。気持ち悪い」と言ってくるが、まったく嫌な気分にならない。

「はぁ、やっぱり推しを勝手に殺すのはやめておきます。私が推しの生存を信じなくてどうするって感じですよね」

「いまさらか？　さっきまで、死んだーってうるさく泣いてたくせに」

「うっ、忘れてください」

（そうだ。私が信じないとだめですね）

物語が変わっていることはたしかだけれど、まだリオンハルト様が死んだとは限らない。いまはとにかく冷静に物事を考えていく必要がありそうだ。錯乱している場合じゃない。

「……あぁ、オタク特有の、興奮すると周りが見えなくなる癖を直したいです」

「オタク？」

「あっ、いまのはお気になさらず」

「お前の会話には、たまによく分からない言語が出てくる。なぜだ？」

「あ、あはは一。これは訳語みたいなものです。と、というか！　お兄様に詳しい話を改めて聞きたいのですが、連絡珠が壊れてしまったので連絡手段もないし困りました」

「あぁ……」

わざと話を逸らすと、今度はリオが気まずそうにしている。

「リオ?」

「いや、べつに……こっちも気にするな」

「そうですか?」

(まぁいいか。それより連絡珠がないのは困ります)

以前からお兄様たちが喧嘩《けんか》して何度も連絡珠を壊してきた。そのためお父様の堪忍袋の緒が切れてしまい『次、壊したら二度と買わない』と宣言していたような。

だから壊れたときにユラレルお兄様があんなにも取り乱していたのだ。

「リオンハルト様用のへそくりを使うしかないですかね? いや、でもボード、うちわ作製、また遠征費など諸々《もろもろ》の必要経費ですし……これからは新たなグッズも周りに販売した……」

「それを使えばいい」

「え? でもそれを使うと何もお布施できませんし、愛も伝えられ……」

「伝えなくていい、恥ずかしい!」

——ばっ!!

(え? ええ?)

リオが顔を上げて真っ赤になりながら拒否する。首を傾げた私にはっとしたように顔を背けて、口に手を当てて固く閉ざした。

「なんでリオが恥ずかしいんですか?」

「それは……」

「やっぱり私なんかと一緒にいること自体恥ずかし……」

「違う！」

また被せるように否定するリオ。

「違うのなら、いいんですけど……」

「っ、もういい。帰る」

「えっ、ちょっとリオっ。引っ張らないでください」

（なんだか今日はリオの珍しい表情がたくさん見られたような？）

怒るとは違うような、恥ずかしがってはいるけど嫌そうではなくて……。耳だけではなく、今度は頬まで赤く染まっていることに笑いながら強くつかまれた手を握り返した。

小話　王宮での秘密会議

――――コンコン。

扉をノックする音が響いて、声をかけると年配の執事ローレンツが頭を下げて部屋に入ってきた。

「殿下。来月の聖礼の儀を執り行うのは第一王子殿下のアレン様になりました」

「あぁ、そう。それは仕方ないね」

「それと外の警備は厳重にしておりますが、リオンハルト様がおられたときよりは……」

「分かってるよ。すべてが彼に劣るのは。でも向こうも痛手を負ってるはずだ。すぐにまた仕掛けてはこないだろう」

「はい」

「ありがとう。もう下がっていいよ」

心配そうにしているのを安心させるためにも微笑《ほほえ》んでやれば、頭を下げて部屋から出ていった。

ぎっと椅子を鳴らして持っていた書類を机に乱雑に置く。

（いつまで持つか……）

ため息をつくと、その書類の横に置いてあった連絡珠《れんらくだま》に靄《もや》がかかった。

「あぁ、元気だった？」

――――「リオンハルト」

名前を呼ぶと、連絡珠に映し出された男が怪訝《けげん》そうな表情で睨《にら》んでくる。久しぶりにこの若草色の瞳を見……いや、あれ？

「ちょっと待って。なんで子供化してるの？　君、リオンハルトだよね？」

「理由なんて考えればすぐに分かるだろう。ミライ殿下」

「あはは、そうだね。僕を守るためにそうなったんだよね。ごめんごめん」

「しばらくしたら戻る。いまは魔力の温存のためにこの姿でいるだけだ」

「あぁ、不思議だなぁ。君と幼い頃から一緒にいるけど謎が多い。魔力を五つも保有してたら、なんでもできるんだね」

（どういう力の組み合わせでそういうことができるんだろうな）

どうせこの無表情で愛想のない男に聞いても教えてくれないだろうから、ほかの魔法使いに聞いてみようとペンを走らせてメモをしておく。そんな僕の姿をリオンハルトが怪訝そうに見つめていた。

「なんでもはできない。体をかなり酷使した。次、同じようなことがあれば俺は死ぬだろう」

「なるほど。じゃあ、そうならないように気をつけないとね。あまりにひどいと君も死ぬと……また新たな発見だ」

「……昔からそうやって人を分析して楽しむ癖は直した方がいい」

（ふふ、これ以上言ったら拗《す》ねて通信を切ってしまうかもな）

本当ならばもっと知りたいものだけれど、仕方ない。話を変えることにする。

「無事だという手紙だけ寄越《よこ》して、そこからは連絡すら寄越さないから。ちょっとした嫌味だよ。リオンハルト」

「安全が確保されてからじゃないと危ないからな」

「うん。いまは魔法塔のほかの魔法使いを警備にあたらせてるから、大丈夫」

「そうか。しばらくそれで持つといいが……」

「君の魔力がほとんどなくなるほどだから、向こうも痛手を負ってるはずだよ」

ふっと嘲笑《あざわら》うように息を吐いて、机に置いてあった紅茶のカップに手を伸ばした。

「まさかあの愚兄があそこまでの力を持ったとは思わなかったけど。お互い気を抜いたのが敗因だね」

ぐっと唇を噛《か》み締めたリオンハルトを横目に口に紅茶を含んで喉を潤す。

カップをソーサーに置き直してから指で机を鳴らしつつ、あの日のことを思い出してみる。

(気を抜いたにしても……)

一ヶ月前に仕掛けられた僕の暗殺。夜の執務室で第一王子である兄上のアレンとその横に従えていた女性の姿を思い出して頭が痛む。

父上、国王陛下にお伝えしてもいいのだが、その暗殺未遂現場にいてアレンと女性の姿を見たのは、僕とリオンハルトしかいない。逆に反逆罪に問われる原因を作りたくはない。

見事に側近の騎士たちは気絶させられていたのだ。加護の魔力を使って作ったと思《おぼ》しき睡眠香。あまり強い魔力を持たない愚兄があんなものを作れるとは思いもしなかった。

それに歴代最強といわれる筆頭魔法使いのリオンハルトと相打ちするほど。あの愚兄があそこまでの力を得たのは、後ろに従えていた女性が原因に違いない。となると……。

（――――やはりあれは聖女か）

トンッと机を叩《たた》いていた指先が止まる。

力を強めるという聖女の存在。まさかいつの間にか現れていて、さらには兄上側につくとは。彼は昔からリオンハルトが僕の側近、第二王子側についたことを妬んでいた。けれど暗殺未遂前の勝ち誇ったような態度はそれが原因だったのか。

聖女という面倒な存在を思い出して、机を叩いていた指先で痛む頭に触れた。

「あれをどうするつもりだ。殿下が何者かに襲われたという話が国民にまで広まっている」

「うーん。まぁ、とりあえず……様子見かな」

「アレンを王太子に推す声が高まっているそうだが？」

「はぁ、もう。君までも僕の頭を痛ませないでよ。貴族の口うるさいおじさん連中に散々言われてるし、分かってるから」

「貴族に聞かれたら終わりだぞ」

「ふふ、そんなヘマはしないよ。それにあちらも魔力を使い果たしたに違いないからね。まだ時間はある。じっくりと対策を考えることにするよ」

微笑みながら紅茶にまた口をつけると、むっと眉を歪《ゆが》めたリオンハルトのため息だけが聞こえる。

小さくなっても相変わらず可愛《かわい》げのない男だ。まぁ、向こうも同じようなことを思っているのだろうけど。

「とにかくリオンハルトが早く戻ってきてくれないとなんにもできないからね」

「全部を俺に任せないで、少し休養させてほしい」

「ふふっ、休養か。今回は結構待ってる方だと思ってるんだけど」

「まだ一ヶ月ほどしか休めていない」

「はいはい。ごめんって……ところでいまどこにいるの？　身なりはちゃんとしてるみたいだけど？」

「それは……」

さらに眉間に皺《しわ》を寄せたので、わざと瞳を見開くと大きく息を吐いてから話し始めた――……。

「ぷっ、あはははっ！　まっさか、あのエヴァンス伯爵家に拾われてるなんて」

ことの経緯を話し終えたリオンハルトに、堪《たま》らずわらってしまう。

「でもよかったじゃないか。あの熱狂的な君のファンの令嬢に拾われて」

「面白がってるだろう。こっちの身にもなってほしい」

「そう？　でもルルーシェ嬢は君がリオンハルトだってことは知らないんでしょう」

「それはそうだが……」

「ならいいじゃないか。ただ不憫《ふびん》な子供を保護している心優しい女性というだけだ。それに彼女は愛らしい風貌をしている」

手を組んで顎を乗せて笑いつつ『美しい女性に世話をされるのは男にとってご褒美だろう』と下世話な話になる雰囲気を醸し出してみる。

すると、僅かな苛立《いらだ》ちを隠すように視線を逸《そ》らしたリオンハルトに今度は本当に瞳を見開いてしまった。

(おやおや、いつもと少し反応が違う……かな?)

「そういえばルルーシェ嬢は魔力を奪うという変わった令嬢だったね。恐ろしい娘だという噂《うわさ》だけれど、大丈夫?」

「……違う。彼女は恐ろしくない」

(ほほう。なるほど、なるほど)

「そう? じゃあ一度、感謝の気持ちも込めてお会いしようかな」

「……なぜ?」

「いや、彼女の君に対する熱意を僕にも向けてほしいなぁと思ったことがあったからね」

苛立ちを隠していたものが崩れるように全面に現れて睨んでくる——これは面白い展開になった。あのリオンハルトがここまで人に対して感情的になる日がくるとは。

「もう少ししたら王宮に戻る。会う必要はない」

「そっか。残念だな」

顔を背けてしまったので、僕の言いたいことに気がついたのだろう。これ以上はからかってもまた腹を立ててしまうと、面白かったが先ほどと同じく追及するのをやめることにする。

「何か欲しいものとかはあるかい？　必要なものがあれば内密に送るけれど」

「欲しいもの……」

「なんでもいいよ。休養中の君へのお見舞いだと思ってほしいな」

「……では、連絡珠。連絡珠を送ってくれると助かる」

「それはいいけど……でもいま君は自分のものを使ってるじゃないか？　予備用かい？」

「違う。エヴァンス伯爵家用に……」

「あぁ、なるほど」

にやりと口の端をあげた僕にリオンハルトが心底嫌そうにしている。

「それは感謝を込めての贈り物？」

「違う。壊したから返すだけだ」

「なんだ、つまらない。君の可愛い恋人への贈り物だと思ったのだけれど」

「っ、彼女は恋人ではない！」

（わーお）

声を荒らげるなんて珍しい。あのどこまでも飄々《ひょうひょう》としており、戦地では恐ろしく冷酷と言われた男が休養中にまさかここまでになっているとは。

もしや僕に連絡してきたのも、これを願い出るためだったのかもしれない。

「君、もしかして無自覚？」

「は？　なんのことだ。殿下の言っている意味が分からない」

「あ～、うん。まぁ、そういうのは自分で気がついた方がいいか」

思わず抑えきれずににやにやと口を緩ませていると、横目でリオンハルトが忌々しそうに睨みつけてきた。

「もういい、また何かあれば連絡する。失礼する」

やはり怒らせてしまったみたいだ。すぐにプツンと靄がかかり元の透明な水晶玉に戻ってしまった。

「うーん。なかなかに噂は本当かもしれないな」

（恐ろしいなんて言われてるのも納得かも。かわいそうだけれど）

人を魅了する力は長《た》けているのかもしれない。いや、単に変わり種の男に好かれやすいだけなのか。

とりあえず彼の望みを叶《かな》えてあげようかと鈴を鳴らして執事を呼ぶ。

「なんだか思ってもみない展開になったな」

「はい？」

「いや、こっちの話。気にしないで」

クスクスと笑い始めた僕に執事のローレンツが不思議そうにしている。

良いものになるのか、悪いものになるのか。先が読めないというのも面白い。

「連絡珠を用意して。エヴァンス伯爵家に送ってくれる？　内密にね」

「はぁ、エヴァンス伯爵家にですか？」

「うん。あと巷《ちまた》で流行《はや》りの恋文も添えておいて」

ローレンツが目を丸くして固まっている。勘違いしているのが丸分かりだ。

「あぁ、送り主は僕じゃなくて……」

（昔からの側近、いや友達に少しばかりの手助けをしてあげようかな）

――『リオンハルト』にしておいて？

そう満面の笑みで伝えておいた。

第三章 推しとリアコの狭間……………………………

「ふぁ……もう朝……」

日差しを浴びて目を覚ました。ゆっくりと起き上がって、壁にかけてある神棚に手を合わす。そこにはいつぞやの新聞の切り抜き。

「おはようございます。リオンハルト様、今日も一日……っぅ、あなたのいないこの世で……ひっく……一人で頑張っ……っく……」

「おい。勝手に殺すな」

その前で泣き崩れた私の後ろに、いつの間にかリオが立って見下ろしている。

「うっ、だってぇ……いまだに生存確認できてなっ……ひっく」

「この間、生きているのを信じると言ったのはどこの誰だ」

「わ、私ですけど……っぅ、オタクは……推しの死亡フラグに弱い……っく……んです」

「オタク？　フラグ？……はぁ、もう変な訳語はいい。とりあえずその汚い顔を洗え」

「うぇ、リオの暴言がひどいっ……っく、それは……いつもっ、でした……」

しくしくと泣く私の手を引っ張って部屋の外に無理やり連れ出される。ここ最近は毎日こんな感じだ。たいした情報を得られることもなく、いまだにリオンハルト様の安否確認はできていない。

そうして日々どんどんと落ち込みが激しくなっていく私を見かねて、リオが色々と世話を焼いてくれている。お兄様が『僕の役目を取るな』と彼に怒っていたけれど。

「使え」

「あ、ありがとう、ございます」

ボウルに入れられた水で顔を洗うと、私の隣でリオがタオルを渡してくる。使用人たちが微笑《ほほえ》ましそうに「私たちはやることがありませんね」と洗面所から出ていった。なんというか、まぁ……。

(これではどちらが大人なのか分かりませんね)

少しばかり理性が戻ってくる。恥ずかしさから柔らかなタオルで顔を隠すように拭いていれば、小さな手が私の髪に伸びて触れた。くせっ毛の緩くカールがかかる髪。朝は大抵、自由気ままな方向に毛先が向いている。

「リオ?」

「ん。寝癖がついている」

「あぁ……水で濡《ぬ》らせば直りますから。そのくらい自分でやりますよ。慣れてますし、気にしな……」

ふわり。

(────え?)

櫛《くし》をとろうと鏡横にある棚を開けたとき、髪に温かさを感じる。

「へ? え? あれ?」

「直しておいた」

ドレッサーの鏡に映ったのは、暴れん坊だった毛先が落ち着いて綺麗《きれい》に整えられた私の髪。先ほどまでの自由気ままさが見事に消えていた。

(今日は手櫛くらいで落ち着いたのでしょうか?)

たまにはいい子になるじゃないかと、頭をくてんと横に傾けてみる。揺れる髪を指に緩く巻き付けて遊ぶリオが鏡越しに映っていて……。

「俺の方が早いだろう?」

これまたふわりと柔らかく笑った。

「んんんっ!!」

――――ドギャン!!

脳内に稲妻が走るような衝撃と可愛《かわい》らしさの頂点を見たようなありがたい気持ち。

「なんだ? 風邪か?」

「い、いえっ。ちょっと心臓が苦しくて……」

「心臓だと? すぐに治さないと危ない。早く見せろ」

「だ、大丈夫ですっ。あの、正常に動いてますから、むしろ過活動なくらいですから」

左胸を押さえて堪《こら》える私にリオの頭上に『?』マークが浮かんでいる。だめだ、緩む。口が、いやすべてがめちゃくちゃに緩む。

なんとか堪えつつも身支度をし終えた私に手を差し出すリオ。その手に甘えて手袋をつけた自らの手を重ねると、ぎゅっと握り返してまた柔らかく微笑んだ。ある意味、私を殺しにかかっている。

（なんですか。この間からリオがすっごく可愛いんですけど？）

最近のリオは私の仕事中も同じ室内で本を読んだり、書類整理を手伝ってくれたり、いまみたいに朝の身支度を手伝ってくれたりと。オタグッズ作製のときだけは気恥ずかしそうに部屋から逃げていってしまうのは変わらないのだけれど。

――――そう、なんだかリオに懐かれた気がする。

というか、やっと心を開いてくれた猫のようだ。彼のおかげで、落ち込んでいる中でも少し元気をもらっている。

「無表情ショタがお姉ちゃんだけに見せる微笑み。供給凄《すさ》まじすぎる……はっ！　これは沼に落とそうとしていますか？」

「沼？　誰が沼に落とすんだ？」

「んんんっふ、む、無自覚っ……ふっ、んんん！」

「……顔が気持ち悪いぞ。その表情はやめた方がいい」

すんっといつもの無表情に戻ったリオ。すっごい罵られた気がするけれど、少し心拍が落ち着いたので流すことにした。

（ん？）

朝食をとろうとダイニングに向かう途中、なにやら玄関先が騒がしい。何があったのかとリオの方を向いても、彼も分からないようで不思議そうにしている。

「お父様、お兄様、何があっ……うぁ!?」

呆然《ぼうぜん》としているお父様とお兄様を見つけて声をかけようとしたが、玄関の前にでっかい壁ができていて後ずさりしてしまった。

「あぁ、ルルーシェおはよう」

「お父様、おはようございます。これは……」

玄関先に運ばれてくる大量の包みや大小様々な箱。どれもが綺麗にラッピングされていて高級感が漂っている。

「お兄様、まだ私の誕生日ではないですよ……？」

「ユラレル、お前はまた後先考えずにルルーシェへの贈り物を買ったのか」

「ぼ、僕じゃないよ！」

（また私の誕生日に向けての贈り物ですかね？　お兄様の散財も程々にしてほしいものです）

私とお父様がじっとりした視線をお兄様に向けると、ぶんぶんと顔を左右に振って否定してきた。

またまた嘘《うそ》をといった目をしつつ、最初に運ばれてきた手前にある箱を開封してみると……。

「連絡珠《れんらくだま》？」

中に入っていたのは透明の水晶玉。それに……。

「これも連絡珠、これも連絡珠……これも連絡……」

何個かの箱を開けてもどれも連絡珠が入っていた。それにほかの箱や包みを開けてみると女性が喜びそうな高級なドレスや宝石たち。軽く我が家の一年分くらいのお金が飛んでいきそうなくらいだ。

（なんてものを……）

「ユラレル、どういうつもりだ！　しかもお前、連絡珠をまた壊したのか!?」

「お兄様、買いすぎですっ！　さすがに我が家のお金のやり繰りが大変なものになります！」

「壊したのは本当だけど……って、これは僕じゃないって！　ライレル兄さんじゃないの!?」

ガミガミと怒られるお兄様に、ため息をつくとリオが珍しく顔を青くして額から汗を流している。

「あのばか殿下……やっぱり頼むんじゃなかった……」

「リオ？」

「……なんでもない」

（どうしましょうか。お店に返品できればいいのですけど）

うーんと山積みになった贈り物を前に頭を悩ませていれば、侍女が私に満面の笑みで何かを渡してきた。

「これは？」

「ふふっ、お兄様たちからではないみたいですよ。お嬢様もすみに置けませんね？」

「はい？」

渡されたのは手紙。どうやら私宛てのようだ。リオと同時に首を傾《かし》げてその封を切ると……。

「ぎゃあああああ!?」

私の雄叫《おたけ》びに近い叫び声が屋敷中に響き渡った。使用人たちが何事かと慌てて集まってくるほど。

「どうした？　ルルーシェ、何かあったのか？」

「ルルっ!?　体調でも悪く……」

「こここここっ、こここここっれっ……ここっ……」

ばっと二人に手紙を掲げる。

「リオンハルト様からの贈り物ですっ！」

私が握りしめているのはハート型の可愛らしい便箋。それに、そこには『リオンハルトより』との送り主の名前つき。お父様とお兄様、リオが同時に目を丸くした。

（生きてらっしゃったんですね！　よかった……ってん？）

感動と安心で手が震えつつも便箋を開いて内容を確認するとさらに私に衝撃が走った。

「こここれ！『愛《いと》しい君に』ってか、書い、書いてありますっ!!」

――――ズカーン!!

（ん？　なんだか三人に稲妻が落ちたような？）

「なんであいつからルルに!?　死んだんじゃないの!?」

「ふざけるな！　あれほど娘には変な気を起こすなと忠告したのに!!」

「違う、俺じゃない！」

三人が同時に話すからほとんど聞き取れなかった。どちらにしろ全員慌てて怒っているのはたしか。それにお父様がリオを殺しそうなくらいに睨《にら》みつけているのはなぜだろうか。

恐ろしい表情をしながら「少し話をしようか」とリオの首をつかんで、そのまま連れて行ってしまった。

（って、そんなことはどうでもよいのです！）

「な、なんであいつがお父様に連れていかれたの？　まぁ、冤罪《えんざい》を免れたからよかったんだけど……ってよくない！　ルル、いつの間にあの筆頭魔法使いとっ……」

「はぁ、か、神棚に飾らなければっ……はぁっ」

「ちょっ、ルル！　話は終わってなっ……こらっ!!」

お兄様の制止を振り切って自室に戻り、息を荒くしながら便箋を眺める。『愛しい君に。リオンハルトより』という短い文章を何度も読み返して噛《か》み締めてから、壁に掲げてあった新聞の切り抜きの額縁の中に飾った。

（生きておられた。それにまさか私の想《おも》いが伝わって、なおかつお返しまで……）

「供給ありがとうございます」

ここ数週間の地獄のような日々から解放されて嬉《うれ》しくて涙が出てくる。もしかするとファン代表の私に生存報告をしてくれたのかもしれない。なんてお優しい。手を合わせて頭を下げて感謝を伝えていると……。

――――バンッ!!

いきなり扉を開かれて、驚いて顔を上げるとそこにいたのはリオ。汗を流して真っ青になっている。

「リオ？」

「燃やす……」

「はい？」

「くそ殿下が。なんてことを……そんなもの飾るな」

「ぎゃああああ!?　り、リオ何をするんですか!!」

「燃やすに決まってるだろう」

「ぎゃああああ！　や、やめてくださいっ!!」

手に炎を灯《とも》しながら私の神棚に飾ってあった手紙に向かってくるので、身体《からだ》をつかんで止める。

「止めるな。ふざけたものを贈りやがって」

「なんてことを言うのですか！　あれはリオンハルト様からの贈りも……」

「こんなもの偽物に決まってるだろう！」

「に、偽物っ……」

冷たいリオの言葉に口を開いて固まってしまう。

（たしかに言われてみれば、お話ししたこともないのにどうしていきなり私に……）

少しだけ冷静になってきて、おかしいことに気がつく。ファンレターですら届けられたことも話したことすらもない。それなのにこんな高級な贈り物をいきなり送ってくるなんておかしな話だ。もしかするとあとから、あり得ないくらいの請求がくるのかもしれない。脳内に『ミッチェルの嫌がらせ？　詐欺？』と恐ろしい想定が浮かぶ。

「そ、そうですよね……偽物……たしかにリオンハルト様とお話ししたこともありませんし……」

（むしろ嫌がられていました）

ボードやうちわを燃やされ続けていたことを思い出して、しゅんと頭を下げる。そんな私にリオがはっと瞳を見開いてから気まずそうに口を閉ざした。

「あはは……恥ずかしいですね。こんなオタクが公式から特別扱いされたと勘違いして興奮して」

（うぅ、これからは詐欺にあわないように気をつけなければなりませんね）

飾ってあった額縁に手を伸ばして外そうとすると、リオの小さな手が重なって止められる。

「リオ？」

「……言いすぎた……すまない」

「なんでリオが謝るんですか？　本当のことなので気にしなくていいですよ？」

「……っ」

深く眉を寄せて俯《うつむ》いたリオだけれど、ぎゅっと重ねた手を握ってくる。

「……その恋文が本物だとしたら？」

「へ？」

ゆっくりと若草色の瞳が上を向いて私を捉えた。潤んだ瞳と赤らむ頬が白い肌に映えて、リオの美しさを際立たせている。

（ホンモノ？……本物？）

「リオ、気を遣わなくていいのですよ？　そこらへんはわきまえてますから、少し興奮して我を忘れましたが」

「……っ、気を遣ってなどいない」

「またまた～。はぁ、リオまで純粋なオタクのお姉さんをからかうのは、やめてくださ……」

「本当に愛しいと思っていたら？」

「……へ？」

リオが詰め寄ってくる。上目遣いで苦しそうに問いかけるものだから、ポカーンと口を開いてしまった。

「だから本当にルルのことを愛しいと思ってたらどうするんだ？」

（め、珍しくグイグイきますね？）

見下ろすと美少年が頬を染めて懇願するように上目遣いで私を見つめてくるものだから、たまらない。しかも初めてリオに名前を呼ばれた気がする――――凄まじい破壊力。

「んんんっふ」と鼻息が漏れて今朝方、リオに気持ち悪いと言われた表情をしてしまいそうだ。これは頑張って力を入れなければ。

「んふふっ、んん、そ、そうですね？　推しからのお返しはありがたく受け入れますよ？」

「受け入れる……」

不安そうに歪《ゆが》んでいたリオの瞳が、少しだけ明るいものに変わるのが可愛すぎる。だめだ。力を入れてもニヤけてしまう。

また気持ち悪いと罵られるかと思いきや、それどころではないのかリオが「受け入れる、そうか……」と嬉しそうに何度も私の言葉を反芻《はんすう》している。

（可愛い。可愛すぎる……でもなんでこんなにリオが喜んでるのでしょう？　まぁ、可愛いからな

んでもＯＫなんですけど）

「えーっと、それと、そうですね……お会いしてそう言われたら喜びますし（非対面通話で発狂歴あり）、なおかつ触れ合えたら幸せですし（握手会で発狂歴あり）、つまり最高ですね」

もっと喜ばせてみたいという気持ちから、早口でオタクの推しへの感情を伝えてみる。横目でリオの様子をこっそり見てみれば……。

――――ぱぁっ。

もはや瞳がキラキラと輝き始めた。可愛すぎる。私の推し活の想いを伝えただけなのに、ここまで喜んでくれて共感してくれるなんて。

「そう……分かった……」

「んふふ、リオがオタク側の気持ちを分かってくれてよかったです！」

「ん。そういうのは苦手だが、これからは極力伝えるようにする」

「はいっ！……へ？」

（どうしてリオが？）

真剣に決意を固めるかのように頷《うなず》いたリオに、はて？　と顔を傾ける。

「リオンハルトー！」

そのとき外から大きな声が聞こえて、また驚きのあまりにピタリと硬直してしまった。

（え？　誰でしょうか？）

声が聞こえた窓の方に顔を向けたときリオの「ちっ」という舌打ちが聞こえる。それにさらにぎゅっと握られた小さな手。その手がとっても熱を帯びていて、なぜだろうかと窓に向けていた視線を戻して下に俯けた。

「まだ少し休養しようと思っていたんだが……」

（――――え？）

握られた手から放たれていく強い光。光り輝くリオの小さな手が大きなものに変わっていく。

何が起きているのか、これは現実なのかすら理解できずに、あり得ない出来事に呆然とその手を見つめていると……。

「久しぶりの元の身体だから、慣れないな」

「っ!?」

低い声が頭上から聞こえて、はっと意識を戻して顔を上げる。

（へ、え？　ええ？）

そこには大きく身体を変えたリオ……じゃなくて見知らぬ男性。白い肌に整った鼻筋と輪郭。彼が首や肩に触れて感触を確かめると、長い黒髪が揺れて肩から流れ落ちた。

あまりの美しさに目を見開いたまま固まる。羽織っている黒のローブが得体の知れないもの感を出すが、あまりの顔の美しさにそれすらも際立たせるオプションになっている。

「あぁ、案外小さかったんだな」

「へ？　わぁっ!?」

硬直していると手を引っ張られて抱き寄せられた。私を見下ろして軽々と腰を持ち上げられるか

ら足が宙に浮く。

「あ、ぁ……っえ、リオは!?　あ、あなたは誰っ……」

そのまま声が聞こえた窓の方に私を抱えて足を進める。男性が返事を返さず無言のまま、窓を開けてから足をかけた。

「え!?　ちょっ、ここっ、三階っ……ぎゃあああああ！」

そのまま宙を飛ぶように外に飛び立つものだから恐ろしすぎて目を見開いてしまう。こんなときになぜ目を瞑《つぶ》れないのだ、私よ。さらに恐怖をかきたたせて自殺行為に近い。最悪だ。

(なんなんですか、この人は!?　ていうか死ぬ――――！)

死を覚悟したが、地面に近くなると強い風が起こって下から抱えられるように身体が浮く。男性がゆっくりと地面に足を伸ばして、ローブを揺らしながら降り立った。それにいつの間にか屋敷の玄関先にいる。

「な、何が起きて……いまのは……」

「あぁ、もう。やっぱりもう身体は万全なんじゃないか」

「っ!?」

今度は聞きなれない男性の声。声がした先に視線を向けると、そこには皇族の服を身にまとった銀髪の男性がいた。

この人は見覚えがある……どころではない。聖礼の儀の場所で何度もお顔を拝見してきた。この方は……。

（ミライ殿下────!?）

言葉にならずに口をぱくぱくと動かすことしかできない。

「ふふ、可愛いお姫様を抱いて現れるなんて。僕の贈り物が功を奏したかな？」

「伝えたもの以外は二度と贈らないでほしい。あやうくこいつの父親から殺されそうになった」

「あぁ、エヴァンス卿《きよう》は炎の魔力が強い人だったね。昔、戦地で恐れられてたのを忘れてたよ。ごめんごめん」

「全貴族の魔力を覚えている殿下が忘れるわけがないだろう」

「やだなぁ、本当だよ。それにすぐに戻ると言って、ずっと戻ってこない君が悪いんでしょう？」

慣れたように会話する二人。ミライ殿下の後ろには大量の魔法使いたちと側近の騎士が守るように馬車の前に整列している。

（ま、まさか……こ、この……このローブの男性は……）

「仮病を使うのはよくないよ。リオンハルト」

（ぎゃあああああ!?）

声にならない雄叫びが脳内で響き渡った。口が高速でぱくぱくとしている気がする。美しい長い黒髪と若草色の瞳が揺れて、むっと殿下を睨んでいる。

おぉ、これはたしかに失神ものだ。初めて見たリオンハルト様のお顔は神々しすぎた。女性が騒いでうるさくて顔を隠す理由も分かる。大いに分かる。

「大丈夫？　ルルーシェ嬢が死にそうだけど？」

「は？」

「大量出血で死ぬんじゃない？」

ミライ殿下が愉《たの》しそうに私を指さすと、リオンハルト様が私を見下ろす。

「なんでお前、鼻血を出してるんだ？　汚いな」

「っぁ、やば……はぁ……もっ、もっと罵ってください……」

「ばかか。黙っていろ」

鼻の両穴から鼻血を垂れ流しながら瞳をハートにさせる私にげんなりとしつつ、すぐに治癒魔法で出血を止めてくれる。

（やっぱり小説どおり優しい……って、ん？　なんでこんなことに……）

ぼんやりする頭を必死に働かせようとしていると屋敷の扉が開かれて、慌てたお父様とお兄様が出てきた。

ミライ殿下とリオンハルト様の姿に驚いて、こちらも口を開いて固まっている。はっと意識を取り戻して、二人同時に頭を下げた。

「ミライ殿下、失礼しました。すぐにご挨拶できず……」

「あぁ、いいよ。いきなり訪れたのは僕の方だからね。頭を上げて」

「はっ」

「こちらこそお礼を言うよ。僕の側近がお世話になったようだからね」

「いえ、それは……」

お父様が言葉を濁す。お兄様と私がよく分からず、変わらずポカンとしているとミライ殿下の笑い声が響いた。

「あははっ、エヴァンス卿はなかなかに悪い男だな。娘が夢中になってる男が近くにいるのを教えなかったのかい？」

「それは……親なら仕方がないでしょう。どうか愚かな親だと思ってお許しください」

「ふっ、それはそうだ。それに怒ってはいないよ。その方が僕も愉しいからね」

（え？　ええ？）

殿下とお父様の会話にお兄様と私が首を傾げてから、はっと瞳を見開く。そして……。

「「リオ!?」」

同時に指をさして名前を呼んだ。

「お、お前っ！　小さい子供だと騙《だま》して、僕の妹に近づいたな!?」

「騙してはいない。子供ではないと何度も伝えていた」

「ふざけるな！　この詐欺師の魔法使いめ！」

「詐欺師ではない。お前は筆頭魔法使いを何度も侮辱した罪で罰してやってもいいんだぞ。あのときより水を何倍にもしてかけてやる」

「くっ！　あのときの雨漏りはお前の力だったのか!!」

手に水を巻き付けたリオ、ならぬリオンハルト様に「ぎ――！　修理の請求書はお前に送るからな！」とお兄様がそれしか言い返せずに髪を掻《か》きむしっている。

「り、リオなのですか……あ、あの……」

私の方へ向いてリオと同じ若草色の瞳を緩ませて、肯定するようにふわりと微笑む。あまりの美しさに後ろにいた使用人たちからの黄色い声が聞こえてきた。リオンハルト様がその声に面倒くさそうにローブを頭に被《かぶ》って顔を隠す。

「汚い。また鼻血が出た。仕方ないやつだな」

私の流れ落ちる鼻血を指で優しく拭ってから、また治癒魔法で血を止めてくれる。抱きかかえられているがために下にいる私からはローブの下で笑う美しい顔が見えて、止めてもらったのにまた出血しそうだ。

「あの愛想のない男が……ふふっ、これは面白い」

ミライ殿下が腕を組んで、片方の手を唇に当てながら私たちを眺めている。

「殿下……」

「ごめんごめん、怒らないでよ。ところでリオンハルト、その子はどうするの？」

「考えがある。持って帰る」

「考え？　もしや邪《よこしま》なものではないだろうね」

（へ？　え？　持って帰る!?）

慌てふためく私を横目に二人が変わりなく話している。いや、私の意見は？　というかなんで？犬じゃないんですけど。なんて言える雰囲気でもないので大人しく黙っておく。

「さすがに君がプライベートと仕事を一緒にすることはないか……だとすると、まさか……」

ミライ殿下が視線を遠くの先へ向けて考えるように呟《つぶや》いてからリオンハルト様を見つめる。リオンハルト様がゆっくりと頷いたのに唇に当てていた手を離して、口の端をあげて笑った。

「ふふ……あははは！　これはいい拾い主に拾われたようだ」

いきなり笑い始めたミライ殿下に訳が分からず、周りの人たちがポカーンとしている。少ししてから笑うのをやめて、お父様の方へと近づいた。

「エヴァンス卿、ルルーシェ嬢を少しばかりお借りしたい。いいかな？」

ミライ殿下がお父様の前に立って見つめる。微笑んではいるが瞳は笑っておらず、拒否を許さないと伝えるような強いものだ。しばらくお父様がその瞳を見つめたあと頭を下げた。

「はっ……殿下の願いならば。どうぞこのルルーシェをお使いください」

「なっ！　お、お父様っ!?」

止めようとしたお兄様をお父様が頭を下げたまま睨みつけると、ぐっと唇を噛み締めて口をとざす。

「エヴァンス伯爵家は長く中立の立場だったけれど、それは了承と捉えるよ。それもいいかな？」

「はっ」

「……ふむ。もしやお前、ずっと隠していたね。とんだ狐《きつね》だな」

「どうか……これも愚かな親だとお許しください」

殿下の冷たい笑顔に、汗を流して頭を下げ続けるお父様に何が起きているのか分からない。

すると殿下がぱっと軽い笑顔に変えたあと、足を弾ませてお父様に背中を向けた。

「ふふっ、もちろん許してあげるよ？　僕は優しいからね」

「殿下からの温情ありがたく思います」

「んー、そんなこと思ってないくせに。まぁいいや。こちら側についたことは後悔させないから安心して」

「はっ」

「それにこのリオンハルトが命に替えても君の娘を守るだろうし。ルルーシェ嬢がこの男に気に入られてよかったねぇ」

にっこりと笑ったミライ殿下がリオンハルト様の肩をポンっと叩《たた》く。リオンハルト様が苛立《いらだ》つように睨んだが、まったく効力はないのかさらに楽しそうに口の端を緩ませた。

「殿下、人が集まってきた。早くここから離れた方がいい」

「あぁ、そうだね。広まってあちら側の耳に入っても困る。行こう」

こっそりと訪れていたのか、皇族用ではない馬車にリオンハルト様が殿下を促す。魔法使いや騎士たちが囲んで姿を隠しているからか、誰が来たのかまでは分からないだろう。

またエヴァンス伯爵家の兄弟喧嘩《きょうだいげんか》かと通行人たちが呆《あき》れた顔をして通り過ぎている。恥ずかしながら、よくお兄様たちが私のことについて争っていたから、通報されて騎士や魔法使いが屋敷に集まるのはよくあった。

「エヴァンス卿、僕がここに来たのはくれぐれも内密に。じゃあ失礼するよ」

ふわりと笑ってから白のローブを頭に被って馬車に乗られたミライ殿下。

(ふぁ〜、なんだか夢みたいな時間でした)

「今日は良い夢が見れそ……わぁ！」

「なんの夢だ。早く行くぞ」

「えっ、ええ!? 私を連れて帰るというのは本当だったのですか!?」

「なぜ嘘をつく必要が?」

「そ、それはそうなんですけどっ……！」

リオンハルト様に米俵のように抱えられて別の馬車に連れていかれる。お父様に助けを求めてみるが、申し訳なさそうに眉を下げただけだ。お兄様も殿下にお願いされた手前、何もできずに唇を嚙み締めて震えている。

「え……あ、な、なん……」

——バタン。

家族に何も話す時間もなく連行されるように馬車に乗せられ、扉が閉められた。

◇◇◇

——ゴトゴト。

「なぜそんなにも離れて座る?」

「いや……あの……」

対角線上に座った私を、窓に肘をつきながら不思議そうに見つめるリオンハルト様。

「あぁ、やはり答えなくてもいい。いきなりだから驚いていているだろう。無理やり連れていかれて混乱するのも仕方ない」

「はぁ、まぁ……」

「それにずっと素性を明かさずに黙っていて悪かった」

「いえ……何かしらのご事情があったのでしょうし、お気になさらないでください」

私が笑いかけると、ほっと安心したように息を吐いた。窓から肘を離してから、長い髪を片方にまとめて髪紐《かみひも》で先の方を緩くまとめている。その様子を淑女の微笑みで拝見する……。

（ふぁあああぁぁ!?　お、推しと同じ空間、推しと同じ空気、推しと同じ時間――!!　やっば、めっちゃ匂い嗅いでおこう!）

ただし、それは外見上のみ。脳内の小さなルルーシェはのたうち回っている。

「どこに連れていかれる?」とか「なんで連れていかれてる?」とかの疑問が普通であれば一番に頭を占めることだろう。けれどそれより私にとっては推しが目の前にいるという事実の方がいまは大きい。

（え?　何これ、現実?　いや、現実ですよね。手汗すっごいですもん、手袋びっちょびちょですし。脇汗もやばい気がします。えっ、ていうか、めちゃくちゃいい香りしません?　おかしいな。同じ入浴剤使ってますよね。同じ入浴剤……リオだったってことはリオンハルト様と四六時中一緒にいたってこと?）

――――ガンッ!!

「っ!?」

頭を窓にぶつけて現実か確かめてみる。痛い。めちゃくちゃ痛い。どうやら現実のようだ。

「何してるんだ？　そんなに馬車は揺れてないぞ」

「いえ。これは現実か確かめているんです……何度か打ち付けたら夢から覚めるかもしれないので。

あぁ、そう、夢だ。これは夢です。私の推しが目の前にいて、さらに同じ空間で同じ空気を……」

「待て、ばかなことをするな。落ち着け」

ガンガンと頭を打ちつける私を押さえ込んで強制的に窓から離される。そのおかげ……いや、そのせいですっぽりと背後からリオンハルト様に抱きかかえられて膝の上に乗せられた。

（え？　私、今日が命日ですか？）

「し、しししし心臓が止まります」

「止めるな。動かせ」

「と、止めようとしてくるのはリオンハルト様でしょう」

「どういうことだ？」

窓枠に肘をつきながら、私の髪を手で持ち上げて梳《す》く。驚いて振り返ると流し目で横から見つめられて、ぴゃっと真正面を向き直した。

無自覚なのもいかがなものか。いままで超塩対応だったのに、急にファンサがすご過ぎやしないか。汗が止まらずにダラダラと流れて臭くないだろうかと心配になってきたとき……。

——ちゅっ。

「っひぁ!?」

首筋に唇が触れて身体が飛び跳ねる。

「ふっ、脈が早い。大丈夫そうだな」

(っ、う、うぁ——)

もはや言葉にならない。私の首筋に唇で何度も触れていくものだから、手で顔を隠す。けれど脈を確かめるように私の手首を優しくつかんで顔から離された。

離された先には妖艶に見上げるリオンハルト様の美しいお顔。赤面してガチガチに固まってしまえば、綺麗な若草色の瞳が近づいてきて……。

(えっ、ちょっ、これは……)

「ちょっと待ってください!!」

互いの唇が触れ合う寸前に手のひらで唇を押さえる。今度はリオンハルト様が目を丸くして固まっている。

「なぜ……?」

「えっ、あの、なぜって……なぜ?」

「は? それはこっちの台詞《せりふ》だ。なぜ拒否をする」

「いや、あの、なんで私に? 私なんかしがないモブ以下キャラですよ?」

「モブ? キャラ?……はぁ、だからよく分からない訳語はいい」

むっと眉を寄せて上目遣いで見上げてくる。このアングルたまらない。脳内スクショに百枚くらい収めたい……って、それどころではなかった。

「受け入れるのだろう？」

「俺のことを愛していると言っただろう。ありがたく受け入れると」

「受け入れ……へ？」

「え、は、はい……言いましたね？」

「触れ合えたら幸せと」

「はい……それも言いました？」

（えっ、ちょっと、あの……これ……）

手首を引き寄せられて、手のひらにキスを落とされる。柔らかな唇と髪が触れてくすぐったくて熱い。

「だからルルの望み通り触れようとしただけ」

意地悪に笑ったリオンハルト様。そのまま押し倒されて馬車の柔らかな椅子に少しだけ背中が沈み込んだ。

揺れる長い髪が私の顔のそばに落ちて、上から妖艶に見下ろされればバクバクと心臓がうるさい。

「ひぁっ！」

首筋にキスを何度も落とされて、そこが熱を帯びて溶けそうだ。私の薄黄色の髪を指で梳くと長い指先に絡ませる。柔らかく触れ続ける熱い唇。プチプチと胸元のボタンが一つずつ外されていく。

「あぁっ、ちょっ……んっ」

「大丈夫。外からは何も分からないように魔法をかけてある。ルルの声を聞かれたら、そいつを殺しそうだからな」

「えっ、なっ……っああぁっ！」

開かれた胸元に唇が際どく触れた。チクリとした痛みのあと舐《な》めあげられて、そこが熱を帯びていく。

「……いやっ、違っ！　あのっ、違う!!……っあ!?」

「は……何が？」

「あのっ、わ、私っ、私にじゃなくて！」

（そう違うんです！　なぜ私はこんなにも迫られているのでしょう？）

私は推しと別の女性キャラが幸せになるのを見届けるのが楽しみだったのだ。自分がとかおこがましいことは決して企《たくら》んではいなかった。

それにあくまでオタクなのでファン目線から眺めるのが好きで。だから……。

「私は求めてませんから────!!」

「は？」

混乱のあまりにそう叫んでしまえば、リオンハルト様がまた目を丸くして唇を胸元から離した。

「どういう……ことだ」

「で、ですからっ、私は求めてなくてっ！」

「は？　求めてないって……ルルが愛してるだの好きだの言ってきたんだろう？」

「いやっ、そ、そうなんですけど！　それは推しだからで、そういうんじゃなくて！」

「っ……まさか嘘をついたのか？」

「嘘なんて滅相もない！　愛してる気持ちに嘘はありません！」

瞳をこれでもかと見開いて私を見下ろしている。「嘘じゃない」と一言だけ呟いて、頬を赤らめたあとすぐにまた表情を曇らせた。

「嘘じゃないなら受け入れればいいだろう？　なぜ頑《かたく》なに拒否をする」

「あー！　だからほかの女性と幸せになるのを傍らから少しばかり拝見させてもらうのが楽しみだったんです！」

「は？　ほかの女？」

「そうです！　私にとか求めてないんですっ！」

「リアコ枠ではないですからぁぁぁ!!」と馬車の中で響いた私の声。

くらりと頭を抱えて私の上から離れたリオンハルト様にいそいそとはだけた胸元を戻す。

（そうですっ。モブ以下キャラがサブヒーローとなんてありえないですっ！）

「わけが分からない。なんだこの女は。あれほど愛してるやら、好きやら、嬉しいやら伝えてきたのに」

「大丈夫です。私、リオンハルト様のファン代表として立場をわきまえてますから！」

ドヤっと胸を叩いて晴れ晴れしく宣言するが、さらに表情を曇らせてしまったから首を傾げてしまった。そんな私にリオンハルト様が大きなため息をつく。

「分かった。ルルが一筋縄ではいかないおかしな女だというのは、聖礼の儀で分かっていた。それを忘れていた俺が悪い」

「悪い？　いえいえ、そんなことは……っておかしな女!?」

「何か間違いでも？」

「うっ……ま、間違っておりません」

ふんっと息を吐いてまた私の髪を掬《すく》う。

「ほかの女がどうとか言っていたが……」

「はい？」

「俺は人間自体に興味がない」

（リオンハルト様の人間不信。それは小説でも分かってますが……）

「でも……」

指に絡まる髪に唇を落とした。ゆっくりと触れた唇を離して……。

「ルルだけは興味がある。だからほかの女はいらない」

――――ドギャーン!!

艶《なま》めかしく微笑んで、長い指先が私の髪を梳くと流れ落ちる。破壊力がすごい。リオのときもすごかったけど大人になった姿も洗練された美しさで、これまた凄まじい。

「わ、私は傍らでリオンハルト様と別の女性の幸せを拝見させていただいて……ただのオタクで」

「ああ。好きなだけそう言っていればいい。それといままで通りリオでいい」

「いやっ、それは……あの……っあ！」

「言わないと、また触れる」

首筋に微《かす》かに触れた指先にビクンと震える身体。これ以上されても困ると慌てて「リオ」と呼べば、満足気に笑った。

リオの面影も重なってかめちゃくちゃに可愛い。緩んだ顔を直そうとしていると抱きしめられた。

「あの、り、リオ……私はほんとに自分自身にじゃなくてよくてですね……」

「ん。俺はルルがいい」

「おっふ」

ぎゅっと強く抱きしめられて硬直してしまう。リオからハートマークが出て、ビシバシと私に向かって当たる幻覚も見えてくる。

(あれ？　どうしてこうなったのでしょう？)

聖女も現れないし、失恋をなぐさめる別の女性キャラも現れない。恐れられて不憫《ふびん》だった推しキャラがもはや懐いた猫のように私に執着して離してくれない。

どうしましょうと頭を悩ませていると、それすらも忘れさせるような美貌の推しに微笑まれて脳内が真っ白になった。

◇　◇　◇

そうして、いつの間にかたどり着いていたのは王宮の横にある魔法塔。大きな門が開かれて中に馬車が入っていく。古いレンガ作りの建物だが、大きくそびえ立って威厳がすごい。

王宮の両隣には聖礼の儀がおこなわれる聖堂といま目の前にある魔法塔がある。それぞれ高い壁で囲まれているが、王族や限られた貴族、聖職者、魔法使いが行き来できる通路があり繋《つな》がっている。

（まさか私が魔法塔に来ることになるとは思いませんでした）

ふぁーっと口を開けていると馬車の扉が開かれた。先にリオが馬車を降りると何人かの魔法使いたちが私たちを怪しそうに警戒している。けれどすぐに誰か気がついたのか今度は目を丸くして驚き始めた。

「あれは……もしやリオンハルト様では？」

「生きておられたのか。殿下をお守りしてから行方不明だったと聞いていたが」

「ではあの令嬢は？」

「誰だ？　なぜリオンハルト様と同じ馬車に？」

（うぅ、注目されています）

魔法塔は基本的に魔法使いしか入ることができない。ライレルお兄様の許可があれば、家族は入ることはできるのだけれど。絶対に周りに威嚇か惚気《のろけ》られることしかしないから、お兄様の誘いを頑なに拒否していた。そう、それは恥ずかしいからで――……。

「あ、あのリオ、私は大丈夫ですから……」

しぶしぶ馬車を降りようとすると、フードを頭まで被ったリオが当たり前のように手を差し出してくる。頬を染めつつも拒否をしてみたが不思議そうに首を傾げられた。

「なぜ？　いままではどこに行くにしても俺の手をつかんでいただろう？」

「それは、子供だと思っていたからで……わぁ！」

その手を避《よ》けて降りようとしたとき、腰を引き寄せられてそのまま抱きかかえられてしまう。

「うぅ、下ろしてください」

「だめだ。いつ脱走するか分からない」

「だ、脱走……」

（これなら普通にお兄様に会いに来た方が恥ずかしくなかったかもしれませんっ！）

ふわりと香る石鹸《せっけん》の匂いに目まいがしそうになる。目を丸くする魔法使いたちの視線とリオとの距離の近さに顔を手で隠してプルプルと震えるしかない。

「ふっ、本当に捕らえられた犬のようだな」

「うぁ」

抱えられているがために指の隙間からローブの下のリオの顔が目に入る。可笑《おか》しそうに微笑む美しさに吐血しそうだ。恥ずかしいけれど役得すぎて隙間からガン見してしまう。

「リオンハルト様ですよね？　いままで何を……」

「あの髪色に手袋……まさか、そちらはエヴァンス伯爵家の令嬢なのでは？　魔力を奪うという」

「リオンハルト様っ、なぜそのような魔法使いにとって危険な令嬢を抱えてらっしゃるのですか!?」

私のことに気がついた魔法使いたちに囲まれていくが、リオが無視してその間をすり抜けてずんずんと進んでいく。そのまま魔法塔の中に入ってしまった。

「あの令嬢を連行しているのか?」

「とうとうリオンハルト様の魔力までも奪おうと企んだのか? 恐ろしい娘だ」

(あー……とっても危険物扱いされてますね)

そりゃあ抱きかかえて逃げないようにされていれば、そう思うのが普通だろう。それに私もなぜ魔法塔まで連れてこられたのか明確な理由は教えられていない。馬車の中で聞けばよかったのだけれど、それどころではなかった。

——保護した子供が推しで、なおかつ懐《て》かれた《なずけた》なんて思いもしなかった。

危険物を見る蔑んだ視線に少しだけ冷静さが戻ってくる。

「リオ。ところで、どうして私はここに連れてこられたのでしょう?」

「いまさらか?」

「うっ、それはそうなんですけど……」

(それどころではなかったと言っても分かってくれないでしょう?)

ぐぐっと緩む口を必死に堪えていると、いつの間にかリオが大きな扉の前で立ち止まった。ドアノブをつかんで扉が開かれると……。

――――ブワッ!!

「わっ!?」

熱風とともに赤く燃える炎の玉がこちらに向かって放たれる。すぐにリオが横に避けたおかげで命拾いした。かわりに背後の廊下の壁が黒焦げになり、ぱっくりと穴が開いてしまったけれど。

「リオンハルト！　貴様、何をのうのうと帰ってきやがったぁぁぁ!!」

がばりと私たちにつかみかかる勢いで黒い影が現れる。

「休暇をもらっていた。殿下からお前に伝えられていたはずだが？」

「休暇だと!?　お前ほどの魔力があれば数週間で回復してるはずだろう。なぜ一ヶ月以上も休暇をとる必要があるんだ！」

「はぁ。ならばお前も死ぬ間際までの魔力の枯渇を経験した方がいい。二度とそんな口はきけない」

何度も放たれる炎の玉を軽やかに避けて、水に包んで消していく。こんなにも間近で魔法使いたちの演習を見たのは初めて。というか演習ではないような気もする。

「そんなの知るか！　お前のせいで俺の仕事が何十倍にも増えた！」

攻撃が当たらないのに諦めたのか、今度はバンバンと机の上に大量に積まれた書類たちを叩き始めた魔法使いの男性。

（な、何が……ってこの人は……）

「しかも、のこのこと令嬢を抱えてやってくるとは！　どこの令嬢と楽しい思いをして……っ!!」

「あ……」

パッチリと合う目線。その目線の先には同じ薄黄色の髪色。

「ルル――――!?」

「ご、ごきげんよう。ライレルお兄様」

口を引き攣《つ》らせつつも頭を下げて挨拶をすると、すぐに私を引き剝がすようにリオから奪い取った。

「き、きききき貴様――――! 俺の妹に何をした!? なぜ俺の妹を抱えている、なぜ俺の妹に触れている!?」

「はぁ。これではまともに会話もできない」

「ルルに触れたお前は万死に値する!」

「分かった。もう好きなだけ炎を放てばいい」

またもや何個も炎を放ち始めたお兄様に呆れて、リオが水も出さずに避けていく。そのせいで辺りが炎に包まれてしまった。

(あぁ、だから魔法塔には近づきたくなかったのです……)

その後、ほかの魔法使いが慌てて止めに入り、お兄様はこっぴどく上官に怒られた。そのおかげでなんとか落ち着いた。

「っ!! お前が我が家でルルが保護していた子供だったとは!」

「おい。また怒られたくなければ、その身体に灯した炎を消せ」

「っく、忌々しいやつめ。はっ！　まさか我が家の連絡珠を壊したのは……」

「ちゃんと新しいものを返した」

「ぎ――――！　貴様が壊したせいで何週間かユラレルからのルル情報が入らなくなった！」

ソファに腰掛けながら、ブルブルと怒りを堪えているライレルお兄様。そんなお兄様を面倒くさそうにリオが視線を背けている。

「お兄様、リオは何もしておりませんよ。どういう理由かは分かりませんが、本当に弱っていたので仕方ありません」

「り、リオ……だと？」

「名前を正直に伝えられるわけがないだろう」

「ルル！　こんなやつの名前を呼ばなくていい！　即刻、屋敷に帰って……」

「お兄様。それより、お兄様が彼の補佐官をしているなんて初めて聞きましたが？」

私が笑いながらお兄様に冷たい表情を見せると、ピタリと口を開いたまま固まった。

そう聞いていない。お兄様が昔からリオの右腕として補佐官を務めているなんて。

(リオと話せる立場ではないと私に言っておきながら！)

「そ、それよりも、なぜ俺の妹を魔法塔に連れてきた!?」

ぐりんっと顔を私からリオに向ける。話を逸《そ》らしたな、くそう。あとで問い詰めてやる。

「あぁ、それはお前の妹が優秀だからだ」

リオがテーブルにも積み重ねられた書類の束の一つを手に取る。思いもしない回答にお兄様と私がぽかーんと口を開いてしまう。

「エヴァンス伯爵家に滞在していたときにルルの事務処理の速さに感心していた」

「あ、そ、それはありがとう、ございます？」

「日々の領地の財政管理やエヴァンス卿の事務処理の管理。炎の魔力の名門エヴァンス伯爵家に昔から事務官がいないのは不思議だったが、この妹が担っていたのだな？」

（おぉう。まさか褒められるなんて思いませんでした）

ただ単に推し活経験から生かされた私の事務処理能力。家族のためにと当たり前のようにしていただけ、なのだけれども。

「ふふ。そうだろう、そうだろう。ルルは有能なのだ。お前たちが勝手に無能だと判断しているのとは違う」

「前から俺はお前の妹に関して何も言っていない」

「ぎぃっ！　貴様のその昔からのルルへの関心のなさにも腹が立つ！」

「ああ、ならば仕方ない。腹が立つのなら関心を持たなくてはな」

「そうだ！　俺の可愛いルルにもっと関心を持て……ん？」

お兄様がドヤっと胸を張って立ち上がったが、すぐに首を傾げる。その瞬間、リオの指先が私に向けられてふわりと身体が風に包まれて浮いた。

「わぁ！……ふぎゃっ!!」

お兄様の隣に座っていたのに、リオの隣にちょこんと座らされる。

「だから俺の仕事の事務処理を手伝ってもらう」

肩を寄せてにっこりと笑ったリオ。

「なぜ！　お、お前の事務処理を……」

「なぜ？　ライレル、いつも事務処理をさせるなと俺に怒っていたじゃないか？　それに妹は優秀だと自ら俺に進言した」

「なっ、揚げ足をとりやがって！」

「あの襲撃以来、ミライ殿下の警備をさらに強いものにしなければならなくなった。そのために事務をする時間は前よりもない。お前も忙しいだろう。だから一ヶ月空けているだけでこの様だ」

「っぐ！」

リオが持っていた書類をバサリと机に置くと、お兄様が悔しそうに唇を噛む。

「ミライ殿下には許可を得ている。もちろんお前の父親にもだ」

(あぁ、だから私を連れて来たんですね)

まさかまさかの私の推し活の成果で推しと同じ職場で働くことになるとは。何も言い返せなかったのかお兄様が「くそっ」と奥歯をかみ締めてソファに座り直した。

「あのリオ、私……」

「何も言わず連れてきて悪かった。すぐに説明しようと思ったが……」

「あっ、それは大丈夫です」

先ほど馬車の中でリオに迫られたのを思い出して、ほんのりと顔が火照ってしまう。それを見て嬉しそうに微笑んで私の手に触れる彼に、火照っただけの顔から本当に火が出そうになった。

「っ！　お、俺の妹となんでいい雰囲気を出してやがる、離れろ！」

「殿下からのお達しだ。ライレルは即妹離れをするようにと。筆頭魔法使いに歯向かうようなら、その胸のブローチを外してもいいとのことだ」

「なっ!?」

黒のローブ上から左胸を隠すように押さえたお兄様。その下には炎が渦巻く刺繍《ししゅう》が入れられたブローチが付けられている。魔法使いたちは黒のローブにそれぞれの力を表したブローチを掲げていた。

リオは五つもブローチを付けるのは重いという理由で付けていないが。とにかく、それは魔法使いの証《あかし》なのだ。そのブローチを外すということは……。

「お兄様。名門エヴァンス伯爵家から炎の魔法使いがいなくなるのはよくありません。リオに従ってください」

またもやお兄様が荒く息を吐いて座る。

「そういうことだ。ルル、事務処理を頼めるか？　殿下の安全が確保されるときまで」

「……はい。それがミライ殿下とリオの頼みなら。私は従います」

深く頭を下げて了承するとリオがまた嬉しそうに笑った。そんな自然な笑顔とは裏腹に私の心の中は……。

――推しと仕事！　推しと同じ職場!!

なんてことしか頭になかった。怒るお兄様には申し訳ないけど、推し活が捗《はかど》るのは死ぬほど嬉しい。

（もしかすると、きっと馬車でのことは私が断らないようにするためだったのかもしれませんね？）

なんて先ほどのリオからの執着に近い感情を向けられたのは、それが原因かと短絡的に考えた。

数時間後にそうではなかったと困惑するなんて思いもせずに。

◇◇◇

「お兄様、ここが間違ってます。すぐに訂正して申請し直しておきますね」

「ああ、助かる」

「それと、これもすぐに処理が通るように書き直しておきました。今後も使えるような原本を作っておきます」

「ああ」

さっそくテキパキと仕事をこなしていく私の隣でライレルお兄様も補佐として書類を片付けていく。

どうやら書類に埋もれたこの部屋は筆頭魔法使いのリオの執務室らしく、お兄様がずっと事務処理をしていたらしい。リオは殿下の警護があるらしく、すぐに部屋から出て行った。

少しだけ片付いた事務処理に、休憩がてらペンを置いて息を吐く。

「お兄様、やはりミライ殿下が襲われたのはただ事ではなかったのですね？　あのリオがあそこまで魔力を失うなんて」

（リオ……リオンハルト様は五つの魔力の加護を受けた歴代最強の魔法使いだと小説でも描かれていたのに）

そのリオが身体を子供化させて魔力を温存するほど。殿下を襲った人物は相当な魔力を持っている。小説の中で殿下を襲った第一王子のアレン殿下はそこまで魔力はなかったはずだ。あっけなく聖女とリオにやられたはず。

「あー……まぁ、そうだな。でもルルが気にすることじゃない。俺たち魔法使いたちが解決するからな」

「はい……やはり第一王子のアレン殿下の仕業ですか？」

「っぶ！　る、ルル、いま気にするなと言ったばかりだろう？　それに誰かに聞かれたら……ん？ここはリオンハルトが結界を張ってるから大丈夫か」

「ならば教えていただけませんか？」

「うっ、だ、だめだ。さすがにそれは……」

「お兄様が心配なのですっ！」

言葉を濁すお兄様にそう言い切ると、困ったように、でも嬉しそうにニヤニヤとしている。よし。あとちょっとで口を滑らせてくれそうだ。

（本当はリオに何か起きないかの心配も強いんですけど。推しの幸せを見届けられないのは辛《つら》いで

すからね）

それに小説の話が変わっているのも心配だ。何か原因があるはず。それを知らなければ不安が拭えない。

「あー……ルルの言うことは、ほぼほぼ正解だ」

「じゃあやっぱり第一王子殿下がっ……」

「そうだな。アレン殿下が襲ったのは間違いない。それと……」

すっと人差し指を立てるお兄様。

「もう一人。それが一番厄介だ」

「もう一人……？」

「あのリオンハルトですら手こずるほど。絶大な魔力を与えるもの」

（リオでも手こずる……絶大な魔力……まさか……）

はっと顔を上げるとお兄様がふぅと息を吐いた。

「ルルがリオンハルトに夢中になったのは腹立たしかったが……ミライ殿下側を支持してくれたのは救いだったのかもな」

お兄様の言葉で確信に変わる。口の中が乾いていくが、ごくりと喉が鳴った。

（やっぱり）

――聖女はすでに現れている。

もうこの世界に聖女は存在しているのだ。けれども違うこと。それはミライ殿下ではなく

――第一王子、アレン殿下側についているということ。

（なぜ……アレン殿下に？）

おかしい。聖女は異世界からこの世界に訪れてすぐにミライ殿下に好意を持ったはずだ。それが反対の立場に変わっている。

このままでは小説の結末がまったく違うものになる。その要因も分からない。というかもうすでに話が変わっていて結末すら分からない。

力の強さを与えるという聖女。そんな聖女が敵となると……。

「ルル」

はっと顔を上げるとお兄様が心配そうに私を見つめていた。

「さっきも言ったが、ルルが気にすることじゃない。とにかくルルは何もしなくていいんだ」

「お兄様……」

「っくそ。リオンハルトもこんな危ないときに、なんでルルを自らの近くに……」

「ミライ殿下の警護を第一にするために、私に事務処理を頼まれたのでは？」

「それもそうだが……」

（とにかく私がリオの助けになるのなら、それをするしかありませんね）

私のようなモブキャラ以下の存在がリオやミライ殿下を守れるのかは分からない。それに私をリオに引き渡したときに、ミライ殿下がお父様に伝えたこと。『エヴァンス伯爵家はミライ殿下、第二王子側につく』ということ。

長らく続いている王位継承権争い。本来であれば第一王子であるアレン殿下が王太子につくのが習わしだが、現国王はそれを決めず優秀な方を王太子に選ぶとした。

そのため貴族たちにとって、王子二人のどちらにつくかによって今後の家の力の強さに繋がるため重要なものとなっていた。第一王子、第二王子どちらにも中立派であったエヴァンス伯爵家がミライ殿下側につく。その言葉の意味の重さがいまになって分かってくる。

(もしやリオが死ぬときは我が家、私ももれなく殉死エンド。ということでしょうか?)

それはすなわちモブキャラ以下だったのに、晴れてモブの立ち位置になったということ。いやいや、晴れてじゃない。もはや陰から傍観なんて話じゃない。

「まさか推し活がこんなところで繋がってしまうなんて……」

「オシカツ?」

でも推し活していても、してなくても、こうなったのには別の要因があるはずで。でも、その理由が分かるはずもなくて。だからもう心を決めてメインキャラたちと関わっていくしかなくて。推しが死なないように私なりに手伝うしかなくて……。

ぐるぐると混乱する頭の中。あぁっと頭を掻いて立ち上がった私にお兄様がペンを片手に目を丸くした。

(考えていても分かりません！　転生前から私は無能ですし!!)

「る、ルル?」

「お兄様！　私は推しの幸せのために頑張ります！」

「え、幸せ？　頑張る？」

「とにかく！　この書類を今日中に片付けますよ、早くペンを動かしてくださいっ！」

「お、おお」

ダンっと机を叩いてからペンを持ち直して猛スピードで処理をしていく。

(そう。無能は無能なりにやれることをやるしかないです！　推しのためならばどんな命令でも従います!!)

そう心に誓って仕事をしていた……けど……。

――――数時間後……。

「あ、あのどうして私はシュトレン侯爵家の屋敷にいるのでしょうか？」

「しばらく連れていくとエヴァンス卿には伝えたはずだ」

「だ、だから人をそんな犬のように……」

心に決めて仕事に励んだ数時間後、私がいたところは豪華《ごうか》絢爛《けんらん》な屋敷の中。目の前にはずらりと並んだ使用人たちが頭を下げている。

ここは我が家よりも格上のシュトレン侯爵家。昔から様々な魔力の加護を受けた強い魔法使いを輩出している家だ――――そう、それはリオの家。

「両親が数年前に亡くなってからは俺が爵位を継いでいる。まぁ、名ばかりだがな」

「はぁ、それは存じておりますが」

小説でも軽く説明書きはあった。筆頭魔法使いの職務で忙しいので、基本的に家の管理はリオのお姉様であるリティ様がしているということも。

（ということは、この屋敷には……）

「あら？　リオンハルトじゃない。あなた生きていたのね」

奥の部屋の扉が開かれて現れた黒髪の女性。リオと同じく美しく長い黒髪に白い肌、整った顔に赤色の口紅が映えて目がチカチカするほどの美貌だ。さらに背も高くスタイルも抜群ときた。

その胸の谷間の深さと私の緩やかなカーブの胸を比べてしゅんと落ち込んでしまうほど。

「ふっ、まさか襲われて休養をとっていただなんて。しかも保護してもらっていたのが格下の能天気一族エヴァンス伯爵家ですって？」

笑いながらこちらに近づいてくるお姉様。そんなお姉様を無表情でリオが無視する。

（あぁ、そういえばこの姉弟は仲がよくなかったのでした……って、ん？）

近づいてきたお姉様にどうしようかと思っていると、ふと気がついた違和感。リオと同じで美しく白い肌……なんだけど。

「っく、エヴァンス卿め。分かっていたくせに隠していただなんて……そのせいで私がどれだけ寝れぬ日々を……」

ぶつぶつと何かを呟いている。その点はリオと似ている。じゃなくて、爪を噛むお姉様の若草色の瞳が赤く腫れている気がする。目の下にくまが入って顔色も悪い。

（ん？　んんん？）

首を大きく傾けたとき、ぱちっとお姉様と視線が合ってしまった。

「その娘は？」

「あぁ、エヴァンス伯爵家の娘だ。諸事情があって連れて帰ってきた」

「諸事情？」

それは私も知りたいのです。と言えるはずもなく、渋々頭を下げて挨拶する。

「リティ様、お初にお目にかかります。私はルルーシェ・エヴァンスです」

「っ!!」

ぎこちなく笑いかけるとお姉様がバッと持っていた扇子を開いた。

（えっ？　な、なんでしょう？）

叩かれるのかと思いきや、震えた手でそれを自らの顔に近づけて口元を隠す。

「……可愛い、可愛い！　えっ、やばっ。弟が初めて女の子を家に連れてきたわ。こ、これはもしや将来の妹？　えっ、可愛い弟に可愛い妹、えっ、死ぬ？　私、死ぬの？　リオンハルトが死んだかもって気が気じゃなかったのに。急に生きてました、しかも女の子連れてきました。なんて最高すぎ？　しかもこの子超可愛いんだけど。あぁ、それはまぁ、あのエヴァンス家の血筋だものね。ライレルもユラレルも美しいもの。ていうか、あいつらこんな可愛い妹を隠していたなんて！　魔力を奪うと周りに非難されるからとか言っておきながら、本当は隠してたのね。だから社交界にも一切出さなかったのね！　くっ、腹立たしい！　可愛いものの貴重な情報を手に入れるのが遅れたじゃない」

（————はい？）

口元を扇子で隠していたけれど、何かものすごーく早口で言われた気がする。もはや早口、なおかつ文字数多めでまったく聞き取れなかった。

リオの方に視線だけを向けると、これまた嫌そーに、また面倒くさそーに眉に皺《しわ》を寄せている。

リティ様になんだか……これは……。

――――私に通じるものを感じる。

そう直感で思う。

「ふっ。まぁいいわ。その子は好きにしなさい。エヴァンス伯爵家は部屋もないのね？　かわいそうに。仕方ないから、この高貴なシュトレン侯爵家で部屋を用意してさしあげるわ」

「来なさい」とお姉様に言われて後をついていくと、おびただしい数のドレスが置いてある豪華な部屋に案内された。

「リオンハルト、これからは何もないのなら連絡をすぐに寄越《よこ》しなさい。すぐに。もう少しであなたのお墓を用意してしまうところだったわ。私に手間をかけさせないで」

そのまま使用人たちを連れて部屋を出て、バンっと扉を閉められた。しーんと静かになった部屋の中。これはやっぱり……。

「あのリオ、リオはリティ様にとっても愛さ……」

「やめろ。言うな」

「は、はい……」

頭を抱えたリオが面倒くさそうにため息をついている。これも小説とは違う。

うーんと考えてみたけど、建前上は嫌っている風に話しているからそこだけ切り取られたのかもしれない。描かれてなかった裏事情があったのかも。

（ま、まぁ、嫌われるよりかはいいですよね？）

それにお姉様、リティ様に愛されていても、ご両親からは疎まれていたのは確実だろう。「気味の悪い子供を産んだ」「人間ではない恐ろしいもの」とリオが両親に言われた台詞が印象に残っていたからだ。

（うーん。それといつまでシュトレン侯爵家にお世話になることになるんでしょう？　お聞きした方がよいでしょうかね？）

「基本的に姉上が屋敷の管理をしている。ここで暮らすうえで何か分からないことがあれば姉上に聞けばいい」

「そうですか」

考えているとリオが部屋にあるソファに座るように私を促す。大人しくそこに座ると、隅に置かれていた紅茶のポットに向けて彼が指を振った。赤色と白色の光が放たれると同時に、ポットに湯気が立ち空中に浮き上がる。そのままカップに紅茶が注がれた。

「慣れないことをして疲れただろう。リラックス効果のある紅茶だ。飲め」

「あ、ありがとうございます」

改めてリオの魔力のすごさを体感して、ぽかんと口を開いてしまう。紅茶が注がれたカップが私の手元に移動して、ふわふわと浮かんでいる。

（すごい……）

そっと手に取って口に含むとハーブの香りと温かさにほっとする。

「エヴァンス家にいるときは一切、魔法は使わなかったのに」

「枯渇していたからな。使わなかったのではなく、使えなかった」

「そうですか」

自分の分も注いで手元に引き寄せてから、足を組んで優雅にカップに口をつけた。そんなリオの美しい動作を見て、よくも平民だと信じられたものだと自分の単純さに呆れてくる。

（それに死ぬ間際まで魔力をなくしたのに、花に魔力を注いでくれたり、ミッチェルを制裁してくれたりしたんですね）

魔力の枯渇はかなり辛いものらしい。枯渇した状態で魔力を使うと、さらに身体に負荷をかけるため壮絶な苦しみだとか。私は魔力がないので体験したことはないけれど、そう聞いたことはあった。

（やっぱり小説の中と一緒……リオは優しいですね）

心が温まるのに自然と笑ってしまう。

「やっと笑ったな」

「っ！」

ふわりと微笑むリオに心臓がドクンと音を立てる。推しを目の前にしたときや、ライブ前とかの高揚感とは違う。ぎゅーっと心臓をつかまれるような苦しさ。理由が分からなくて、それに気恥ずかしくて目線を逸らしてしまった。

（？？？）

その苦しい胸を手で押さえて、紛らわせるように視線を逸らしながらちびちびと紅茶を飲む。

「あ、あれは……」

逸らした視線の先にあった出窓に置かれた花瓶。そこには何色にも輝く聖花が生けられていた。

「あぁ、ルルはあの花が好きなのだろう。屋敷に招く前に摘んできた」

「え？　あの丘まで行ったのですか？　結構遠いのに」

「転移魔法を使えばすぐだ。気にするな」

「はぁ」

転移魔法はかなりの魔力を使うはずなのだけれど。でもリオの魔力量なら簡単なことなのか。圧倒されつつも、花の綺麗さに見蕩《みと》れてしまう。

吸い寄せられるように、ゆっくりと立ち上がって間近で花を眺めた。ふわりと香る甘い香りを漂わせて、日が暮れて薄暗い部屋に輝きを放つ。

「綺麗ですね。ありがとうございます、リオ」

手袋越しに赤色の花の花びらに触れると、光がふわりと花粉のように宙に浮いた。

（あぁ、光が……あまり私が触れない方がいいですね）

長く光を失わないように伸ばしていた指先をぎゅっと握りしめた。そのまま見つめていると、後ろからリオの手が伸びて花に触れる。彼の指先から赤色の光が放たれてさらに光を強めた。

「あ……」

「直接触れてもいい。すぐに力を込めてやる」

リオが花瓶から花々を抜いて私に差し出す。

「でも……」

ぎゅっと握りしめた手を胸元に当てて、俯いた私に首を傾げるリオ。

「一度でも枯らしてしまうのはかわいそうですから」

何度も見てきた萎《しお》れていく花。自分が魔力を奪うということを目の当たりにするのと、同時に感じる生を奪う罪悪感。

一際綺麗に光を放つ花は、私よりも彼の手の中にあった方がいい。

「美しい花はリオにお似合いですから」

(そのまま手の中に――……)

そう伝えようとすると、胸元で握りしめていた手をつかまれて……。

――ぼっ!!

「ぎゃっ!?」

手が炎に包まれた。

「ぎゃ――!? 燃えっ、燃えてます!!」

「大丈夫だ。手は燃やしていない」

「は、はひ!?」

ぶんぶんと手を振る私に冷静なリオが返事を返した。何を言っているんだ、この人は。さすがの推しでも腹が立ってしまったが、たしかに手は熱くない。

「な、何が……」

手袋だけ燃やされていて、黒い灰になって床に落ちていく。それによって何も身につけていない私の手が晒《さら》された。

(嘘でしょう。あれ結構お高めの魔防具なんですけども)

魔力を遮断する手袋。魔力を遮断するはずなのに、燃やしたリオに呆然としながら灰になった手袋を見つめる。手を隠すようにぎゅっとまた胸に抱えていると、私の前に花が差し出された。

「リオっ、だから花に触れるのは……っひ!」

リオの手が伸びて私の指に触れる。心臓が跳ねて、どくどくと嫌な音を立てて早まる。

『魔力を奪う恐ろしい女!』

『加護を受けなかっただと? なんと気味の悪い!』

『この無能が! 近寄るな!』

脳内に張り付く記憶――私を蔑む人々の目線と言葉。

「リオ! やめてくださいっ、やめ……っあ!」

ぞっとしてその指先を振り払おうとするが、さらに包まれてリオの大きな手の中に埋まってしまう。

(魔力を、リオの魔力が……)

花々に綺麗な光を与えるリオの魔力を奪うことの恐怖で額から汗が流れ落ちた。包むリオの手から私の体内に流れ込んでくる魔力の感覚に恐ろしく身体が震える。

――――だから私は嫌だったのだ。関わるつもりなどなかったのに。

遠くから愛を伝えられたら、彼の幸せを願っているだけでよかった。

「あ……ごめっ……ごめんなさ……」

ゆっくりと包まれた手が離されて、顔を青くして震える私の頬にリオが触れる。

「大丈夫。なんともない」

「そんな……」

「たしかに並大抵のやつなら、これくらいで魔力を失うのかもしれない」

「え……ぶにゃ!?」

もぎゅっと包まれていた頬をつねられた。痛い。

「り、リオっ、い、いひゃいっ！」

「ばかにしてるのか？　俺は筆頭魔法使いだぞ」

「は……そへは……存じひて……おひます……が」

「この程度の魔力を失ったところでなんともない」

「ひゃ……」

何度か私の頬をむにむにとつねってから離されて、手を取られる。そのまま手に花を近づけられて……。

「わぁ……」

リオが私の手ごと花の茎を両手で包むと、何色にも輝きを放った。

「こ、これはっ」

「ルルに魔力を吸われる量よりも多く力を注いでいる」

「っ！」

「ふっ、ルルはまるで花の蜜を吸う虫みたいだな」

「む、虫!?」

（犬やら虫やら例えがひどすぎませんか!?）

可笑しそうに笑うリオに真っ赤になって固まってしまう。

「いや……蝶《ちょう》か」

私の髪を梳いて口元に引き寄せ唇を落とす。閉じられた瞳に長いまつげがかかって、リオの長い黒髪が揺れた。ゆっくりと瞼《まぶた》が開かれると若草色の美しい瞳に私が映る。

「髪が何色にも輝いて蝶のように綺麗だ」

緩やかに弧を描いて微笑まれる。あまりの美しさにさらにピキーンと固まった私に、リオがもっと愉しそうに笑うものだから、わざとなのだと気がついた。

「ほら、花に触れるだろう？」

「っ、そうですけど……」

「まぁ、俺がいないと触れられないけど」

私とリオの手の中で美しく輝く花々。意地悪に笑うのに、むっとしつつ恐る恐る花びらに触れるとさらに光を放って宙に花粉の光が浮いていく。

(綺麗……)

初めて触れても枯れない花――その花が美しく咲き誇るのに視界が滲《にじ》んだ。自然と溢《あふ》れて流れ落ちていく雫《しずく》が花びらの上に落ちて、また光の花粉を放つ。

「ありがとうございます。リオ」

頬にたくさんの雫を流しながらリオに微笑むとなぜか困ったように眉を寄せていた。

「あぁ、泣かせるつもりはなかったんだが」

「あっ、これは嬉し泣きなのでお気になさらず」

「……人間は嬉しくても泣くのか。なるほど」

ボロボロと涙を流して笑う私にきょとんとしているリオ。コミュ障なリオの性格を思い出して、こうやって泣いたことはなかったのかと理由が分かる。

「っひぁっ!?」

流れる涙を舌で舐め取られて、驚いて飛び跳ねた。

「甘い」

「へ……?」

またピキーンと固まった私に何度も頬に口付けする。おかしい。さっきから扱いがおかしい。

私はリオの事務処理係として仕事も始めているし、リオのお屋敷にも逃げられないように置かれた。だからもう逃げ道がない私にこんなことをしなくてもいいのだ。

（どうしてリオはこんなにも……）

「ルルは花のようだな。甘くて吸い寄せられる」

はくはくと口を動かしていると耳元に唇が寄せられて……。

――――『愛しい、ルル』

私の疑問に答えるように甘く囁《ささや》かれた言葉。

（――――え、いま……）

顔をあげてリオを見上げると、ふわりと妖艶に見つめられて頬を撫《な》でられる。聞き間違えかと思ったけれど、情に満ちた熱く濡れた瞳にそれが事実だと痛いくらいに伝えられている。

目を丸くしてこれでもかと見開いてしまえば、リオが不思議そうな表情を浮かべた。

「どうした？」

「っぁ、い、いいまっ、いとっ、愛しっ……」

言葉につまる私に少しだけ首を傾げたあと「ああ」と何かに気がついたように呟く。

「ちゃんと伝えられていなかったか。初めて人を好きになったから勝手が分からない。許してくれ」

「す、好きっ……」

「ん。これからはこれもちゃんと伝えることにする」

分析するような口振りから、また引き寄せられて見下ろされた。

（ほ、本気なのですか!?　ただの興味本位とかじゃなく……）

「ルル。好きだ」

「うぁ!?」

「ルルだけが好きだ。ルルしか好きにならない」

「っ!!」

「ルル、愛して……んっ」

「も、もう言ったらだめ！　勘弁してくださいっ、死にますっ！」

むぎゅっとリオの唇を手で塞いで、私の心拍を止めようとしてくる要因を止める。ドッドッドっとありえないくらい心臓が脈打って悲鳴を上げている。

真っ赤になりつつ目をぎゅーっと閉じているとその手をつかまれてゆっくり離された。

「……どれだけ俺がルルを大切に想ってるか伝わったか？」

「分かりましたからっ！　充分ですから！」

言い難い圧に根負けして何度も頷く。するとリオが顔を近づけて愛しそうに私の手を唇に寄せてキスを落とした。思わず瞳を開くと上目遣いで見つめられる。

――――あぁ、リオは本当に私のことを好きなのだ。

ただ単に私を利用するために甘く迫っていると思っていたが、それは違った。でも私は……。

（まだ……）

「私、リオのこと……あの……好きですが、その……」

「ん。べつに返事はいらない。それにルルから断られる想定はしていない」

「っうぁ!?　私には拒否権もないのですか?」

「当たり前だろう?　恨むならあれほど愛してるやら好きやら言ってきた自分を恨むんだな?」

――ズキュン。

意地悪に笑うリオもたまらなく性癖に刺さる。いま思えば人生初の告白をされているじゃないか。それも推しから――そんな愛しい推しは端《はな》から私に離れる権利など与えてくれてはいない。

(私は夢でも見てるんでしょうか。でもそうだったら転生前の記憶が戻ってからずっと夢のような感覚のような……)

強く拒否できない私もリオの思惑に大概に嵌《はま》っている、と思う。けれども、それが悪い気がしないのはなぜだろうか。

リオは私の推しだから?　好みのタイプだから?

そうやって自問自答しているとリオが、私の脳内を分かっているように妖艶に意地悪に微笑んで額を合わせた。

吸い込まれるような若草色の美しい瞳。五色の花々の光が何色にもその瞳を照らして目まいがする。私が彼の顔に弱いのを分かってわざとそうしているに違いない。

それにさすがに気づかされたことがある。これは……この人は……。

――本気で私を落としにかかっている!

ということに。

(嘘でしょう。なんでモブキャラ以下の私がこんなに好かれているのですか!?)

ほんとにほんとーに手懐《さ》けて《れて》しまったなんて。

「り、リオあのっ、まっ……わぁ!?」

その瞬間、身体が浮いてバフンっとそのままベッドに下ろされる。ベッドに散らばる花々。

——ギシッ……。

ベッドの軋《きし》む音と大きな影が見えて顔を上げると、リオが私を跨《また》ぐように見下ろしている。

(あっ。食べられる)

直感的に思う。

少し待ってほしい。拒否権はないと言われたが、頭がついていってない。リオのことは推しだし、愛している。愛しているのだけれど、それは恋愛感情とは違って、なんていうか愛《め》でたい？　とか幸せになってほしいとか……。

とにかく自分がリオとそういうことになるなんて思ってもいなかったことなのだ。

脳内でベラベラとそれを語っているけど、直接リオに言っても分からない感情だろう。馬車の中のときのように火に油を注いでも困る。あのときみたいに『絶対に落とす』となられても困るのだ。

(うん。結論……)

——逃げよう!!

「あ——！　お花、か、花瓶に入れな……ひぁっ!!」

そう結論付けて花瓶を手に取ろうと背中を向けて立ち上がろうとしたけれど、背後から抱き寄せられて引き戻された。

「逃げるな。逃げたら、その花すべて燃やす」

私の顔の横でメラメラと燃え盛る炎。炎の魔力の名家である我が家より魔力が強い。

（はい。逃げ道なくなりました。数秒で）

「その花はそのままにしておいても大丈夫だ。それくらいの魔力を注いでおいた」

「で、でもっ……！」

「ルルだけが触れると枯れるけどいいのか？」

「っ!!……い、意地悪ですよ。リオ」

「あぁ、俺は気に入ったものを虐《いじ》める性格だったのかもしれない。新しい発見だ」

「はぁ、どんな発見ですか」

頭が痛い。痛む頭に触れていると、その手をつかまれてリオの唇が触れる。

「この手に直接触れられるのは俺だけ」

（ぐほぁ）

頬を染めて嬉しそうに笑う。子供化したときのリオの面影を思い出させるような可愛らしさ。けれど妖艶で色気が強すぎて吐血しそうだ。さすが私の推し。なかなかに手強《てごわ》い。

「っん……り、リオ……や……」

指先を舐められると、薄く開かれた形のいい唇の隙間から赤く濡れた舌が見えて温かく湿っていく。

指先からリオの魔力を奪っているはずなのに――――私が与えられている気がする。流れ込む魔力から温かさが送られて身体中が火照ってくる。

「っん……馬車の中でもお伝えしましたが、あのほんとに私は違くて……っぅ……こんなつもりでは……」

「ん。じゃあ……」

唇が離されると指先と舌に唾液が繋がってプツンと切れた。

「そのつもりになれるようにする」

「おっふ」

濡れた自らの唇を舌で舐めとって笑う。その美しさたるものや。両穴から鼻血を垂れ流した私を、嬉しそうに笑うのはこの男しかいない。変わっている。

(だめだ。こりゃ)

リオの指が鼻先に触れて血が止まった。黒いローブの袖で血を拭って頬を包まれて、若草色の瞳が近づいてくる。

もう抵抗しても無駄なのだ。相手はなんせ五つの魔力を持つ最強の筆頭魔法使い様。私なんかが逃げたところですぐに捕まえられる。諦めて瞳を閉じると柔らかな唇が触れた。

「っん……んふ……」

初めての感触。熱くて柔らかくて、湿っぽくて。

(転生前も喪女だったので、まさかこんなところでファーストキスを経験するとは思いませんでし

た）

しかもそれが推しとだなんて。緊張のあまりに唇をきつく閉ざして、ガチゴチに固まっていると……。

「っん……んぁ!?」

ぐっと私の唇の中に指を差し込まれて、無理やり開かされた。その隙間から柔らかなものが侵入してくる。それはもちろんリオの舌で。

（俗に言うディープキスというやつでは!?）

待て待て。ファーストキスをした約十秒後なのだが。さっきから秒でことが進んでいくのだけれど。

混乱する脳内にはお構いなしにリオの舌が私の口内を犯す。歯列をなぞってから上顎を舐められたあと、奥に逃げていた私の舌を捕らえて絡む。

――ちゅく。ちゅる、ちゅ……。

逃げても絡められてドロドロに合わさった互いの唾液が口内から溢れて、口の端から流れ落ちた。

「んん――!! んぁっ……っん！」

唇を開かされるリオの手を思わずつかむと、熱い魔力を感じて身体の力が抜ける。これも逃がさないように甘い蜜のようにべったりと私に流れ込んでくる。口の中も手の先からもドロドロに溶けていく。

「っはぁ……ん……はぁ……んんむ!?」

いつまでそうしていたか分からずにいると、むにむにと胸が揉《も》まれていた。驚きから唇を離すと、リオの大きな手が小ぶりな私の胸を包んで形を変える。

「あっ……り、リオ……こんな胸、揉んでも何も楽しくな……っん！」

「柔らかくて、手に吸い付いて気持ちがいい」

「おっふ」

耳を舐められて熱い吐息がかかり、甘い言葉が囁かれる。リティ様のような胸の方が揉みごたえがあるだろうに。リオなら選び放題なのに、なんで好き好んで私なんかの小さな胸を揉むのか。

「あの、ほんとに……っん、リティ様のような胸のほうが……っあぁぁっ!!」

きゅっと服の上から胸の先を摘《つま》まれて、ビクッと身体が跳ねる。

「あれの名前を出すな。萎える」

「す、すみません」

むっとするリオに思わず謝ってしまった。なんでだ。

（あれ？　でもこれはもしや、リティ様と何度も呼べば逃げられるチャンスなので……）

「はぁっ!?……っんんん！」

一際大きな感覚が身体を駆け巡ったと同時に唇を塞がれて深くキスをされる。視線だけ落とすとパンツの上から割れ目を上下になぞっているリオの長い指。

それにブラを押し上げられて、小さな胸が少しだけ揺れる。胸の先が冷たい空気に触れてピンと立ち上がっているのに、恥ずかしすぎて視線を背けた。

「っんん……ふぁ……んっ」

私の思惑が分かっているのか言葉を話させないように舌を絡められて、それに蕾《つぼみ》を何度も指で擦《こす》られる。胸の先も何度も上下に弾《はじ》かれて摘まれて快感が思考を奪っていく。

「ふっ、触らなくても濡れてたな」

唇と割れ目をなぞっていた指が離れる。ぬるりと濡れている指を擦り合わせて広げると蜜だけが繋がった。それを目の前で見せつけるようにしてくるのはタチが悪い。

「っあ……これは生理……現象……」

「へぇ……」

「っひ!?」

恐ろしい笑みを浮かべて私を見下ろすリオ。言い訳を必死に口にしたが、瞬時に後悔した。

――『火に油を注いだ』と。

(あぁぁ！　なんで私は学習しないんですか！)

「ああああっ!?」

その嘆きとともに下着の中に手を差し込まれて直接蕾に触れる。

「ほかにどんなルルの生理現象があるのか知りたくなった」

「ひぁっ……ああっ！　むりっ……あぁっん!!」

「どんどん蜜が溢れてくる。ここを擦るともっと触れてほしそうに蜜を出してくる」

「やぁっ……ちがっ……あああっ！」

「ああ。そうか、中にほしいのか」

（え……）

「っあああっ!?」

――――ちゅぷっ！

鈍い蜜の音が響くと中にリオの長い指が挿れられていく。私の指とは違って長くて大きくて苦しい。

「まだ一本だが？　狭いな」

「っあっ、や……くる……ああっ」

「あぁ、誰にも許していない証拠だな。あの兄たちがいるから経験はないだろうと思っていたが。ふっ、こんなときだけは鬱陶しいルルの家族に感謝してもいいかもしれない」

「ひっ……ああっ、そん……ああっ！」

奥まで一気に指を差し込まれて背中が仰《の》け反る。笑って愉しそうに私の身体を拓《ひら》いていくリオにゾッとする。しかもこんなときだけめちゃくちゃ喋《しゃべ》る。さすがあのお姉様の弟かもしれない。なんだかリオにも通じるとこを感じるのだけれど。

荒く息を吐いていると指を抜かれて、すっぽりと穴が開いたような空虚感を感じたあとにすぐに中にまた埋められる。

「っあああぁ!?」

何度も探るように抜き差しをされたあと、膣《ちつ》の上の方を擦られると脳内を電流が走るような快感が突き抜けた。

（いまの……）

はくはくと口を動かすと、リオが「見つけた」と笑うものだから恐ろしくてたまらない。

「っあああっ!?　そこっ、やぁっ……ああっ！」

「ん……」

激しく指を出し入れされて蜜が弾け飛んでリオの指を濡らしていく。

「ルル。ルルの中が俺の指を二本も飲み込んでるの分かるか？」

「ひっ、わかっ、わかんなっ……もぉやっ……っあああっ！」

「あぁ、じゃあ分かるようにもう一本増やしてやる」

「ひぃっ!!」

（うぁー！　回答を間違えました――――!!）

指を三本に増やされて圧迫感から嗚咽《おえつ》が漏れる。涙で顔もグチャグチャだし、胸の先も舐められて吸われて赤く熱を持っている。

「ほら、美味《おい》しそうに涎《よだれ》を垂らして飲み込んでる」

「ひっ……っあああっ、んんっ」

「ふっ。どれが花か分からないな」

ベッドに散らばる五色の色を放つ花々に囲まれた私の身体。私の身体中に花が咲くようにリオがつけた赤く濡れる痕を満足気に見下ろしている。

（あー。どんだけ痕つけたんですか、これ？）

「ルルが一番美しい花だが」

「ぅあっ……っんんっ！　ひっあっ！」

おかしい。こんな涙やら鼻水やら唾液やらでドロドロの私を一番美しいだなんて。リオは一度、木の治癒の魔法使いに目を診てもらった方がいいと思う。って、リオは治癒の魔法も使えるのか。

「っんんぁっ、リオっ……もぅ……限か……」

「あぁ、もう少し楽しみたかったけど……ルルの願いなら仕方ないな。一度イってもいい」

「ひっ、いちっ……っあああっ!?」

強く感じるところを擦られれば、ビクビクと身体が跳ねて簡単に達してしまった。まさかとは思うけど私が達するのも管理していたのでは？　それに一度ってなんだ。

埋められた指をぎゅーっと締め付けながら、痙攣《けいれん》が収まると同時に……。

「ひぁっ!?」

指がまた動かされる。嫌な予感的中。

「リオっ、許しっ……あああっ、むりっ、ああっまたっ！」

「これからのために慣らしてるだけだ。それと二度と逃げないように、ルルの身体に快楽を覚えさせておかないとな」

「やぁっ、いまっ、イっ……っあああっ！　まっ、た……!!」

――――プシッ！

何度もイかされて、途中悲鳴をあげるように蜜壺《みつつぼ》から水飛沫《みずしぶき》をあげた。指を動かされるたびに、水飛沫をあげる。

「あぁっ！　あっ、やっ、とまんなっ……ああぁっ、ご……ごめんな……んんっぁ！」

「……ああ。これすらも甘い」

リオの手や頬を濡らしていくのに、それすらも嬉しそうに笑って舐める。

「ルル。もっと味わわせて」

妖艶に微笑んだのが歪む視界の中で映ったあと、ふっと意識を失った。

小話◆リオンハルトside

――『おかしな女』

一言で言えば、それがルルの第一印象だったと思う。

そう本当におかしなやつだった。おかしすぎて無くしたと思っていた感情が戻るくらいに――

……。

「おい！」

大きな声が部屋に響いた。

振り返るとアレン殿下が目を吊《つ》り上げながら大股でこちらに歩いてくる。ここは聖堂の最上階だ。

今日は聖礼の儀が行われるため、ミライ殿下とともに開始まで待機していた。

（……あぁ、ここまでやってくるとは。よほど暇なのか）

前に立つミライ殿下は笑顔を崩さないが、頭上に俺と同じような考えが浮かんでいるようだ。

「兄上。今日は僕が担当の月ですが？　どうかされましたか？」

「どうかしただと!?　予定では俺だったはずだ、お前がお父様に取り入ったのだろう！」

「取り入った？　ふふ、そんなまさか。あり得ませんよ」

どうやら聖礼の儀に出るのが、最近はミライ殿下が多くなっているのが気に食わないらしい。

聖礼の儀は国王陛下が出席する者を決めていた。後継者に両殿下のどちらを選ぶのか。出席する回数で陛下がどちらに重きを置いているかを暗に示しているため、焦りもあるのだろう。

「それに取り入ったところで、あの気難しいお父様がそんな簡単に決めるとお思いですか」

「なっ……」

「僕は意味のないことに労力を使うのは嫌いなのです。つまりは……」

――――「正当な評価なのでは？」

そうミライ殿下が冷たく笑いかけると、アレン殿下の顔が真っ赤に染まる。それと同時に彼が手を振りあげたので、すぐにミライ殿下の前に出て、その手をつかんで止めた。

「っ！　この化け物め、その手を離せ！」

（はぁ。こいつは昔からそれしか言えないのか）

手をつかむ俺を睨《にら》みつけるアレン殿下。彼の怒りの矛先が俺に向いたのを、これまたミライ殿下が愉《たの》しそうに眺めている。面白いからといって殿下も彼を煽《あお》るのは大概にしてほしいものだ。

「何もしないというのであれば離しますが。そうではないのであれば……」

早く終わらせようと手に炎を巻き付け始めると、顔を青ざめさせて手を弾《はじ》かれる。

「ちっ、ミライ！　その化け物をちゃんと管理しておけよ！」

これ以上は分が悪いと思ったのか、大きく舌打ちをしながら部屋から出て行った。

「あー、やっとどっか行った。ほんと頭悪いよねぇ？」

「聞かれたらまた怒り狂うぞ。誰もいないところで言った方がいい」

「はいはい。分かってるって……あぁ、あの愚兄のせいでもう時間だね、行こうか」

深くフードを被《かぶ》って殿下とともに聖礼の儀のテラスに出る。盛大な歓声が起き、誰もが殿下に目を奪われて笑顔で手を振っていた。

(『化け物』か)

そんなのは分かっている。今さらアレン殿下に言われなくとも。いまミライ殿下に向けられているものとは違う視線が俺には向けられている。人とは違うものへ向けられる嫌悪。これは見慣れたものだった。

俺はなんのために五つも魔力を与えられたのか。考えてみても分かるはずがないかと息を吐いたとき、殿下が何かを指さしていた。その先を見てみると……。

『リオンハルト様、愛してる!』

そこにあったのは謎の板。それに目を輝かせた薄黄色の髪の女がいる。

――――バッ!

脳内の処理が追いつかなかったのか、身体《からだ》が勝手にその女から顔を背けた。

(なんだあれは。何か思惑でもあるのか……いや、にしては表情が輝いていた。あれではまるで……)

「すっごい熱烈な愛情表現だね? いつの間にそんな子を作ってたの?」

「違う。あんなのはまったく知らない」

「え? 知らないって。でもあの板にも『愛して……』」

「知らないと言っているだろう」

斜め前から殿下の愉しそうな声が聞こえる。被せ気味で否定したが、さらに笑い声が聞こえたので楽しんでいるに違いない。さらに深くフードを被り直して、僅かな視界の隙間からもう一度あの女の様子をうかがう。

（……っ）

『こっち見て！』

さらに気持ちの悪い手持ちの板が増えていたので、また背中を向けた。

それでも背後から感じる、突き刺さるような視線。ぐさぐさと背中に刺さっている。ある意味、殺されそうなくらいに恐ろしい。

「うーん。なかなかに目立つ子だね？　あの薄黄色の髪って、たしか……」

「殿下の気が引きたいだけだろう。放っておけばいい」

「そう？　そうは見えないけど。あの子、僕のこと一切眼中にないし」

珍獣を見るように殿下が「あんなに無視されるのは君のお姉さん以来かも」なんて観察している。

（どうせ何かしらの思惑でもあるんだろう）

初めて会ったおかしな女。そんなことでその日は簡単に片付けた――……片付けたのに……。

『愛してます!!』

『大好きです』

頭が痛い。必ず聖礼の儀式の真ん中の目立つ場所にいて板を掲げる女。何度燃やしてやっても、また新たなものを出してくるからお前の鞄《かばん》は異空間にでも繫《つな》がっているのかと問いただしたくなる。

――ルルーシェ・エヴァンス。どうやらあの女はライレルの妹らしい。あの聖礼の儀式のあとに『貴様！　俺の妹に暗示でもかけたのか！』と飛びかかってきたから返り討ちにしてやった。

「どうりで諦めが悪いわけだ」

さすが兄妹。ライレル同様、面倒くさい。そろそろあのくだらない板に魔法を使うのもばからしくなってきた。

（本格的に脅しをかけるか）

どうやら殿下はやめさせる気がないようだ。むしろ楽しんでいる。ならばこちらからやめさせなければならない。そう考えていたはずなのに――……。

「リオ、とっても綺麗《きれい》でしょう？」

数ヶ月後。なぜかルルーシェ・エヴァンスと外に出て、なぜか聖花の咲く丘で彼女の用意したシートの上、二人でくつろいでいた。

――おかしい。なぜこうなった。

聖女を味方につけていたらしいアレン殿下からの襲撃で負傷し、さらには魔力が枯渇したせいで身体が子供化し、さらにさらに道端で気絶して倒れていた俺を保護したのがこの女だった。

初めて話してみた彼女はエヴァンス伯爵家らしいかなりのお人好《ひとよ》しのようだ。どうするか迷ったが、脳内花畑状態で懐柔するのが簡単だったため魔力が回復するまで居座ることにした。

（エヴァンス卿《きょう》は気がついているようだが）

彼は中立派だったはず。ミライ殿下側にいる俺をエヴァンス伯爵家に置くことを許したのは、親ばかが理由か、それとも……。

「綺麗……」

俺の魔力を込めた黄色の花を持って眺める彼女。口が開いたまま目を輝かせているから、アホ面が際立っている。

（何がそんなに珍しいのか）

不思議に感じたが、魔力を奪うという彼女の性質上、あまり聖花に触れたことがなかったのだろう。

手袋に覆われた細い指先が優しく花に触れた。黄色の光の粒が風に揺られて彼女の周りを舞っている。触れられないと先ほどまでは悲しそうにしていた瞳が、いまは嬉《うれ》しそうに緩んでいた。

「あっ、リオ!?　大丈夫ですか？」

枯渇しているのに魔力を使ったためか、歪《ゆが》む視界に堪《たま》らず敷物の上に横になる。慌てる彼女に「寝れば回復する」と伝えると、安心したように息を吐いて微笑《ほほえ》んだ。

（見ず知らずの子供に……本当におかしなやつだ）

頭上でふわりと風になびく柔らかな彼女の髪の香りと聖花の香りに包まれる。薄黄色の髪が黄色の光と木漏れ日にあてられて煌《きら》めくのを眺めるのが心地いい。

（エヴァンス伯爵家なんかに居座ったせいで、頭までぼやけてしまったのか）

いくら力が枯渇していようと他人の前で隙を見せることはなかった。そのはずなのに彼女にはなぜここまで隙を見せてしまうのか。

ころころと変わる彼女の表情が見ていて飽きないのだと簡単に結論付けて意識を手放した

――……


「そんなものをどうするんだ？」

じっと見つめてしまっていれば、向こうが首を傾《かし》げていた。

ルルーシェの手に握られていたのは黒く変色した押し花の栞《しおり》。花の形状的に聖花だろう。あの花は茎を切ったあとは、残った魔力で咲き続ける。つまりは魔力がなくなれば黒く色を変えて枯れるのだ。俺の視線の先に気がついた彼女がその栞を持って微笑む。

「これはリオがくれた花ですから」

大事そうに本に挟んで机に置いた。あのときに渡した聖花だとは思わなかった。

「押し花にしたところで、時間が経《た》てばそのように黒くなるから意味がない」

「うーん、それはそうですけど……なんというか気持ちの問題？　ですかね」

「気持ち？」

「とても嬉しかったので。いくら形や色が変わろうと気持ちは変わりませんから」

そっと黒い花に触れて嬉しそうに笑っている。悲しそうにしていたから、ただ単に力を込めてやっただけだ。

（そのように思われたのは初めてだな）

そこまで大事にされるとは思いもしなかった。いままでも聖花に触れるとすべての色が輝くので気味の悪いものを見るように周りが表情を曇らせていた。だからこそ聖花が咲く丘になど近づいたこともなかったのだ。

「ルルに変な気を持たないでよ」

すべてを包み込むような彼女の微笑みをぼんやりと眺めていると、目の前に本を出されて視界を遮られた。顔を上げれば二番目の兄であるユラレルが俺を見下ろしている。

「ルルは僕たちのなんだからね」

「妹だろう。お前たちのものではないと思うが？」

「なっ!?　お前よりずーっと一緒に暮らしてたんだから、部外者は大人しく黙ってなよ！」

「時間は関係ない」

何度も言い返すと、ユラレルが頭を掻《か》き乱して苛立《いらだ》っている。

（くだらないことを言うからだ……って、俺はなんでこんなやつを相手にしているのか）

「とにかくルルを好きになるなよ！　絶対だからな！」

俺に指をさして言い放ちながら、ルルーシェを後ろから抱きしめた。

（俺があのおかしな女を好き？）

あり得ない。

そんなわけないだろう。くだらないと言い返すのをやめて、ふっと息を吐く。気がつけばユラレルがこちらを見て妙に勝ち誇った顔をしていた。それがなぜだか無性に腹が立つ。あいつに雷を落とすか……って、だからなんで俺はあんなやつを相手にしているんだ。そんな自問自答を繰り返して、「あり得ない」と何度も呟《つぶや》いた――……。

「ぶっ、あははは！　ここに汚い女がいるぞ！」

いきなりルルーシェに無理やり絡んできた脂ぎった顔の男。

（あぁ、なるほど）

どうやらこいつは彼女が好きなようだ。見る限りかまってほしい子供みたいに絡んでくる。くだらないと眺めていると……。

「加護の枠を超えた人間ではない恐ろしいものだって」

彼女がリオンハルト《俺》の話にだけは反応するのが嬉しいのだろう。あからさまに煽ってきている。あいにく俺にとってはどうでもいいことだ。今さらどう言われても何も感じないし、そんな言葉は聞き慣れている。

（それに俺が化け物なのは変わりないからな）

それなのにルルーシェは気に食わなかったようだ。男に言い返す彼女の汚い言葉を初めて聞いた。

「二度と言うな！　それを言われるとどれだけ辛《つら》いと思ってるんだ――!!」

それに飛びかかって泣きながら男をポコポコと叩《たた》き出したから、目を丸くしてしまった。

（どうして……）

俺なんかをそんなにも庇《かば》うのか。彼女も似たような境遇だからだろうか。そのくせ自分が罵られても何も言わずに受け入れている。

「本当におかしなやつ」

ばかでお人好しなおかしな女だと思う。それなのに――――胸が苦しい。

俺を見つめる輝く瞳、興奮すると顔を赤らめて早口になる癖、楽しそうに板を作る姿、優しく温かな微笑み。すべてが優しく傷を治すように包み込んでいく。

これは捨てたと思っていた感情だ。

(自分を化け物だと思ってからは、必要のないものだと思っていたのに)

丸い瞳から何粒も溢《あふ》れて煌めきながら頬を伝う彼女の雫《しずく》。それがこんなにも美しいと感じるなんて。

『好きになるなよ！』

そう忠告してきたユラレルの言葉を思い出した。あの時点で、もはや無駄な忠告だったようだ。

(実の兄でもないから、こいつには手を出してもいいだろう)

ふっと笑ってから手に雷を纏《まと》わせた。

第四章 聖女とオタクと仲間たち

朝日が顔にあたって暖かい。それにぎゅっと抱きしめられて苦しい。誰に抱きしめられているかなんて、目を開けなくても分かるが瞳を開いてみる。

「うぁっ……」

至近距離で美しいお顔。閉じられた瞳に黒髪がかかってリオの肌の白さが際立っている。これ以上見ていたら目が溶けそうだ。

視線を下に移すと涙やら体液やらで、ぐちゃぐちゃになったはずの身体《からだ》が綺麗《きれい》になっている。それに上質なシルクのワンピースの寝間着を着ているのは、リオがやってくれたのだろう。けれども……。

「なんで痕は消してくれないんですか」

胸元につく赤い痕と歯型の数々。所有者であるということを伝えるようなそれに愕然《がくぜん》とする。

――やってしまった。やらかしてしまった。

(リオが超粘着タイプの性格だなんて小説に書いてなかったですよね!?)

そう、そんなの聞いていない。

「いや、でもとっても美味《おい》しい設定……って違いますっ!」

第三者の目線から物語として読んでいたのなら、とっても美味しい設定なのだけれど。

実際目の当たりにして実体験したら、そんなことは口が裂けても言えない。愉《たの》しそうに笑いながら私を気絶させるまでイかせ続けた美しい推しに身震いした。身が持たない。

「やっぱり遠くから傍観してた方がよか……」

「何をだ？」

「っひぃ!?」

気がつけばリオの瞳が開かれて見下ろされていた。ごきゅっと喉が鳴ったのに、無表情でじーっと見透かすように見つめられる。蛇に睨《にら》まれた蛙《かえる》状態だ。

「ルル。何を、どこで、どうしていた方がよかったって？」

「なんでもありません。二度と言いません」

「そう」

ふっと笑ってまた抱きしめられる。手を握られて朝から魔力を奪……違う。これは強制的に送られている。

熱い魔力の感覚に、昨日の情事を連想させられて反射的に股の奥が疼《うず》いた。顔が真っ赤に染まった私を見て、愉しそうに笑ったから絶対にわざとだ。

「治癒しておいたが、どこか痛むところはないか？」

「いえ。ありませんけど……」

痕を消してほしいと言っても無意味だろう。腹立たしいがじっとりと睨んで返事を返すほかない。

「そう。よかった」

私の手にキスを落として微笑《ほほえ》んだあとリオが立ち上がった。

（ぐぬぬっ、顔がいい。怒りたいけど顔がよすぎて怒れないっ）

「殿下の警護の魔法結界を強めに、先に王宮に行ってくる。ルルは好きな時間に出たらいい」

「あっ、はい」

私の頭を撫《な》でてから、床に魔法陣を描いていく。あれだけ私の手に触れていたのに、一晩で魔力を回復したのか。ほんとに恐ろしい男だこと。

少しだけ憎たらしく感じつつも、リオの描く綺麗な魔法陣を眺める。描き終えた彼が私を見つめているのに首を傾《かし》げた。

（なんだろう？）

「ルル、愛してる」

「っ!?」

甘く口説いてくるリオに、ぴぎゃっと全身真っ赤になって硬直した。可笑《おか》しそうに笑ってから、彼は足先から光の蝶《ちょう》に変化して羽ばたいていく。

身体すべてが光の蝶になったあと床に引かれた魔法陣が消えて、パタパタと私の周りを蝶が羽ばたいた。

――――ぽてん。

ベッドに横に倒れ込んだ。ゆっくりと消えていく蝶の最後の一匹が、私の頬に触れてから消える。

昨晩の意地悪も、その甘い言葉と美しい景色にすべて許してしまう。転移魔法に光の蝶を出したのもあえてだろう。真っ赤になって震える私を見越していたに違いない……本当に、ほんとーっに！

「タチが悪いですっ！」

シュトレン侯爵家に朝から私の嘆きの声が響いた。

◇◇◇

「うぅ、まさか本気で私を愛してるなんて……」

頭を抱えながら、積み重なった書類を処理していく。ライレルお兄様も今日は演習があるらしく、広い執務室に私一人だ。

魔法塔についてから『本当にあの娘に仕事を与えたのか』『さすが筆頭魔法使い。寛容な人だ』なんて廊下の隅で魔法使いたちに話されていたけれども、それどころじゃなかった。

（推しに迫られるなんてとっても美味しいんですけど……）

心がついていけてない。逃げ道をなくして、ぐいぐいと迫ってくるから拒否もできない。

転生前も転生後も恋愛経験値ゼロの私。それを分かっているくせに、何も考慮しないのはひどいと思う。でもリオはコミュ障だから仕方ないのか。

「まぁ、そういうとこが好きなんですけど……」

気持ちを落ち着かせるためにもふぅと息を吐いて、別の書類に手を伸ばす。ペンを持ち直して目を通そうとしたとき扉がノックされた。

「どうぞ」と声をかけると口ひげを生やした年配の執事が入ってくる。

「わたくしはミライ殿下の専属執事でございます。突然で申し訳ないのですが、王宮の執務室にきていただけますか？」

「え？」

補足するかのように口をまた開いた。

「ミライ殿下がルルーシェ様をお呼びです」

（は？　はい――――!?）

カツーンと持っていたペンが床に落ちて高い音を立てる。ミライ殿下からお呼び出しなど、この人生で経験するとは思わなかった。

リオもいないのに、私になぜ？　と思っている暇もなくそのまま連れていかれた。

「あぁ、ルルーシェ嬢。急に呼び出してしまってすまないね」

「だだだ大丈夫でございますです！」

執務室の扉が開かれると殿下が椅子に座って私に微笑みを浮かべる。その隣にはリオが不服そうに目線を逸《そ》らして、そっぽを向いていた。

（さすがメインヒーローですね！　改めてお顔を拝見すると発狂ものです）

少しだけ開かれた窓から風が吹き込んで、殿下の柔らかな銀髪を揺らす。儚《はかな》げな美しさをさらに際立たせる。

ミライ殿下推しのオタ仲間たちに推しでもない私が間近でご尊顔を拝見してしまって申し訳ない気持ちになるが、そこはありがたく拝ませてもらう。

無意識になむなむと拝んでいると、不思議そうに殿下に顔を傾けられたので慌てて手を下ろした。それに……。

（っぅ、目線が痛い。またやらかしたかもしれません）

身体中に感じる痛々しいくらいの怒りのオーラ。ぐさぐさと身体に刺さっている幻覚が見える。もちろんそれを発しているのはリオで。きっと「お前は殿下でもニヤけるんだな」とでも思っているに違いない。

「ふっ、あははっ。この無感情の男にここまで感情を出させるなんて。やっぱり君は恐ろしいねぇ」

「す、すみません」

「殿下……」

「やだな。冗談だよ。嫌な意味でそう言ったんじゃないんだから、怒らないでよ」

私に恐ろしいと伝えた殿下にリオがさらに怒りのオーラを放ったが、殿下は「冗談が通じないなぁ」と慣れたように彼の怒りを流した。

「あの、殿下。私はなぜこちらに……」

「あぁ、そうそう。ルルーシェ嬢にお願いしたいことがあってね」

「お願い？」

「うん」

腕を組んでその手の上に顎を乗せて、楽しそうに笑っている。

「今度ね、王家主催の舞踏会があるんだ」

「はぁ、舞踏会ですか……」

（きっと煌《きら》びやかな世界なんでしょうね）

転生前も転生後も社交界には、あまり参加したことはない。行ったとしても蔑まれるだけだったからだ。それに元からそういったところは得意ではないから、行きたいとも思わなかった。

「うん。今回の舞踏会でルルーシェ嬢は僕のパートナーとして参加してほしいなって」

「はぁ、パートナーですか……」

（きっとミライ殿下のお相手も美しい人なんでしょうね……ん？）

いま何かとってもすごいことを言われたような。私がミライ殿下のパートナーとかなんとか。かなり不敬な態度だけれど、耳を澄ます仕草をしてみる。

「だから君は僕のパートナーとして参加して？」

（ぎゃ――――!?　聞き間違えじゃなかった！）

「わ、私が殿下のお相手ですか!?　ななななぜに!?」

「んー。いままで相手がいなくても陛下にゆるされてきたんだけど、さすがに二十三にもなっていないのはだめだって怒られてさ」

「いやいや、私以外にもっといいご令嬢がいますよ!?　私なんて『魔力を奪う恐ろしい女』ですよ!?」

「ふふ、大丈夫。だいじょーぶ。僕はそういうの気にしないから。優しいでしょ？」

口を開いて硬直してしまう。優しい？　これは優しいのですか？　リオに助けを求めてみるけど
も、何を言っても無駄だと諦めたような表情を浮かべている。

にしても殿下はなぜいきなり私なんかをパートナーに選んだのだろうか。パートナーは意中の相
手を誘うのが普通で……あれ？　これってもしかして……。

「あ、あの殿下は私を……」

（まさか……私を王子妃に？）

これがモテ期、というものなのだろうか。転生前も彼氏いない歴＝年齢だったのに。いきなり美
男子二人に迫られるなんて。思わず固まっていた口が緩んでいく。

「あっ、それはないから。僕、ルルーシェ嬢を恋愛対象としては見られないから。無理」

――――ピキーン。

「ふふっ、だって君、すっごい独自世界持ってて面倒くさそうなんだもん」

「ぐはぁ!?」

「そういう人の対応はここの姉弟だけで充分かなぁ。顔は可愛《かわい》いのに喋《しゃべ》るともったいない？　みた
いな」

「ぁぐっ！」

すっごい攻撃されている。殺しにかけられている。もうやめて、コロシテ……と胸を押さえて許
しを乞うけれど、不思議そうに屈託なく笑っているから、殿下は無自覚ハンターだ。

（ミライ殿下もヒロイン以外には毒舌だなんて知らないんですけど！）

終始でろ甘だった小説の中のミライ殿下とはかけ離れすぎていて、二重にダメージを食らってしまった。不覚。

「殿下。もうやめろ、死にかけている」

「ぅ……ぁぁ……」

「えっ、なんで？　僕、何かしたかな？」

「かわいそうに。ここまでモテないのも辛《つら》いだろうに」

「うぐぁ……ぁぁ……」

「あぁ、でも俺だけなのはいいか。いや、まずルルは変人だから好きになるのは俺くらいしかいないのか？」

「ぐっぁ！」

なんで嬉《うれ》しそうなのだ。リオが私の背中をさするが、無表情なのに喜びのオーラを感じる。全然フォローに回ってないし、自己満足がすぎる。この人もひどい。

「ん。とにかく僕のパートナーとして参加よろしくね」

愉しそうにやり取りを眺めていたミライ殿下に「はい。これ招待状」と軽く招待状を渡された。王子殿下の誘いを断るという拒否権はモブ以下令嬢にはない。どういう理由かは分からないが渋々、その招待状を受け取った。

◇　◇　◇

「あ、あのリティ様。まだ着替えるんですか？」

「当たり前じゃない。あなたはいま、このシュトレン侯爵家に居候の身なのよ。変な格好して周りにばかにされたら、我が家が侮辱されたようなものじゃない」

「いや……あの、それは無理やり居候させられてて。帰してもらえたらありが……」

「は？」

「いえ、なんでもありません」

冷たく見下ろされて口答えするのをやめる。先ほどから何着もの豪華なドレスを着させられているのだ。

「ちょっと、デザイナー！　これがこの子に合うと思ってるの？」

「は、はいっ。こちらはいま流行《はや》りの……」

「流行り？　流行りだからという理由で着せたの？　あり得ないわ。この美しい薄黄色の髪に白い肌、細い腰に小さくて可愛らしい背丈。流行りなんかで勝手にルルの可愛らしさを半減させないで。まったくこの子に合ってないじゃない。ふざけるのも大概にしなさい」

「ひっ、す、すみません！」

――――パンッ！

持っていた扇子を閉じて、これまた早口で屋敷を訪れたデザイナーにまくし立てている。まったく聞き取れなかったけれど、めちゃくちゃ褒められた気しかしないので、恥ずかしいから聞き直さないでおこう。

(うぅ、お兄様たちと通じるものも感じます……)

ぷるぷると真っ赤になりつつ、何十着も着せ替えられてからやっとお眼鏡にかなったものがあったようで無事に舞踏会用のドレスが決まった。使用人たちやデザイナーが片付けのために慌ただしく部屋から出ていく。

どっと疲れてソファに座り込んだとき、感じた強い圧。リティ様がいつの間にか私の隣に座って優雅に紅茶を飲んでいた。なんで隣? 向かいじゃなくて?

「あっ、あのリティ様。ありがとうございます。何から何まで」

「いいのよ。これも我が家のためだもの。それより……」

カッと目を見開かれて横から見つめられる。身体に穴があきそうだ。

「私のことはお義姉様《ねえさま》とお呼びなさい」

「ふぁ?」

「だからお義姉様とお呼びなさい」

「はっ、はい!　お義姉様!!」

条件反射で答えてしまえば、満足したのかまた紅茶を飲み始めた。

(なんなのでしょう、この圧力は。この姉弟やっぱり怖いです)

毎度強制的に丸め込まれる感覚に震えていると、紅茶のカップがソーサーに置かれる音が小さく響く。

「あなた、ずっと前からリオンハルトのことを好いていたわよね？」

「へ？」

「聖礼の儀でよく目にしていたわ」

「あ、そうなのですね。お義姉様も来られていたとは知りませんでした。一度もお見かけしたことがなかったですが、どちらに？」

「リオンハルトから絶対に来るなと言われていたの。でもあの子がミライ殿下に何か粗相をしてないかとこっそり監視してたのよ。本当、出来損ないの弟がいると大変だわ」

「はぁ」

（いやいや、絶対嘘《うそ》ですよね。単純にリオのことを見たかっただけですよね）

口では冷たく言い放っているが絶対に違う。そういえば一度だけ聖礼の儀の場でショールとサングラスで顔を隠したグラマラスな女性に話しかけられた記憶がある。そのときもものすごい圧で怒られるのかと思いきや……。

『そのボード……最高ね！　あの子、恐れられているし、あんなにも綺麗な顔を隠しているからまったく人気がないのに。幼い頃に女共に襲われそうになったのが原因のせいで。くっ、いまでもあの女共を殺したいほど憎いわ。まぁ、そんな変な女が群がるよりはましね。あなた何も知らないのにそこまで想《おも》っていてくれて嬉しいわ。ありがとう』

なんて、めちゃくちゃ早口で愛を語られた、気がする。何を言っているかほとんど聞き取れな

極上の愛に溺れる♥乙女のためのラブノベル
ティーンズラブ小説新レーベル
ロサージュノベルス
R
Rosage Novels
4.25
毎月25日発売!!
創刊!
番と知らずに私を買った
純愛こじらせ騎士団長に
運命の愛を捧げられました!
著：犬咲
イラスト：御子柴リョウ
不憫で最強の推しを
モブ以下令嬢の私が
いつの間にか手懐けていました
著：前澤のーん
イラスト：チドリアシ
ロゼと嘘
～大嫌いな騎士様を
手違いで堕としてしまいました～
著：碧 貴子
イラスト：篁ふみ
2503

かったけれど。あぁ、あれはリティ様……お義姉様だったのか。

「それでいつリオンハルトと結婚するの？　婚約なんて面倒なものはいらないから、さっさと結婚してしまいなさい」

「ふぁい？　け、けけけ結婚!?」

「ええ。だってあなたもそのつもりなんでしょう。あそこまであの子を好いているのだから」

「あのっ、好いてはいますけどっ！　それはそういう意味ではなくて！　違くてっ……」

「……は？」

ギロリと恐ろしい表情を浮かべたお義姉様に「ひぃっ!?」と凍りつく。

(姉弟揃《そろ》って人を殺しそうなくらいの恐ろしい顔をしないでほしいのですけど！)

「……もしかしてリオンハルトを好きじゃないの？」

「えっ、いやいや好きですよ。それはもう大好きです！」

「あら、そう？　じゃあ別にいいじゃない」

「そ、そうなんですけど……」

だからそれは推しとして好きであって、恋愛感情とかではなくて……なんて言ってもこの姉にも分かってもらえないだろう。

どうしようかと思っていれば、お義姉様がふっと息を吐いてソファの背もたれに軽く身体を預けた。

「……お義姉様？」

「あぁ……正直に言うわ。リオンハルトがあなたをこの屋敷に連れてきて、私はとっても安心したの」

「え？　安心、ですか？」

「ええ。あの子は五つの魔力の加護を受けて強い力を持ったせいで周囲から危険視されていたから。それはもちろん両親からも」

「お義姉様……」

「あの子が他人に対して距離をとるようになってしまったのも私にも原因はあるわ」

眉を寄せてぎゅっと自身の手を握りしめる。

「幼い頃は私もどう接していいのか分からなかったの。恐怖もあったし……両親にも忌避されていたあの子が最後に私に救いを求めてきたのに、それを無視したわ」

「それは……」

小説の中でもあったことだ。リオが五つの魔力を使えるようになったのは五歳の頃。あまりに強い魔力のせいで周りや両親からも恐れられ、いつもひとりだった。そんな中、お義姉様に手を伸ばしたが冷たく見下ろされ、その手を弾《はじ》かれたこと。

（お義姉様は悔いていているんですね）

手を握りしめて微《かす》かに震えているのに強い後悔を感じる。

「殿下に仕えるようになってからは、リオンハルトの力を利用しようと近づいてくるやつらばっかりだったわ。それか、あの子の顔目当ての女ども」

ギリギリと唇を噛《か》み締めて、そのことを思い出しているのか鬼の形相をするお義姉様。リオのお顔が美しくて卒倒しかけた私も否定できないので苦笑していれば、お義姉様がそっと手袋越しに私の手に触れた。

顔を上げると、お義姉様がふわりと微笑んでいる。その表情はリオが私の手を引っ張って握りしめたときと似ていた。

「だからあなたがそういう目で見ずに、心から純粋にあの子を見てくれてるのが嬉しいの」

転生前もあとも見慣れていた冷たい目とは違う。蔑むものではなく、優しく包むように温かい。

(手袋越しでも私の手に触れるのを嫌がる人が多いのに……)

直接私の手に触れて包み込んでくれたリオの指先を思い出して胸がぎゅっと苦しくて、でも温かくて幸せな気持ちになる。あそこまで人の温《ぬく》もりを直接手で感じたのは初めてだった。

「いえ。それは私も一緒ですから」

触れたお義姉様の手を握り返すと、彼と同じ温かさが伝わってきて自然と顔が綻ぶ。

「ふふ、なんだかんだ言いつつ、やっぱりとても好いてるんじゃない」

「え?」

「こっちも安心したわ」

「あっ、違っ、それはっ……」

「あら、まだ否定する気? あんまりつれない態度をとっていると横から知らない女に取られるわよ?」

意地悪に笑うお義姉様。どういう意味か分からず、うーんと考えてみる。

（横から……誰か別の女の人に……）

――――『花のようだ』

私にしたように、別の女性にも甘く囁《ささや》いて優しく手に触れるのだろうか。

「っ……」

想像するとチクンと胸が痛んだ。私はリオが誰かと幸せになるのを見届けたかったはずなのに。

痛む胸を押さえながら、頭に疑問符をたくさん浮かべていると部屋の扉がノックされる音がする。

お義姉様が声をかけると部屋にリオが入ってきた。

「あら？　リオンハルト。殿下のお守《も》りは終わったのかしら？」

「ああ。そっちも終わったようだな。ルル疲れてないか？」

「あっ、だ、大丈夫です。お義姉様にはとっても素敵なドレスを選んでいただいたので」

（さっきの話からだから、なんだか緊張しますね）

たどたどしくなかっただろうかとリオの方にちらりと目線を上げて様子をうかがってみる。とくに気にすることもなく、用意されていた何着ものドレスを確認していた。

「そうか。では当日、その姿を見られるのを楽しみにしている」

ゆっくりとこちらを向いて、ドレスの裾に触れながら微かに微笑む。ぎゅんっと胸が苦しい。

さっきから私の心臓は痛んだり苦しかったりで忙しい。最近は感じたことのない感情ばかりだ。

「そういえば、なぜあなたのパートナーではないの？　おかしいでしょう。この子だと殿下とは釣り合わないわ。あなたくらいの出来損ないがちょうどいいのに」

結構強めに罵っているように感じるけど、お義姉様の背後に『ルルは我が家の家族になるんでしょう!? 私の素晴らしい弟ではこの子のパートナーは務まらないということ？ くそ、ミライめ。昔から本当に失礼な男だわ！』という言葉が浮かんでいるのが見えた。

同じようにその言葉が見えたのか、リオが無表情だけれど心底面倒くさそうな雰囲気を出している。

「……色々事情がある」

「は？ 事情ですって。どうせまたあの我儘《わがまま》お坊ちゃまの気まぐれでしょう」

「我儘……それは否定できないが」

「はぁ。ただでさえ何者かに襲われたというのに。舞踏会は魔法使いでも会場の脇で待機でしょう？ 何かあったらどうするつもり？」

「大丈夫だ。俺も侯爵として参加して、近くで護衛する予定だ」

「あら？ そうなの？」

(――あっ)

ぱぁっとお義姉様の目が光った気がする。それはリオも感じ取ったらしく、しまったと珍しく少し動揺するように口に手を当てた。

「あなた、いっつもその黒のローブよね？ シュトレン侯爵家として参加するなら、ちゃんと服を選ばないと」

「……いい。適当にあるものを着る」

「黙らっしゃい！　じぃや、国中のデザイナーをいますぐ呼んできなさい！」

「はっ。お嬢様」

部屋の片隅に待機していた執事にビシッと扇子をさす。執事がすぐに頭を下げて部屋から出て行った。

『次はリオですね、頑張ってくださいね』

そう伝えるようにグッと親指を立てると恐ろしい視線を返されたので、慌てて指を下げる。ドレスが決まったから次はアクセサリー決めだと言われていたけれども、リオが犠牲になったおかげでなんとか部屋から逃げ出せた。

◇　◇　◇

「わぁ、さすが王族専用……」

屋敷の門の中まで入り、玄関の前に止まった豪華な馬車。王家の紋章が入っていることから王族専用の馬車だ。

その前を誘導していた別の馬車から、以前に執務室まで案内してくれた年配の執事が降りてくる。その執事が頭を下げて馬車の扉を開いた。

「こんにちは。ルルーシェ嬢」

「うわっふ」

（目がっ！　目があああぁぁ!!）

開かれた馬車の中には王族の正装を身につけたミライ殿下のお姿。椅子に座って足を組みながら微笑んでいる。煌びやかな服装と美しいお顔に後光が差していて、ばか正直に直視してしまった。ゆえに目がやられた。不覚。

「大丈夫？」

「あっ、ははは い、なんとか……」

「そう、よかった。お願いだから鼻血は出さないでね？　服を汚されても困るし、なにより汚いから」

「おっふ」

（うーん。この毒舌具合もなんだかご褒美感があってよいのかも？）

爽やかな笑顔でグサグサと言葉のナイフを突き刺してくるが、慣れてくるとこれはこれでいい味がある。

そんな謎のありがたみを感じつつある今日は例の舞踏会当日。リオは私が準備している間に警備のために会場に向かったらしい。

「ミライ。ルルになんてことを言うの。あなたの服ぐらい汚れても構わないじゃない。むしろ羽織ってる服が多いからルルの鼻血を拭くのにちょうどいいわ」

（どひゃ――――!?）

後ろで私のドレスを持ち上げてくれていたお義姉様のお言葉に今度は目ん玉がひっくり返りそうになる。

いくら幼なじみとはいえ、あまりの不敬発言に恐ろしくなって汗が大量に吹き出てきた。せっかく綺麗にお化粧までしてもらったのに台無しだ。

「あぁ、この屋敷にはもう一人面倒なのがいたのを忘れてたよ。そういえばリティは舞踏会に参加しないのかい？」

「しないわ。あなたがいると私も面倒だもの。いつも嫌なことしか言わない人の相手は疲れるのよ」

「ふふ、今日は正直だね？　弟の前では真逆のことばかり言うから可愛らしいのになぁ」

「なんのことか分からないわ」

「あぁ、それともしかして拗《す》ねてるの？　僕が君をパートナーに選ばなかったから？」

（――――へ？）

後ろを振り向くとお義姉様の顔がみるみる赤く染まっている。

（あれれ？　これは？）

「違うわ。誰があなたとなんか……」

「そう？　残念だな。僕はリティと踊りたかったんだけども。いつも招待状を送っても断るのはリティの方だもんね」

「っ、私は……リオンハルトが心配だもの。自分に手間をかけてる暇はないのよ」

「リティ……」

「あぁもう！　いいから、早く行って!!」

そのまま無理やり馬車に乗せられて、お義姉様に強く扉を閉められてしまった。

ゆっくりと走り出した馬車の中、向かいに座っていた殿下が珍しくため息をついている。

「あの……私でよかったのですか？」

（もしかしてだけど、ここも少し変わってるんでしょうか？）

それとも小説に描かれなかった裏では色々な恋模様があって聖女とミライ殿下がくっついたのか。

だとしたら端折《はしょ》りすぎな気もするけど。

それに……これって、すっごく美味しい展開なのでは？　ツンデレ弟溺愛お義姉様と毒舌年下殿下なんて最高すぎか。なむなむ。

両手を合わせて鼻息を荒くした私の思っていたことを気づかれてしまったのか、ミライ殿下から恐ろしい負のオーラを感じる。処刑される前に顔を元に戻した。

「君、楽しんでるでしょ？　あーあ。ルルーシェ嬢に楽しまれるとか最悪すぎ」

「いえいえ！　そんなことはありませんよ！　傍観者として最高の現場に立ち会えて至福すぎて、天に召されそうだなって思っただけで……あっ」

はっと口を閉ざしたけれど「本当に天に召されたい？」と恐ろしい笑みを向けられたので、これ以上は黙っておく。

（嫉妬させたかったから私をパートナーにしたとか？）

なるほど、なるほど。ニヤつきながら頷《うなず》いていると冷ややかな表情で睨まれたので、顔をまた元に戻した。

◇　◇　◇

「ふぁ～」

馬車から降りるとそこは大きく広い豪華な会場。

「何をほうけてるの。はい、手」

「あっ……でも、私は力を……」

「その手袋してれば大丈夫でしょ？　僕もいちいちそんなこと気にしないよ」

ミライ殿下が指先を動かすと、ふわりと風が吹いて勝手に腕を組まされる。これは殿下の風の魔法だろう。

「それとも気にしてほしいの？」

「あっ、いえ。ありがとうございます」

意地悪に笑ったミライ殿下に頭を下げる。お礼を伝えると「パートナーなんだから、離れていたらおかしいでしょう？」ととぼけられてしまった。

なんというか口では冷たく意地悪な言い方をするけれど、殿下もとてもお優しい。彼からも見下されたり、蔑まれたりといったものを感じたことはなかった。

（ヒーローだからとかじゃなく、リオがミライ殿下側についた理由が分かりますね）

ミライ殿下のおかげで温かな気持ちに包まれて、会場の中に入った。けれどすぐに私に向けられたのは貴族たちからの冷たい視線。

遠巻きに私たちを眺めながらいつもと同じような罵りをひそひそと話されている。

（あぁ……やっぱり……）

「すみません、殿下」

「だから僕は気にしてないって。君もそろそろ慣れたら？　あぁ、そうだ。全員芋に置き換えたらいいよ。なんか生えてるなぁって」

「い、芋ですか？　そ、それはちょっと……」

「そう？　僕はよくそうしてるけど。ほら、僕って顔がいいでしょう。他人からの僻《ひが》みはよくあるんだよね。芋がなんか言ってるなぁって思えば、幾分か気が楽になるよ」

「ははは……」

（やっぱり、殿下はなかなかな性格をしてますね）

その後、目まぐるしく数人から挨拶をされたあと、会場の女性たちが騒がしい。何かあったのかと声がした方を振り向くと……。

――――だぱ――――！！

私の鼻の両穴から大量に溢《あふ》れて流れ落ちていく鼻血。

「うげ。汚っ」

殿下が即座に私から離れた。それもそのはず、こちらに近づいてくるのは貴族の正装をしたリオの姿。

緩やかにまとめられた綺麗な黒髪と装飾がされた美しいマントを揺らして歩くと、その周りの女性たちが真っ赤になって口をパクパクとさせながら失神しかけている。もちろんそれは私も。

（っうぁ！　リオの正装姿が致死レベルなんですけど!?）

「ちょっとリオンハルト。早くこれ綺麗にしてあげてよ。ていうか、この子の鼻どうなってるの？異空間にでも繋《つな》がってるの？」

「それは俺も知りたい」

「っぁ……ぅ……ゃ……」

「おーい、ルルーシェ嬢～。とうとう人間の言葉忘れたの？　ポンコツ度合いもここまでくると面白いね」

「おい。叩《たた》くな。さらにポンコツ度合いが悪化する」

リオが私の鼻血を止めてハンカチで拭うとミライ殿下が私の頭をぺちぺちと軽く叩いてきた。そのおかげで少しだけ意識が戻ったので、仕方ないが二人の暴言は聞き流そう。

「リオ。脳内スクショするのでそのまま動かないでくださいっ！　３６０度スクショするので!!」

「は？　スクショ？」

「うわぁ、やば。はぁ……はぁ……さすがお義姉様が服を選んだだけあります。濃紺のスーツに深緑の刺繍《ししゅう》。さらにマントには美しい透き通る黄緑色の宝石を散りばめて、リオの肌の白さと瞳、お顔の美しさを数百倍にも際立たせてます。たまらない。これは永久保存もの。アクスタにして大量に部屋に並べた……んぐっ!?」

ぐるぐるとリオの周りを回りながら目を見開いて語ってしまう。頬を染めたリオが私を捕まえて、口を手で塞がれた。

「もういい。姉上と同じようなことを二度も言うな。聞き飽きた」

「んぐっ！　んぐー!!」

（まだ脳内スクショが足りないのにっ！）

「リオンハルト。ずっとそのままの格好でいてあげたら？」

「いい。この服は面倒だ」

「ふーん？　ていうか、いつもは頑《かたく》なに黒のローブしか着ないのに……ふふっ、ルルーシェ嬢のおかげで君の新しい一面が見られて愉しいなぁ」

「……うるさい」

赤く染まった頬を隠すようにリオがそっぽを向く。その視線の先で女性たちがギラついた目を向けているのに気がついたようで、赤らんだ頬がすぐに青ざめた。

「あれ筆頭魔法使いのリオンハルト様？　う、嘘でしょう。ローブの下にあんなお顔が隠れてたの？」

「っ!!　最高だわ。もっと早く拝見したかった！」

獲物を狙う野獣のような視線にリオがすっとマントのフードで顔を隠してしまった。けれどミライ殿下に「舞踏会で顔を隠すやつはいないでしょ」とフードを戻されたのに不服そうに眉を寄せる。

「そういえばリオンハルト。まだ兄上は来てないよね？」

「ああ。予定時刻は過ぎているが……おそらくあえてだな。この機会で何かしら仕掛けてくるに違いない」

「そう……」

（兄上？　それってアレン殿下のことでしょうか？）

二人の会話に首を傾げたとき、会場がしんっと静まり返った。すぐにみなが会場の奥の壇上に向かって頭を下げる。ゆっくりと壇上に現れた国王陛下に私も慌てて頭を下げた。

「よい。頭を上げろ」

頭をあげると、そこには口ひげを生やした銀髪の国王陛下が私たちを見下ろしている。年齢は五十代くらいか。威厳がすごく圧倒される。

国王陛下の一歩後ろには太后陛下も控えていた。こちらは優しそうな雰囲気の女性だ。少しだけ目尻が下がり、ミライ殿下に似ている。

「ミライ」

「はっ」

「お前の姿しか見えないが？　アレンはどうした」

「それは私も理由は分かりません。会場に入ってから兄上をお見かけしていな……」

「あぁ、父上。遅れてしまい申し訳ありません」

ミライ殿下の言葉を遮った声。後ろの扉が開かれるとミライ殿下と同じ銀髪の男性が現れた。少し吊り目《つりめ》で肩まである髪の毛を揺らして、笑いながらこちらに歩いてくる。

（この人がアレン殿下……）

ミライ殿下の兄なだけあって綺麗な顔をしているが、そこはさすが悪役の親玉だ。ある程度は小説でアレン殿下の容姿は把握していたけれど、実際に拝見するとやはり悪そ〜な顔をしている。

「アレン。お前は時間を守ることすらできないのか？」

「私は守りたかったのですが、パートナーの準備に時間がかかりまして」

「は？　パートナーだと？」

アレン殿下のありえない返しに陛下の冷たいオーラが放たれて会場が凍りついた。いくら実の親だとしても国王陛下よりも遅く会場に入るなんてもってのほかだ。

「やはりここでか……」

私の隣で小さく呟《つぶや》いたリオが手に光を纏《まと》わせる。すぐに魔法を出せるようにしていること、それにミライ殿下も腰に携えていた剣の柄《つか》に軽く触れている。そのことに気がついたアレン殿下が口の端をあげた。

「おい、ミライ。なぜ剣をつかむ？　それにお前の側近の魔法使いの失礼な態度を正せ」

「兄上。ここには貴族しか呼ばれておりません。見知らぬ者が入り込めば、警戒するのは当たり前でしょう」

「見知らぬ……ふっ、ははは っ！　失礼なことを言うな。それであれば、お前の隣にいる女の方が危ないだろう」

「危ない？　何が危ないのか僕には分かりませんが」

「あぁ、魔力を奪われたくない。恐ろしいそれを私に近づけるな」

（っ……）

私を蔑み見下すように笑ったアレン殿下に、ぶわりとリオから強い魔力が放たれる。

ミライ殿下が手を出して制止するのにリオがぐっと手を握って魔力の放出を抑えた。

「リオンハルト。抑えろ」

「アレン、どういうことだ？」

「あぁ、父上……ご紹介が遅くなり申し訳ありません」

アレン殿下がゆっくりと横に身体を動かすと、後ろから現れたのは……。

「こちらは私のパートナーです」

長い桃色の髪を揺らして現れた女の子。可愛らしい丸い瞳に小柄な体格をしている。覚えがあるその見た目に私の心臓がドクンと跳ねた。

（この子はもしかして……）

記憶を呼び起こしていると、アレン殿下がその女の子の手を取った瞬間、リオが私の手をつかんで抱き寄せる。

「っ！」

――――ブワッ！

轟音《ごうおん》が響くと同時にアレン殿下の手から巨大な水がこちらに放たれた。すぐにリオが手から炎を出して、その水を真っ向から止める。ぶつかり合う水と炎の強い魔力に会場にいた貴族たちが悲鳴をあげた。

「っく……」

「ふっ、どうした？　筆頭魔法使い。五つの魔力の加護を受けていながらその程度か？」

リオの炎の魔力が押されて水の魔力がこちらに迫ってきている。

（このままでは、リオがっ……）

「リオっ！」

「っ……大丈夫だ」

抱き寄せられたリオの胸を私が強くつかむと、空いた手を動かして頭上に黄色の稲妻を作り出した。その稲妻がドンッと雷鳴を鳴らしアレン殿下が出す水の中を凄《すさ》まじい勢いで伝っていく。

「ちっ！」

さすがにこれ以上は危ないと思ったのかアレン殿下が水を消すと稲妻も消えた。それぞれ黄色と水色の雫《しずく》になって地面に落ちていく。あまりの出来事にまたしんと静まり返った会場内。

「アレン。これは……」

「父上、これで理解がしやすくなったでしょう」

「もしや、その女性は……」

「ええ。彼女から与えられる力はその筆頭魔法使いと同等、いやそれ以上の力……」

アレン殿下が握った女の子の手を見せつけるように高く持ち上げる。

「彼女はララノア。魔力を強くする聖女ですよ」

――――ザワッ！

その言葉に会場内がざわつく。

（やっぱり……小説の中の聖女の名前と一緒）

名前も見た目も『五つ姫』の中で描かれていたものと一緒だ。

「ララノアは異世界から訪れた聖女です。父上、ご報告が遅くなり申し訳ありません」

「……そなた。本当なのか？」

陛下が瞳を見開いて驚いている。震える声で問いかけると、ララノアがにっこりと笑った。

「はい。私は数ヶ月前にこちらの世界にやってまいりました。なにぶん戸惑うことが多かったものですからアレン殿下に庇護《ひご》していただいておりました」

「そうか」

「はいっ。アレン殿下は私にすっごくお優しくて感謝しておりますっ！」

きゅるるんと潤む瞳で上目遣いをして陛下にララノアが返事を返した。んん？　なんだか違和感がすごい。

（小説の聖女ララノアと雰囲気がかけ離れているような？）

小説の中での彼女はお淑《しと》やかで静かな印象だった。けれどこの目の前にいるララノアはどちらかというと可愛らしくキャピキャピとした雰囲気がある。若々しいというか。ギャルっぽいというか。

「聖女だなんて本当なのか？　いや、でもあの歴代最強と言われる筆頭魔法使いのリオンハルト様の力と互角だったな」

「ああ、本物だろう。それにアレン殿下との仲睦《なかむつ》まじいご様子。聖女様はアレン殿下側についたとみえる」

「ならば、いままではリオンハルト様がついたミライ殿下が王太子の座に優勢と思われたが……変わってくるか」

会場にいた貴族たちがひそひそと話し始めている。

（本当に聖女はアレン殿下側についていたんですね）

お兄様の話や小説の話が変わっているのは分かっていたはずだが、実際に目の当たりにすると心臓がうるさく脈を打つ。

「お前たち、静かに」

そのときダンッと陛下が携えていた剣を床に叩きつけて音を鳴らすと、話していた貴族たちがすぐに口を閉じた。

「今日は興が醒《さ》めた。あとはそれぞれで好きにしろ。それとアレン、ミライ、リオンハルト。話がしたい」

三人が頭を下げて陛下のあとについていく。リオが去り際に「先に帰っていい」と私の頭を撫でて離れていった。

（これは……えらいことになりました）

なんとなくこうなるとは想像していたけども……。ちらりと横目で周りを見ると、さっそく貴族たちがララノアに群がっている。称《たた》えるように、また媚《こ》びへつらうような様子に胸がいやにざわついた。

アレン殿下側につくべきかと会場の片隅ですでに王位継承権争いの行く末を見据えた話し合いも行われている。

「っわ!?」

その様子を焦る気持ちで見つめていると背中を押されてよろめく。

「ちっ、邪魔だ！　お前のような女がミライ殿下側についても迷惑なだけだ」

「もういい。早く聖女様に顔を覚えてもらおう。ミライ殿下側だったがいまなら間に合うかもしれない」

ミライ殿下側の貴族たちが私を押しのけていく。

「っ……」

(ここにいても殿下たちに迷惑をかけるだけですね)

押しのけられて痛む肩を撫でながら、仕方なく会場の外に出てリオたちが出てくるのを待つ。帰っていいとリオに言われたが、これからのことが心配で帰る気にはならない。

「ここでリオたちを待っていましょうか……」

うずくまりながら庭園の芝生の上でぷちぷちと草をむしって落として暇を潰していると……。

「あれれ～？　あなたはさっきミライ殿下の横にいた女の子？」

「っ!?」

顔を上げるとそこにはララノア。笑うとなおのこと可愛らしい印象が強まる。さすがヒロインなだけある。華がある。

「あっ、わ、私……」

「なんで逃げるの。せっかくだから話そうよ」

「でも……」

（モブ以下令嬢の私がここでララノアと関わってもいいのでしょうか）

考えているあいだにララノアが近くにあったベンチにどさりと腰をかけてしまった。大きく息を吐いて背伸びするララノアに目を丸くしてしまうと、私に気がついてにっこりと笑った。

「さっきから臭くて不細工なおじさんばっかり群がってきて面倒くさかったんだよねぇ。女の子と話した方が気楽～」

（おぉう）

やはり、なかなかに性格が変わっている。くるくると髪の毛を指先でいじりながら、隣に座るようにベンチを叩かれる。これは、もう逃げられないなと渋々その隣に腰掛けた。

「やっぱリオンハルトってすっごい綺麗な顔してるねぇ。サブキャラにしておくのもったいない」

「そうですね。リオはサブキャラにはもった……って、え!?」

いま、なんだか懐かしい単語が。ララノアの方を向けば、にっこりと笑っている。

「あぁ、やっぱりあなたも転生者だったぁ。聖礼の儀でライブ会場のオタクみたいなやついるなぁって思ってたんだよね。ビンゴ！」

私に向かってぴんっと指をさして茶化す。まさかララノアは私と同じ日本から転生してきたとはさすがに思わなかった。

（うーん、どうしましょう。いまからでも説得してみたりした方がいいのでしょうか）

ララノアがアレン殿下側についたのはやはり事実で、彼女が考えを変えてくれない限りは結末が変わってしまう。

うーんと頭を悩ませながら考えていると、ララノアがくすくすと笑い始めた。

「ふふっ、見慣れたオタク～。まさかこんなとこでもいるなんて。キモーイってね？」

「き、キモ……」

「あっ、ごめんね。口が悪かった？　私、転生前は地下アイドルしてたんだぁ。んで、ファンに刺されて死んじゃって。オタクに憎さ倍増してるだけだから」

お腹《なか》にナイフを刺すような素振りをしたララノア。想像してしまい顔を青くしてぞっとする私を見て愉しそうに口を開いて笑い出す。

「ぶっ、あははっ！　そんな怖がんないでよ。もらったものとか売ってホストに貢いでたの知ったキモオタが逆ギレしただけだし。私、なんも悪くないし」

「そ、そうですか」

（悪くない……のですか？　仮にもアイドルだったんですよね？）

ここまでファンをばかにするアイドルに、業界の裏側を見たようで違う意味で恐ろしくなってくる。怖い。これ以上は知りたくないから教えないでくれ。夢を見たままでいたい。

「ファンにもらった小説読んでおいてよかったぁ。面白いからってうるさかったし仕方なく読んだけど、ためになったかも？」

「えっ。もしかして、この世界のこと知ってるんですか？」

「うん。あなたモブキャラ以下じゃん。同じ転生者かなって思って気になったから少し調べたんだぁ。魔力を奪うモブキャラ以下に転生なんて、かわいそ～」

「あ、ははは……」

（全然かわいそうって思ってなさそうに感じるのはなぜでしょうか）

「でもなんでミライ殿下とリオンハルトのそばにいるの？」

「あっ、それは私にも分からなくて。関わるつもりはなかったのですが、いつの間にかこうなってまして」

「へぇ～……キモオタがちゃっかり幸せつかもうって感じ？」

「え？……ひっ!?」

（や、ヤンキー!?）

可愛らしかった笑みが、いきなりスイッチが入ったように冷たく恐ろしい笑みに変わる。下から睨みあげられるのに身体が反射的に縮こまった。

転生前も学校で『財閥令嬢だからっていきがんなよ』的な感じでヤンキーに絡まれることが多かった。なので、そのときの雰囲気を思い出してバクバクと心臓が早まる。

「あー、つまんな。聖礼の儀でリオンハルトに一切見向きもされてなくて、いい気味って思ってたのに」

「ご、ごめんなさい？」

「うっざ。何目線？　あー、煙草吸いたーい。てか私、あんたより重要視されてんだけど。それ分かってるよね？」

「ソウデスネ？」

　校舎裏でブルブルと震える陰キャオタクとカツアゲするヤンキーの構図になってませんか？　これ。助けて、誰か助けてぇ！

「ハピエンとかおもんなって小説読んでるときも思ってたんだよねぇ」

「へ？　な、なななんのことでしょう……？」

「あっ、ララはねぇ。悪～い人が好きなの」

　――――きゅるん。

　顎に両手を当てて急にまた可愛らしく目を輝かせたが、発言はまったくもって可愛くない。見た目だけはアイドル。すぐにスイッチが切り替わるとこだけは褒めてあげたい。

「だからララは悪い男の人しか愛せないのっ。ミライ殿下とリオンハルトは根本が優しすぎて面白くないのね？　もっと刺激が欲しいって感じ？」

「刺激……」

（ほほう。なるほど、なるほど。これは……まったく私と合いませんね！）

うん。こちらのララノアとはことごとく意見が合わない。言うなればカプの攻め受けが合わないようなものか。これを例に出せば、きっと「きっしょ！　二度と喋んな！」と言われるのが目に見えているので大人しく黙っておく。

とにかく、ララノアがアレン殿下側についた理由が分かった。まさかこんな理由だとはまったく思わなかったけれども。

「ということで早くフェードアウトしてね？　ルルーシェちゃんっ」

「は、はいっ!?」

「魔力を奪うなんてかわいそうな子に転生しちゃったのは同情するけど。これ以上、無能がこっち側《メインキャラ》に関わんないでってこと。あなたモブ以下キャラでしょう？」

「あ、そ、それは重々承知しているんですけど……」

(だから本当に自分からは関わろうとしてないんですけど)

しどろもどろになっていれば、言うことを言い切って少し満足したのかヤンキーララノアが楽しそうに笑う。この様子では、なんだか説得するのも難しいようだ。

「あっ、そういえばさぁ。あなたはどうやって死んだの？　まぁ、私よりまともな死に方だろうけど」

「えっ、私、足を滑らせて……」

「足？」

「はい。高台の公園で足を滑らせて階段から落ちて……」

「高台……公園……」

圧に押されつつ答えた私にララノアが何かを思い出したように急に瞳を見開いた。

「まっさか、あの財閥のお嬢様!?」

「っ！　知ってるんですか？」

「もち！　うち昼職であなたの家の子会社の社員だったもん！」

「そうなんですね」

「もう大騒動！　でも悲劇のヒロイン化されてたよ～。社長なんてテレビのインタビューで大号泣～」

「えっ、お父様がっ……」

あの冷たかったお父様が私のために泣いてくれていたことに驚きを隠せない。

(まさか本当に悲しくて……)

冷たかったが本当は私のことを想ってくれていたのだろうかと胸がきゅっと苦しくなったけど……。

「っていう演技だけどね。ふふっ、ご令嬢誘拐死亡事件の悲劇で会社の株価は急上昇。めちゃくちゃ会社に貢献したねぇ」

「え……」

「あなたの葬式はしなかったんじゃない？　会社で血も涙もない家族だって言われてたけどね」

「そんな……」

ドクドクと心臓がうるさい。額から汗が流れて落ちていく。分かっていたつもりだった。家族からは煙たがられ、愛されてなかったことは。

でも死んだあと少しは悲しんでくれたのかもと思うこともあった——けれど、それは違った。

(あぁ、本当に私はいらない存在だったのですね)

「やだ。そんなこの世の終わりみたいな顔しないでよぉ。最期にお家《うち》のために貢献できたんだからいいんじゃないの?」

「貢献……そう、ですね。それ、なら……よかったかもしれません」

乾く口をなんとか開いて言葉を返す。

「だよねぇ。お嬢様だったんだからいいじゃん。好きなことしてたんでしょ? それにいまはめっちゃ家族から愛されてるじゃん」

「それは……っひ!」

いきなり顔の真横のベンチの背もたれをラノアに足蹴りされた。顔を上げるとそこには笑顔が消えた冷たい視線を向けるラノアの姿。

「勘違いすんなよ。キモオタ」

「あ……」

「お前はこの世界でも無能なんだよ。転生前でも分かってたでしょ。能無しはいらない存在だって」

——『いらない存在』

ララノアの冷たい視線に転生前の家族の私への蔑む目を思い出す。身体が震えだして視界が滲《にじ》んだのに、ララノアが嬉しそうに口の端をあげた。

「ララノアっ!!」

「あっ、アレン様っ！」

そのとき後ろからアレン殿下がこちらに向かって走ってくる。すぐに足を下ろして振り返って、殿下の胸に飛び込むララノア。

「ララノア、なぜこんなところに……」

「っひっく……この女の子に呼び出されてひどいこと言われて……それにララの力を奪おうとしてきて」

「なんだと？」

「えっ？　違っ……」

殿下の胸の中でララノアが泣《な》き真似《まね》をして、私を指さしてきた。慌てて否定しようとするが殿下が恐ろしい形相で私を睨んでくる。

「気色の悪い女だ。力を奪うだけに飽き足らず、聖女の地位までも奪おうとするとは」

「で、殿下！　違いますっ。私は何も……きゃぁっ！」

――ザバッ!!

その瞬間、頭上から大量の水が降ってきて重い水の力に膝と手をつく。ポタポタと雫が身体から落ちていく。

土で汚れていることから、どうやら泥水をかけられたようだ。せっかくお義姉様に用意してもらったドレスが茶色く汚れてしまっている。

「黙れ、この無能が。この程度で済ましてやっただけありがたいと思え。次は命はないからな」

「……っ」

「行こう。ラランノア。こんなやつと関わっていると君まで汚れてしまう」

「はい。殿下」

そのまま背中を向けて離れていくアレン殿下とラランノア。こっそりとラランノアがこちらに振り向く。

「ぷっ、ドブネズミみた〜い。汚い」

そう小さく口を動かして私だけに伝わるように笑う。呆然《ぼうぜん》と身体が動かず、そのうち二人の姿が見えなくなった。

（どうしましょうか……これでは馬車も汚してしまいますね）

「ルル！」

「あっ……」

ため息をつきつつ、歩いて帰ろうかと考えていると遠くにリオとミライ殿下の姿が見える。すぐに私のびしょ濡《ぬ》れ泥まみれの姿に気づいて二人が駆け寄ってきて、リオが膝をついてマントを私にかけてくれた。

「アレン殿下の魔力を感じて、慌てて来てみれば……なぜ、こんなことに」

「ごめんなさい……せっかく綺麗な格好をさせてもらったのに」

「っ、あの愚兄か。ルルーシェ嬢、申し訳ない」

「えっ？　あの大丈夫ですよ。ミライ殿下が気にしなくてもいいことですから。それに慣れていますし」

頭を下げたミライ殿下に慌てて立ち上がって首を振る。王子殿下に頭を下げられるなんて恐れ多すぎる。こういった扱いは転生前でもあとでも慣れっこなのは本当だ。

気にしないようにしようと笑うと二人がなぜかさらに表情を曇らせてしまった。

「それより私のせいでミライ殿下やリオに迷惑を……」

「迷惑なんかじゃない」

「うん。ルルーシェ嬢は何も悪いことはしてないでしょう？」

優しく笑うミライ殿下やリオに申し訳なくなる。二人は否定しているが、私が無能であるがゆえに迷惑をかけてしまっていることは間違いない。

『お前なんかがミライ殿下側についても迷惑なだけだ』そう貴族たちに言われたこと。それに……。

――『能無しはいらない存在』

ララノアから言われた言葉を思い出して喉が熱く苦しくなる。

「はい……でも、ごめんなさい」

「……ルル？」

「リオンハルト。ルルーシェ嬢と先に屋敷に帰っていいよ。帰路の護衛は、ほかのものに頼むから。

彼女の身体を温めないと風邪をひいてしまう」

「ああ。分かった」

リオが私の肩に触れて、地面に転移魔法陣を引くと光に包まれた。

◇◇◇

「ルル、浴室の準備はできている……ルル？」

リオが屋敷に転移して、すぐに浴室の準備をしてくれた。その間、部屋の家具を汚してもいけないので立ちながらぼんやりとしていたが、声をかけられてはっと顔を上げた。

「大丈夫か？　どこか痛んだり……」

「いえっ、なんともありません。ありがとうございます」

頭を下げてリオに笑いかけてから浴室に向かおうとすれば、手をつかまれて止められる。

「り、リオ？」

「何を言われた？」

「あ……」

じっと私を見つめる若草色の瞳。すべてを見透かすような瞳にギクリと肩が揺れてしまう。

「なななななんにも言われてませんよ？」

「そうか？　それにしては目が左右にぶれているが？」

「あははは一。な、なんのことだか……」

「ルルは嘘をつくのが、あり得ないくらい下手だということを認識した方がいいと思う」

「っう」

(リオに心配をかけているのは、申し訳ないのですけど……)

正直に何を言われたかなんて話せるはずもない。ラノアを説得すらできずに、オタクをばかにされ無能は関わるなと言われて、挙句の果てに転生前の家族には愛されていなかったなんて。

「先ほどもお伝えしましたが、気にしなくて大丈夫ですよ」

「ルルは気にしなくてもいいと言うが、俺は気になる」

「そ、そうですか」

やっぱりすんなりと見逃してくれるわけがないか。じっと見つめてくるリオに視線を返せば、その瞳が心配そうに揺れるのに胸が苦しくなった。

彼が本当に私のことを想って心配してくれているのが痛いくらい伝わってきた。このまま話してしまおうかと。転生のことはぼかして、大まかなことをリオに吐き出してしまおうかと喉が熱くなる。震える唇を開いたけれど……。

――『無能がこっち側《メインキャラ》に関わんないで』

ラノアに言われた言葉を思い出して、開いた唇をきゅっと閉ざした。

(これ以上、リオたちの近くにいていいのでしょうか)

転生前もいまも周りに迷惑をかけることしかしない。転生前の家族からは最期まで私という存在は愛されてはいなかった。

勘違いするなとラノアが言っていたように、私は少し甘えていたのかもしれない。この世界でお兄様やお父様、それにリオが私を受け入れてくれたことに。

『恐ろしい女だ』

『お前のような無能は邪魔だ！』

私に向けられた数々の言葉が脳裏に浮かんで心が冷めていく。そう、私はどこに行ってもいつでも『無能』で。

薄暗い部屋で光り輝く五色の花々。枯れることはなく美しく光を灯《とも》す。それは私が与えた輝きではなく、リオが与えた美しい光だ。

手をぎゅっと握ると泥にまみれた手袋がさらに茶色く汚れた。彼の美しい若草色の瞳に映るのは身体中が泥にまみれた汚い私の姿。

（やっぱりここにいるべきではないですね）

「リオ……私は……やっぱり……っ!?」

つかまれた手を引っ張られてリオに抱き寄せられる。すっぽりと埋まってしまえば、泥まみれの私がリオを汚してしまう。

「り、リオ！　服が汚れてしまいます！」

「そんなのはどうでもいい」

「よくありません！　せっかく綺麗な格好をしているのにっ……うわぁ!?」

さらに強く抱きしめてくるものだから、バタバタと離そうと手を胸に当てるけれどビクともしない。

「うぅ……どうして……」

「ルルが嫌なことを言おうとするからだろう？　いつもは能天気なのに珍しく落ち込んでるから」

「な!?　私だって落ち込みますよ？　ばかにしてますか」

「ふっ、そうだな」

リオが笑って少し身体を離す。

（あぁ、やっぱり汚れてしまってます）

私の汚れた身体のせいでリオの着ている服まで茶色く色を変えてしまっている。慌ててハンカチを取り出そうとすると、リオが私の手をつかんで自らの頬にあてた。

「あ……」

私の手袋越しの指先が彼の白く綺麗な肌を汚していく。

「ルルは汚くない」

指先の隙間から見えるのは潤んで輝く若草色の瞳。その瞳が私と同じように土に汚れている。

「どれだけ土がついていても綺麗だ」

「っ！」

ふわりと笑って私の汚れた髪を掬《すく》った。

（この人はどうして……）

ここまで私なんかに優しくしてくれるのだろうか。掬われた髪先を眺めながら、汚れていくリオの指に罪悪感を感じて視線を落とした。

「私……無能で。魔力を奪ってしまうから恐れられて……」

「ルル。恐れられているのは俺も同じだ」

「それは……」

「でもルルはそういう目で見ないだろう？　むしろ怒ってくれた。攻撃力はまったくなかったけど」

あの日、ミッチェルに言い返してぽこぽこと殴りかかったことを言っているのか。

「俺もルルがいてくれればいい」

その言葉に私が『リオがいてくれればいいです』と笑って彼の小さな手を握ったことを思い出して瞳を見開く。落とした視線を戻すとそこには優しく微笑むリオがいた。

私のすべてを包むような温かな眼差《まなざ》しに喉が熱くなって視界が滲んでいく。

「ルルじゃなきゃ嫌だ」

「っ……」

「ルルになら力を奪われてもいい」

「うっ、あ……」

「むしろ与えたいくらい」

「あぁっ、やめっ……」

「それくらい愛《いと》しい」

もう聞いていられないと止めようとしたとき、耳元で囁かれる。大きく開いた瞳の先で笑うリオ。

「愛してる、ルル」

（――――っ！）

そう何度も何度も伝えてきて、目まいがしてくる。甘く溶けるような感覚。彼の白い肌がほんのりと朱色に染まっていた。その熱が伝わっていくように、先ほどまでは冷えきっていた私の指先も火照る。

「あ……」

抑えきれず、だばっと溢れた鼻血。土に血に汚れた私の顔を見て、口の端をあげてさらに「可愛い」と囁いてくるものだから、たまったものじゃない。わざと治さずに流れ続ける血を自らの指先で拭う。

泥と私の血でさらにリオが汚れていく。その汚れさえも嬉しそうに笑うから心臓がうるさくて、目が離せない。それに温かく包み込まれるような甘く蕩《とろ》ける感覚とゆっくりと脈打つ鼓動に気づかされる。

（あぁ、私は――――）

リオが好きだ。

――――たまらなく彼を愛しているんだ。

それは推しだからとか顔が好みだからとかじゃない。リオだから。リオじゃなきゃだめなのだ。

リオだけを愛している。

ほかとは違う。焦がれるような苦しくて愛しい初めての気持ちだった。

(これが人を愛するってことなんですね)

「こんな泥だらけで気がつくなんて……」

だけれど外見上のいまの私たちは、泥だらけというのがまたすごい状況。さすが私。ロマンチックの欠片《かけら》もない。

「泥?」

リオがいまの状態をあらためて確認する。二人とも泥まみれで顔や髪、それに綺麗な服が茶色く変わっている。この服を見たお義姉様が絶叫するのが頭に浮かんだ。

「……ふっ、あはは、たしかにお互い泥だらけだな」

「っ!」

汚れた頬や身体を見て笑う。ここまでリオが声を出して笑っているのを初めて見た。泥まみれだからか無邪気な子供のような感じがして、きゅんと胸が躍る。

(反則ではないですか? やばい、好きだって気がついたらさらに胸きゅんがすごいです)

「一緒に姉上に謝ろう……いや、でもこれはあの勘違いどクズ殿下のせいでは?」

「リオ、言い過ぎ……」

「何か間違っているか?」

「……間違ってはいませんけど」

「だろう？　腐っても王子だから本気を出してはまずいと思って力を抜いただけなのに。本当なら頭上から雷を落としてるとこだったぞ」

あえて水を伝ったようにしたのかとリオのすごさを感じて、ときめく胸と上がる心拍数。気を抜くと鼻血が出そうなので必死に我慢する。

（うぅ、悪そうな顔もたまらない。最強の推し、好きな人最高）

「それより風呂に入らないと風邪をひく」

「あ、それは……っわぁ!?」

堪《こら》えていると身体を抱えられて、そのまま浴室に足が進められる。浴室の脱衣場に入ると、ストンと下ろされて胸元の紐《ひも》を解かれるのを、口を開いて眺めてしまった。いや、眺めている場合じゃない。

「り、リオっ！　ま、ままま待ってくださいっ、自分で入れますからっ」

「けがもないか確認するだけだが？」

落ちるドレスを抱えてリオに抗議したが、無表情で不思議がられた。あれ？　本気で確認するためだけだったのか。

「なるほど。けがを……とくに大丈夫だと……って!?　な、なななんでリオが脱いでるんですか！」

「ついでにルルと自分の身体を洗ってしまおうかと、濡れるだろう？」

「そ、そそそうですけど……か、身体を洗う!?　一緒に!?」

リオが羽織っていた上着を脱いで胸元のボタンを外し始めた。真っ赤になりつつも目を開いて、凝視してしまうのは本能だ。うん、仕方ない。

(うわぁ、は、肌色っ！　肌色があああ!!)

「また鼻血……」

「出血多量で死にます！　お願いですから服を着ててくださいっ」

「じゃあルルの身体を洗うだけでいいか？」

「それでいいですから！　私の身体だけでいいですから！……あっ」

(――――ん？)

わけが分からず鼻血を押さえつつ承諾したが、おかしい。んんん？　と口を開いたまま固まった。

けれどその前で……。

「じゃあ脱いで。ルル」

笑うリオが頭上にいて。

――――嵌《は》められた。

そのことに気がついたときには遅かった。

◇◇◇

「っあぁっ、り、リオっ、これは洗ってますか……っ!?」

「洗っている」

（絶対違います！）

いつもの無表情ではっきりと答えられたけど、絶対に違う。

背後からむにむにと胸を揉《も》むように泡が塗りこまれているし、わざと耳に熱い吐息をかけられている気がする。

（大人しく脱いだ私も、私なんですけどっ！）

そりゃあまぁ、好きな人に妖艶に命令されたら拒否なんてできるはずもない。それに推しだからなおさら。

「っんぁっ！」

泡でいつもより滑らかに動く指が、私の胸の先をかすめて弾いた。たまらず嬌声《きようせい》が浴室内に響いてしまい口を手で塞ぐけれど、くぐもった吐息が漏れる。

それに口を塞いだせいで、さらに熱がこもってしまい目まいがする。

「……っ、はっ……意地悪ですよ……はぁっ、んっ……リオ」

「何が？」

「っんんっ……んあぁっ！」

何度か弾かれて赤く立ち上がった胸の先。必死に声を我慢していたけれど、大きな手のひらが腹部を伝って蕾《つぼみ》に触れると強い快感が身体を走った。

苦しくて手を離さざるを得なくて、仕方なく外すと塞ぐものがなくなって私の声が響き渡る。

（うぅっ、浴室だからか声が響いて恥ずかしいっ！）

声を漏らす私を満足そうに見下ろしているから、本当にリオは意地悪だと思う。

「っあぁっ、やっ……それっ、洗っ……なぃっ……あぁぁっ」

「洗っても溢れてくる。何度も洗わせるルルが悪い」

「違っ、なん……ああっ、わた……あぁぁっん」

（そんな理不尽な！）

――――じゅぷっ、ちゅぷっ、にゅちっ！

文句を言いたいけれど言い返す余裕もない。リオの指が蜜壺《みつつぼ》に差し込まれて私の声だけじゃなく、蜜が掻《か》き回される粘液の音も響く。

なんで私のせいになっているのだろうか。片隅では忌々しく思うけれど、頬にキスをするリオの顔が綺麗すぎて抵抗もできない。

（これが惚《ほ》れた弱み、というやつでしょうか？）

元から推しだから強い拒否はできるはずがないのだけど。それに拍車がかかったみたいだ。ずぶずぶと底なし沼にハマっていく感覚。

「ひぁっ……っんんっ、ああっ、はぁっ」

耳を舐《な》められて背筋がゾクリとする。片方の手は胸の先を弾いて、身体の至るところで強制的に快楽を与えられる。

「もぉっ、リオっ……あぁっ、限界っ……イっ……あぁっ」

「イけ」

「っあぁぁっ!!」

耳元で甘く命令されながら熱い吐息をかけられて、感じるところを強く押された。その瞬間、目の前がチカチカとして簡単に達してしまう。

長い快感に私の中がぎゅっとリオの指を締めつけてうごめいた。逃がさないように縋《すが》る身体が彼を求めている。蕩けた頭で感じて、それすらも恥辱をくすぐる。

「んっ……はぁ……はっ……」

(熱い……恥ずかしい……)

指を抜かれて塞ぐものがなくなれば、蜜が溢れて太ももを伝っていく。ぽたぽたと床に落ちて濡らしていくのを働かない頭でぼんやりと眺めた。

「やり過ぎたか?」

「……洗ってるって言ったのに……」

「あぁ……ん」

弱々しく軽く睨んでみると、少しだけ気まずそうに視線を逸らした。私の身体を持ち上げて浴槽の縁に座らせる。

その後はお湯をかけて甲斐甲斐《かいがい》しく泡や汚れを流してくれるが、自らの髪の毛を両手につかんでわざと拗ねたように頬を膨らませてみる。

「すまない。我慢できなくて」

「っ！」

ひざまずいて足の指先に唇を落とすリオの上目遣いに私も簡単に許してしまう。なんとまぁ単純なものだ。

「怒ってませんよ？」と小さく返事をすると、安心したように笑ったリオに胸がキュンと苦しい。

（それに……）

真正面から見下ろしているせいか、はっきり目に入ったもの。リオのズボンの中心部を下から押し上げるもの。さすがの経験値ゼロの私でも理由が分かる。

「そ、その……あ、ああああの……そ、そ……れ……」

「……あぁ、気にしなくていい。少しすればおさまる」

「そ、そうですか」

真っ赤になって見つめてしまった私に気がついて、何事もないように足にお湯をかけて泡を流す。

いま思えば、前回も今回も私ばかり気持ちよくなって終わっているような。

（苦しくはないのでしょうか？）

うーんと眉間に皺《しわ》を寄せて考えたあと、ゆっくりと手をそれに伸ばす。すぐにリオが気づいて止めるように私の手をつかんだ。

「だから俺のことは気にしなくていい」

「でも……あの……リオのお手伝いはしなくてもいいのですか？」

「ああ。気絶されても困るからな」

「むっ、そ、そこまで純情ではありませんよ？」

「じゃあ見られるのか？」

「っ!! そ、そそそれはっ、あのっ……」

たしかに男性のあれは見たことはない。気絶しないとも言いきれないのは事実。

真っ赤になって震える私に「ほらな」といった顔をされてしまった。なんだか少し悔しい。

「綺麗になったから、あとはタオルで……」

「手！」

「……は？」

壁の手すりにかけてあったタオルに手を伸ばしたリオが固まる。

「手でします!!」

「……」

「な、なんですか。その目は」

「いや、やり方も分からないくせによく言うと思って」

「うっ！」

じっとりとした苛立《いらだ》ちにも近い視線を向けられてぐうの音もでない。

（たしかにリオより経験値は格段に低いかもしれませんけどっ、でも……）

自分だけ気持ちよくなってばかりなのも辛い。

推し活でもそうだけれど、私はできれば相手に尽くしたい。ふるふると震えていると、リオのため息が聞こえた。

（破廉恥なやつだと幻滅されたのでしょうか……それとも経験もないのに偉そうにとか……というか、私の手でやると魔力を奪ってしまうのでは……）

ぐるぐると嫌な想像が頭を巡って火照った身体が冷えてくる。やっぱりなかったことにしてもらおうかと口を開いたとき……。

「じゃあ少し手を借りる」

そっと手に触れて、じっと見上げられた。少し気恥ずかしそうに頬が赤く染まっているリオに股の奥がきゅんと疼く。

――しゅる。

リオが空いた手で自らの髪紐を解くと、少しだけ視界を遮るように緩やかに黒髪が落ちて私の太ももに触れた。しっとりと濡れたリオの髪にゴクリと喉がなる。

「見なくていい。目を閉じていろ」

「ひ、ひゃい！」

慌ててぎゅっと瞳を閉じた。カチャカチャとベルトが外される金属音と衣擦《きぬず》れの音が耳に入る。

（あれ？　これって逆に五感を研ぎ澄まされているのでは？）

「っぁ!!」

そう気がついたときには、リオがつかんだ私の手が動かされて熱くて硬いものに指先が触れた。

そのまま、それをつかまされるように上から彼の大きな手に包まれて、ダイレクトに手のひらに感触が伝わる。

（うわ――!?　うわ――!?）

ドクドクと血管が動いている鼓動に、硬さ、熱、すべての感触に大きく跳ねる私の心臓。

「っ……は……ん……」

混乱しているうちに上下に手を動かされて、ぬめりけのあるものが指先に流れてきた。それにリオの苦しそうに漏れる吐息に耳まで敏感になっている。

「ルル……はぁ……っ、ん……」

というか声が色っぽすぎる。やばい。少し気になる。

（顔を見るだけなら大丈夫……ですよね？）

堪えきれない興味に恐る恐る片目を薄《うっす》らと開くと、リオが苦しそうに眉を歪《ゆが》めて瞳を閉じながら頬を赤らめている。額から汗の粒が流れて煌めきながら頬を伝う。これは破壊力が凄まじすぎた。

「はぁ……はぁ……はぁっ」

これは私の息。あまりの美しさに興奮しすぎて、もはやリオより声がうるさい。

（――――あっ）

さすがに気がつかれたのかリオが瞳を開いて、むっと眉を寄せて私を睨んでいる。苦しそうなリオの表情を、口を緩ませて堪能していたことがバレた。まずい。

「ご、ごめんなさっ……気になっ……んんっ！」

手で顔を引き寄せられて口を塞がれた。すぐに舌が侵入してきて、私の口内を掻き乱すように舌を絡まされて吸われる。

（これではリオの顔がじっくりと堪能できません！）

わざと見せないようにしているに違いない。

「っ……は……ん、ルルの手……気持ち……はぁ……ん……」

「んんっ……んんぁ……ふっ……」

リオの欲望の液に濡れた手が粘着質のある音を立てて、激しく肉棒を扱《しご》いていく。口の端からも唾液が漏れて、口内も手の中もドロドロに溶けている。

熱い。すべてが熱く、目まいがする。靄《もや》がかかる浴室内での卑猥《ひわい》な行為が股の奥をたまらなく疼かせる。

「……っ、は……も、イく……出る……んっ」

「ん……ふっ……んん……」

欲望に満ちた妖艶な若草色の瞳が真っ赤に染まる私を大きく映したのが見えたとき、手の中の肉棒が震えた。その瞬間、私の身体にかかる熱い白濁。ゆるゆると手を動かされて何度かに分けて出されて手に流れ落ちてくる。

（熱い……それにドロドロしてます……）

唇を離されて舌先に繋がる唾液が切れたあと胸にかかった白濁に触れると、ぬるぬるとして指先にまとわりつく。

火照って蕩けた思考では何も考えられず、その指先をぼんやりと眺めているとリオにつかまれて隠されてしまった。

「あ……」

「そんなもの興味深げに見なくていい」

「……でも……あっ」

恥ずかしげに視線を逸らしつつ、白濁に汚れた身体と手をお湯で綺麗に流されてタオルで拭かれてしまった。ふわりと大きな乾いたタオルで身体を包まれて、抱きかかえられて浴室から連れ出される。

「先にあがって休んでいい。そのまま俺が入るから」

「あ、はい……あの……リオ……」

「なんだ？」

「その……あの……気持ちよかったですか？」

「っ！」

見上げながら問いかけてみれば、リオの顔が赤く染まっていく。変なことを聞いただろうか。不思議に思っていると、今度は眉間にどんどんと皺がよる。

「その純粋さはほかの男には見せるなよ」

「へ？」

ベッドに下ろされて頭を撫でられた。大きく首を傾げると、ため息をつかれてしまう。わけが分からない。むむっと頬を膨らませてみたけれど、今度は膨らむ頬を撫でられて猫をあやすように触れられる。

（温かい……）

はぐらかされたとは思うけれど、あまりの心地良さに瞳を閉じて満喫してしまった。

第五章　波乱と制裁

「な、なぜ私が選んだ服がこんなに泥まみれになっているの」

シュトレン侯爵家の居間で扇子を開いて口元を隠しながらお義姉様《ねえさま》が震えている。その目の前には、昨日の舞踏会に着ていた私のドレスとリオの服。見事に茶色く変色していた。

（あぁ、やっぱり隠しきれませんでした）

昨日はそのままベッドで眠ってしまい今朝慌てて服を洗おうとしていたところを、まんまとお義姉様に見つかってしまった。

「よくあることだろう」

ソファに腰掛けて本を読みながら、何事もなかったように返事を返したリオ。

「舞踏会に行って泥まみれになるなんてあり得ないでしょう！　ルル、何かあったの!?　けがは!?」

「ぶにゃっ!?」

あまりに慣れたように嘘《うそ》をつくリオに目を丸くしていると、お義姉様に両頬を手でぶにぶにと揉《も》みしだかれる。

「あ……そへは、だいじょふ……」

「あら？　本当ね。いつも通り変わらず可愛《かわい》くて小さくてツヤツヤで綺麗《きれい》だわ。ちゃんとお風呂に入ったのね？」

「っ!!」

――――『お風呂』

お義姉様のワードに真っ赤になって固まってしまう。そんな私の動揺の理由が分かったのかリオが目線だけをこちらに向けて妖艶に微笑《ほほえ》んだ。

（うわ――！　うわ――!!）

好きだって気がついたら、なおのこと神々しい。眩《まぶ》しい。何もしていなくても目がやられた。不覚。

「はぁ、はぁ、はぁ」

「いつにも増して顔が気持ち悪いぞ」

「ぅあ！」

この世にこんなにも美しいものが存在するのかと勝手に鼻息が荒くなってしまえば、いつも通りのリオの冷たい返答。うーん。胸に刺さるけど罵られていても、なんというかいいスパイスで……。

「ん。でもそんな顔も可愛い」

ドキャ――――ン。

優しい微笑みで、スパイスから激甘砂糖にいきなり変化した。

これは落として上げる戦法か？　真っ赤になって停止した私を、満足そうに笑ってからまた本を読み始めた。うん。これは危険だ。

（うぅ……好きだと気づいたら、さらに無意識のリオからの攻撃力が増している気がします！）

吐血しないように気をつけなければ。赤くなる頬を手で隠しながら悶《もだ》えていると、お義姉様がこっそりと近づいて私の耳元に顔を寄せた。

「お義姉様？」

「ルル、結婚式のドレスを決めましょう。こういうのは早めの方がいいわよ。こっそりと選んで驚かせて、あの子の阿呆顔《あほがお》を拝むのも最高ね」

「は、はい!?」

「……何？　まだ伝えてないの？」

「ふぁ!?」

（まだっていうか、昨日気がついたばかりですけど!?）

これまた不思議そうに私を見るお義姉様に口をパクパクとさせながら固まってしまう。それに昨日の今日でお義姉様にばればれなのも恥ずかしすぎる。

「鈍臭い子ね。仕方ないわね、私が全面的に計画してあげる。ロマンチックな方がいいかしら？　店丸ごと貸切にして二人だけの空間を作ってあげるか、それか部屋中に花を敷き詰めて……」

「だ、大丈夫ですから！　自分のタイミングでしますから!!」

「え？　でも……」

「今日は予定があるので出かけてきます！　失礼します！」

「あっ、ルル!!」

お義姉様の豪華すぎて恥ずかしすぎる提案から逃げるためにも屋敷を飛び出した。

たしかにリオにお返事をするのを忘れていたのも事実。というか、それを考える前に色々と……その、えっちなこと……とにかくリオが悪い！　と思う。

（普通に伝えればいいんでしょうけど）

いままで通り『好き』だの『愛してる』だの伝えればいいのだけれど。いま思えば、リオに最近そういったことを伝えてなかった。おそらく、意識していたから簡単に伝えられなくなっていたのかもしれない。

その頃からリオのことをそういう対象として、心の片隅には思っていたのか。なおのこと恥ずかしくなる。

「推しだからというのではなくて、ちゃんと好きだということを伝えないといけませんね」

手を胸にあてててドキドキする心臓をなんとか落ち着かせる。それにラノアの件もある。彼女とは意見がことごとく合わないので、説得するのはもはや無理だろう。だとすれば今後、大きな衝突は避けられない。

「あぁ、今度は頭が痛くなってきました」

頭を悩ませることが多すぎる。すべてにおいて小説の結末通りになるのは不可能だということ。

（少し相談に乗ってもらいましょうか……）

大きく息を吐いてから、そのまま予定していた場所へと向かった。

◇　◇　◇

「し、師匠……こここここちらは……」

「まさか、なぜ、こここここんな……」

（あぁ……）

何人かの女の子たちがカフェの一角で私の方を見つめながら震えている。それもそのはず……。

「面倒なやつらの集まりだった」

私の隣には筆頭魔法使いの煌《きら》びやかなローブを身に纏《まと》うリオが立っていたから。しかも顔出し。

いつの間にかリオが私の後をつけてきたみたいで、気がついたら隣にいたのだ。忙しいだろうから来なくてもいいと言っても聞かなかった。殿下の部屋の周りには厳重な魔法結界が作ってあり、異変があったらすぐに分かるから大丈夫とかなんとか……。

「ふあああぁぁぁ!?　やばっ、えっ、めちゃかっこいいんですけど!?」

「うそ!?　な、ななんで!?」

「眩しいっ！　まさかこんな顔が隠れてたなんて、やば！」

興奮するオタ仲間の女の子たちが口々に好きなことを話している。ちらりと横目でリオを見れば、恐ろしい顔をしていて「ひっ」と小さく悲鳴をあげてしまった。

「うるさい。黙れ」

さすがに耐えられなくなったのか「即刻黙らないと燃やす」とリオが腕に炎を巻き付けたので、

瞬時にベルとオタク仲間たちが口を閉じて着席した。

静かになったのに満足したのか、リオが奥の席に優雅に腰掛ける。もちろんその隣に座らされる私。

『やば……うそっ……何ここ異空間？　誰か私の頬つねって』

『綺麗すぎて目が溶ける。いや、でも焼き付けとかないと』

『師匠が魔法塔で働き始めたとは聞いてたけど……まさかここまでお近づきになってるなんて……』

静かだけれど、みんなの言いたいことが痛いくらいに伝わってくる。

「ここはどうやって頼む？」

そんな空気も気にせず、リオが不思議そうに店内を眺めた。初めてこういう庶民的なカフェに入ったのだろう。

「はい！　メニューがあります、どうぞお好きなものをお選びくださいませっ！」

「あぁ、ルルは紅茶が好きだから俺も同じものでいい」

「はっ、紅茶でございますね！　銘柄分からなかったので、全部頼んでおきました！」

「今日は朝食をとっていない。ルルはお腹《なか》が減っているかも……」

「茶菓子もあります！　甘いものと甘味を控えたものを用意してあります！」

「フォーク……」

「こちらにございます！　いくらでもお使いください！」

首を傾《かし》げたリオにみんなが素早く注文して、テーブルに並べていく。大量に置かれた飲み物やお菓子、手拭き、取り皿、フォーク、スプーン。

「いまどきの店は充実してるんだな」

リオが呟《つぶや》いてから、カップの一つを手に取った。

（違う！　普通の店とは全然違いますから!!）

ベルやオタク仲間たち、それに店内にいるすべての女の人たちが優雅に紅茶を飲むリオを蕩《とろ》けた目で見つめている。当たり前のように、空いたカップにすぐにまた紅茶を注ぐオタク仲間。あれ？リオがオタサーの姫に見える。おかしい。

「ん、連絡が入った。少し席を外す」

しばらくしたあと、胸元に入れてあった連絡珠《れんらくだま》を取りだしてから店を出ていったリオ。その瞬間……。

「師匠！　なんでリオンハルト様とあんなに親しげになっているんですか！」

「てか、素顔めちゃくちゃ綺麗すぎるんですけど!?」

「ミライ殿下好きですが、リオンハルト様好きに寝返ってしまうくらいなんですけど!?」

ベルとオタク仲間たちがぐわっと詰め寄ってきた。慌てて、なんとか話せる程度の軽い事の経緯を話せば、みんな頭を抱え出した。

「こ、これが成功したオタク……」

「羨ましい……ていうかミライ殿下と舞踏会、ミライ殿下と舞踏会、ミライ殿下と……」

「前世でどんな徳を積んだんだ。知りたい」

ブツブツとそれぞれが呟いている。なんだかいたたまれない。そんな存在でもないのに。

「ミライ殿下には毎回いじられますし、リオにもそこまで手厚くされてないですよ。彼も結構ずばずば言いますし……っ!?」

手を振りながら否定しているとみんなの目がカッと開かれた。

「いやいや。あんなにもリオンハルト様からのハートマークが突き刺さってたのに、気がつかない師匠すごすぎ」

「お菓子なんか丁寧にカットしてもらって、ハンカチで口元拭いてもらって、甲斐甲斐《かいがい》しく愛されてて気づかないって……」

「なんですか、それ。謙遜にもほどがありますよ。非モテ歴イコール年齢のうちらばかにしてます?」

(ひぃ!?　すっごい怖いんですけど!)

みんなからの恐ろしい圧に怯《おび》えつつお菓子を食べていると、ベルが私の隣に静かに近づいてくる。なぜか心配そうに眉が歪《ゆが》んでいた。

「ベル?」

「師匠。そういえば、いま魔法塔はお忙しいのではないのですか?」

「え?」

「ほら、聖女様が現れたとか……」

「もう知ってるんですか？」

「はい。父が昨日、舞踏会に参加していましたから。大変だったようですね」

いつも明るいベルの表情が曇っている。おそらくミライ殿下とアレン殿下が全面的に衝突することも分かっているのだろう。なんと返せばよいのかと考えていれば……。

「少しだけお茶するくらいいいでしょ～？」

「で、ですが……」

カランと鈴が響いて入ってきたのは桃色の髪の女の子と数名の魔法使いたち。

（あれは……！）

「うるさいなぁ。あんまりうるさいと殿下に言いつけちゃうよ？」

「っ、も、申し訳ありません」

「ふふ。大丈夫だって。ちょっと休むだけだし……ん？」

あまりに見覚えのある顔にぐりんっと背中を向けて髪の毛を両手でつかんで顔を隠す。けれど……。

「あぁ、やっぱりルルーシェだぁ」

（ひいいぃぃ!!　見つかった！）

すぐに見つかったようでヤンキーララノアの満面の笑みが髪の毛の隙間から見えて、ゾッと背筋が凍りついた。

「あの子はなんなんだ？」

「やっぱり今日は何かあるのかしら？」

店に入ってきた多くの魔法使いたちに、店内にいた人々がざわついている。さっきはリオもいたからなおさらだろう。そんなことも気にせず、ララノアがカフェの空いた席に座った。

「まっさか、こんなとこにルルーシェがいるなんてね？」

「あ、あああの……」

「あっ、私はお茶しに来ただけだから。それより、どの飲み物にしようかなぁ〜」

「ララノア様っ、勝手に行動されては困ります」

「えぇ？　私、聖女なのにそんなこと言われるの？」

——ざわっ！

ララノアの発言にザワつく店内。

「まだ国民への報告はっ……」

「でも遅かれ早かれ報告するんでしょ？　べつに構わないじゃんか〜。あっ、珈琲《コーヒー》でお願いしまーす。ミルクもください」

慌てる魔法使いたちや店内の人々を無視して、楽しそうに注文している。

「し、師匠。まじものが来ましたね」

「え？　本当にあの子は聖女なんですか？　めちゃくちゃ自由度高めですけど……」

「いや、聖女だから自由度高めなんでしょ？」

こそこそとオタク仲間たちが話しているとララノアがこちらを軽く見て眉を寄せた。

「うわっ。あれ、ルルーシェの友達？　あー、いつもミライ殿下追いかけてたやつらか。まじ、オタクきっしょ」

ヤンキーララノアの恐ろしく冷たい視線にベルやオタク仲間たちが瞬時に凍りついて固まる。

（こここっわ！）

「めちゃくちゃ怖いです。師匠っ、あれ本当にほんとーに聖女ですか？」

「うぅ……見慣れた冷たい視線をさらに凶暴にした感じだわ。凍え死にそう」

「怖い……視線だけで死にそう……」

「み、みなさん。気をたしかにっ！」

戦闘能力ゼロでぶるぶると震えて縮こまる仲間たちを必死に励ます。かくいう私も同じく震えているけども。

店から立ち去ろうにもヤンキーララノアが入り口付近に居座っているため逃げ出せない。ヤンキーがいる教室の片隅で存在感を消している生徒たちの幻覚が見えてくる。

「あっ。あなたルーデン伯爵の娘だよね？」

「え？」

そうやって小さくなっていると、ララノアがベルを指さして笑った。足を組んで肘をつくララノアにベルが顔を青ざめさせる。

「たしかミライ殿下側……だよね？　昨日の舞踏会でもララに挨拶してこなかったし、覚えてるんだよねぇ」

「あ、あの……ち、父が大変、失礼を……」

「別にいいけど〜。あっ、そこの珈琲持ってきてくれない？　ララ、喉が渇いたからすぐ飲みたいの」

カウンターに用意されていた珈琲のカップを指さして命令してきた。ベルが動けずにいると「早く〜」と口の端をあげて笑う。それにベルが手を震わせながらも足を進めようとする。

（嫌な予感がしますっ、止めないと……）

「ベルっ、そんなことしなくても……」

「し、師匠……大丈夫です」

「でもっ」

「ここで拒否をすれば我が家に何をされるか分かりませんから」

「っ！」

私がベルの腕をつかんで止めようとしたけれど、彼女は力なく笑って手をふりほどく。そのままカウンターに置かれていた珈琲のカップを手に取りララノアに持っていった。

「きゃっ!?」

――――ガシャン!!

近くまで運んだとき、ララノアがわざとベルの足を引っ掛けて転ばせる。そのせいでカップを手から落として、床に真っ黒な珈琲が広がった。

「あーあ。殿下からもらったドレスが汚れちゃった。あり得ないんだけど？」

「も、申し訳ございません……」

「え～、ミライ殿下側だからって私への嫌がらせ？　聖女に盾突くとかやばいよねぇ？」

少しだけ汚れたドレスの裾を持ち上げながら、ベルを見下ろす。しんとする店内に響いたララノアの声。周りに同意を求めるように彼女が眺めると、店内にいた人々が否定することができずに僅かに頷《うなず》いていった。

「ふふっ。ほ～ら、みんなもやばいって？」

「それは……」

「だからさっさと謝ってよ。そこに頭つけて」

珈琲で濡《ぬ》れた床を指さして笑う。魔法使いたちも止めることができずにその様子をうかがうだけになっている。

（こんなの……）

「早～く」

「あ……私……」

冷たく見下ろすララノアにベルが頭を下げようとする。

（こんなの間違ってます!!）

「だめ。ベル、頭を下げないで」

「し、師匠……」

「あなたがここまでする必要はないです」

堪えられなくなってベルに駆け寄り、膝をついて彼女の肩を持つ。ララノアを下から睨《にら》みつけると、一瞬だけ口をきゅっと閉ざしたが、すぐにまた笑いかけてきた。

「そっかぁ。じゃあ……」

「っ！」

「師匠!!」

ぐっと私の頭をつかんで床に叩《たた》きつける。顔に珈琲がついて私の髪の毛と頬を茶色く濡らしていく。

「あんたが代わりに謝ってくれるの？　それはありがたいんだけどぉ」

「っう……離してくださ……」

「あー。でもさぁ、ここで抵抗したらあんたの希望通りの結末にはならないかもよ？」

「な……何を……」

――『ミライ殿下とリオンハルトが死んでもいいの？』

私の耳元でそう小さく囁《ささや》いた。見上げれば、愉《たの》しそうに見下ろして笑うララノアの姿。

（なんて卑怯《ひきょう》な……）

「そうそう。そのまま抵抗しないで？」

悔しいけれど二人に何かされるかもと思えば、恐ろしくて言い返せない。唇を噛《か》み締めながらぎゅっと手を握り込んだ。ララノアがそんな私を見て満足そうにしている。

「てゆーか、なんでここで楽しそうに暮らしてるの？　あんたにカフェでお茶する権利あるの？」

「え？」

「自分がどれだけ嫌がられる存在か忘れてるようだからララが思い出させてあげるね？」

「何……っ!!」

腕を強くつかみあげられて手袋を外される。その瞬間、周りの魔法使いたちが顔を青ざめさせて一歩離れた。

「ララノア様っ！　なぜ手袋を……その手に触れては危ないです！」

「早くお離れになってください！」

警戒するように私を見つめる魔法使いたち。それに店内の人々も『ひぃ!!』と小さく悲鳴を上げている。

「あ〜、かわいそう。手袋外しただけで、ここまで恐れられるんだぁ」

「……っ」

「誰かこの子の手、触ってあげなよ。かわいそうでしょう？」

わざと優しい表情をするララノアが私の手をつかみあげるけれど、誰も近づかずにその光景を眺めているだけだ。

周りから向けられる、恐れる冷たい目。微《かす》かに震え始めた私にまた顔を近づけて囁いた。

「あー、誰も近づかないねぇ？　ねぇ、分かったでしょ。あんたがどれだけ嫌われた存在かって」

（私は嫌われて……いる……）

『嫌われた存在』という言葉に胸が苦しくなる。視界が歪んで溢《あふ》れそうになる涙を必死に堪《こら》える。

「ふふっ、あんたになんか誰も触ってもくれな……」

――――ぎゅっ！

そのとき私の手に触れた温かなもの。驚いて顔を上げると……。

「ベル!!」

ベルが私の手を両手で強く握っている。

「ベル！　離してくださいっ、このままでは……」

「大丈夫です……なんともありませんし……」

「でもっ……！」

「師匠は嫌われた人ではありません!!」

（ベル……）

じっと私を見つめるベル。そんなベルの温かい言葉に凍《い》てついた心にも温かさが広がる。

ぎゅっと私の手を握ったベルの顔色が悪くなっていく。これ以上は危ない。慌てて無理やり手を離そうとした。

「師匠！　私も触れます!!」

「私も大丈夫です！」

「私も！」

けれど、その手の上から握りしめてくるたくさんの手。オタク仲間の女の子たちがいつの間にか私を取り囲んでいて、手を強く握ってくれている。

（みんな……）

顔色を悪くして冷や汗を流しながら、でも微笑みながら私の手に触れる。

「ふふ……オタク仲間パワー舐《な》めんなですよ……このくらいなんとも……な……」

「ぎゃ――！　ベル、ベルが倒れたわ――！」

「だ、大丈夫！　次は私が師匠の手を握るわ！……っう」

「一瞬!?　激弱!!」

代わる代わる倒れながらも私の手を握ってくれるのに涙が溢れて流れ落ちていく。みんな力を失って辛《つら》いはずなのに、笑いながら震える手で私の背中を撫《な》でてくれた。

（とっても温かい手）

「なんで、こいつっ……」

ララノアが唇を噛み締めて、その光景を見て忌々しそうに体を震わせている。

「ムカつくっ！　オタク同士が必死になって守りあってキモイんだよ!!」

ララノアが叩こうと私たちに手を振りかざそうとすれば……。

――パチィ!!

その手が電気で弾《はじ》き返されて、感電したようにララノアの足の力が抜けて床にうつ伏せに倒れた。

「な……何……」

「はぁ、少しだけ目を離したすきに」

「リオっ！」

気がつけば店内にいたリオが倒れるラランノアを見下ろしている。

「聖女というのは、ずいぶん悪趣味なことをするんだな」

冷たくラランノアを見てから、戦闘能力ゼロになって床に倒れ込んでいるオタク仲間たちにリオが膝をついて軽く治癒魔法をかけていく。

『ありがたや』『逆にご褒美だわ』と鼻息荒く感謝されて、リオの表情が引き攣《つ》っている気がするけど。

「リオ……っく……ごめんなさい……」

「なぜルルが謝る？　その悪趣味な聖女に無理やり手袋を外されたのだろう」

「それは、そうですが……っ……」

床に落ちていた手袋を拾って、私の手に渡してくれる。

「泣くな。いつもよりさらに変な顔になってるぞ」

「っぅ……ひど……っぁ」

涙を流す私の頬にリオがちゅっと軽く口付ける。その瞬間、オタク仲間たちの『うおおぉぉ』という野太い悲鳴が響いた。

（み、みんな力がないのに元気ですね）

「り、リオ。私は大丈夫ですから」

みんなが「はぁはぁ」と目を血走らせながら私たちを見てくるので、慌ててリオの唇に手を当てて離れさせる。むっとしたリオに少しは周りを見てほしいと思う。

そのうち諦めたのか私の頭を撫でてから立ち上がって、またラランアを見下ろした。

「な、なに……」

「あぁ、魔力を強めるだけでお前自身は何も出来ないのだなと思って」

「なっ……そんなことないわっ、私は聖女よ!!」

「そうか。ならば試しにもう一度、お前に雷を落としてみるか」

「っひ！」

リオのあまりに冷たい視線にララノアがビクッと体を震わせて青くなっていく。唇を噛み締めてから、ゆっくりと震える身体《からだ》を持ち上げた。

「あ、あなたが私に仕えるというのなら、すべて許してあげるわ！」

ばっと胸に手を当てて叫んでくる。

「ミライ殿下とも仲良くしてもいいし、全部上手《うま》くいくようにアレン殿下に頼んでみてもいいわっ！」

(な、なんて人なんでしょうか)

あまりのララノアの身勝手さに呆《あき》れてきた。だがリオがここでララノアに仕えるのなら結末も元に戻る可能性もある。

本当ならば止めたい――――けれど、私にはその権利はない。リオの表情からは何を考えているのかは分からない。少ししてから彼がゆっくりと口を開いた。

「お前のような見た目も中身も最悪な女に仕えたくはない」

「は？」

（――――え？）

しーんと静まり返るその場。

「聞こえなかったか？　ならば頭の悪いお前にも分かるように言い換えてやろう」

固まるララノアにリオが薄ら笑いを浮かべた。

「お前のようなクズで不細工で頭の悪い女とは一切関わりたくはない」

（わーお）

さらにひどい言い方になっている。あまりの暴言にララノアが停止している。

「なんで……ゆ、許さないっ！　あんた絶対に許さないんだから！」

「ああ、好きにしろ。ルルに手を出したお前を、俺も許さないから別にいい」

「っ!!」

リオの返しに、さらに唇を噛み締めてから店を飛び出していく。

『あんたも許さない』と私の横を通り過ぎるときに鬼の形相で言われた。怖い。

（けど、少しせいせいしたかもしれません。どちらにしろこのララノアとは仲良くなれないでしょうし）

ふぅと息を吐けば、静かに店から去ろうとしていた魔法使いたちをリオが睨みつけている。おぉ……こっちの方が怖かった。

「おい。お前たち」

リオの冷たい視線に魔法使いたちが凍りついて固まった。

「恥ずかしいと思わないのか。力に縋《すが》る前に何が正しいのか、いま一度考えろ」

「も、申し訳ありません。リオンハルト様」

「あとで俺の部屋に来い。全員だ。その魔法使いらしからぬ態度を正してやる」

極寒の地のような冷気がカフェの店内中に広がる。「たまらん、制裁もご褒美」「私も叱られたい」なんてオタ仲間たちだけは、ほっかほかに温まったみたいだけれど。

「おい、ルーデンの娘」

「はっ、はいっ！」

「お前の父は権力に屈しない者だ。誇りを持て。お前も父親を見習うように」

「っ!!」

リオの言葉にベルが微かに震えてから、涙を溢れさせる。私も涙を流しながら彼女の背中を撫でていると、周りのオタ仲間たちも「うぉぉ」と泣き出して私たちに抱きついてきた。もみくちゃになりながら全員泣いているからカオス状態だ。

（なんだかすごいことになりましたけど、幸せですね）

そんな光景が可笑《おか》しかったのかリオがふわりと笑う。みんなが真っ赤になった目を見開いて凝視していることから、その笑顔のおかげで涙は引っ込んだようだ。

「師匠、同担拒否じゃなかったですよね？」

「っ、やばすぎる……破壊力すごい」

「たまらん。脳内に長期保存しなければ」

なんて私が教えた言葉を使って聞いてくるものだから苦笑いしつつも頷いた。同担拒否ではないのだけれど……なんだか胸がソワソワする。

（笑いかけるのは私だけにしてほしい、だなんて……私は同担拒否ではなかったはずなんですけど）

なんて負の感情を抑えつつも、腹は立つのでリオを睨むと、不思議そうに首を傾げられたのだった。

◇◇◇

「ルル！　大丈夫だったか!?」

「ルル！　大丈夫!?」

「え……ふぎゃ！」

シュトレン侯爵家の屋敷に入ると、大きな二つの影が見えたのと同時に抱きしめられた。最近は離れていたが、一瞬で思い出す慣れた感覚。

（苦しっ!?）

いつもより数十倍に苦しい。離れていた期間が長かったせいか。

「長い。離れろ」

「っ!?　ぷはぁ！」

リオが私の腕を引っ張って救出してくれたおかげで、なんとか呼吸することができた。

「リオンハルト！　貴様がルルから目を離すから、変な聖女に絡まれたんだろうが！」

「そうだ！　この役立たずが!!」

「聖女には制裁を加えておいた。だから大丈夫だ」

「何が大丈夫なんだ!?」

「そうだ！　こうなる前にどうにかできただろう！」

わーわーと詰め寄るお兄様たちに、リオが慣れたように言葉を返していると……。

「なんですって？　私の弟が役立たずですって？」

お義姉様がバッと扇子を開いて、私とリオの前に立ち塞がる。

「げっ。そういえば、この屋敷にはもう一人面倒なのがいたんだった」

「うげぇ。女版リオンハルト……」

「失礼ね。屋敷に入れてあげたのにひどい物言いじゃない。ねぇ、リオンハルト？」

「ああ。それは同意する」

――バチバチバチバチ。

（うわぁ……）

エヴァンス伯爵家兄弟とシュトレン侯爵家姉弟の間に挟まれて、両方から火花の欠片《かけら》が私の身体に当たっている気がする。

「ルル！　こんなところにいても危険なことに巻き込まれるだけだ！」

「そうだよ！　舞踏会でも嫌なことされたんでしょう、早く僕たちの家に帰ろう！」

「うぁ!?　あ、あの……いた……」

「だめだ。それは許されていない。舞踏会の参加も殿下からの命令だ」

「あなたたちの屋敷より数倍安全だと思うけれど？　ここは筆頭魔法使いの結界が何重にも施されているのよ」

「いたたっ、ちょっ、引っ張……」

グイグイと私の左右の手を互いに引っ張られて腕が引っこ抜けそうだ。

（痛い!!　抜ける、このままだったら腕がカブのように抜けますから！）

「「ルル、家に帰ろう！」」

「「ルルはここにいる！」」

あー、だめです。これは。まったく私のことが見えていない四人に息を大きく吸う。

「離してくださいっ！　離さないと家出します！」

大きな声でそう叫べば軽くこだまして、四人の頭上に衝撃が走った。

その後は大人しく手を離して、それぞれが静かにソファに腰掛けたので、まぁ……よしとしよう。

もちろん私は誰の隣にも行かずに公平に一人席に座った。

「にしても面倒な聖女がやってきたもんだな」

「性格最悪じゃん。ほんと腹立つんだけど」

「お兄様たちも、もうどんな方か知ってるんですね？」

「ああ。魔法使いたちには情報が回ってるからな。あの女を警備しろって、うるさいんだよ」

「本人たちが隠すつもりはないみたいだし、お披露目前だけど国民にすぐに広まるだろうね」

はぁと大きなため息をついてお兄様たちがわざと菓子をバクバクと食べている。

「侯爵家なのにこの程度の茶菓子？」と挑発するとお義姉様のこめかみの血管がピキッと動いて、すぐに使用人に大量に用意させたものだ。みんな大人げない。

「んで、リオンハルト。お前はもちろんアレン殿下側にはつかないんだろう？」

「ああ。あんな最悪な男に仕えるなら死んだほうがマシだ」

「うわ〜。いまだにすっごい根に持ってるな」

リオが頑《かたく》なにアレン殿下を嫌うのは『お前は人間か？　仕方ないから俺様がお前を使ってやろう』と昔、彼に蔑まれたからだろう。小説の中でも胸糞悪《むなくそわる》いシーンだったのを覚えている。

「それに聖女にもそう伝えておいた」

「え？」

「お前のようなクズで不細工で頭の悪い女とは一切関わりたくないと」

――しーん。

静まり返った部屋の中でリオが涼しい顔で紅茶を飲む。

「それ……めちゃくちゃ怒らせたんじゃ……」

「ああ。絶対に許さない、そうだ」

お兄様たちが「あー」といった顔をして頭を抱える。

（あのときはスッキリしましたが、やっぱりかなりまずいですよね？）

ラノアの性格からみて、きっと激おこなのは確実。それに私にも激おこなのも確実。やはり私はもうモブキャラ以下ではいられないようだ。何かされるのは間違いない。

「お前なぁ。もう少し世渡りっていうもんを覚えろよ」

「なぜ？　あの女に媚《こ》びへつらえばよかったのか？」

「いやいや、そうじゃなくて……ミライ殿下を見習いなよ。殿下が水面下で貴族たちの支持を得るのに動いてたのに全部台無しじゃん」

「どちらにしろ聖女が現れたとたんに簡単に寝返るやつらだ。必要ない。むしろ選別できてよかっただろう」

リオが不服そうに眉を寄せる。リオはコミュ障なので何を言っても意味がないとお兄様たちも気がついたのか、それ以上は言葉を返さずにはぁ～と大きなため息を同時についた。

「何かしらまた仕掛けてくるのは間違いないかもな。それが俺になるか殿下になるのか……」

「ルルも危ないだろうが！　だからお前の近くには置きたくなかったんだよ!!」

「前回の失敗もかねて、ちゃんとした警備にしてるんだろうね!?」

「もちろん。あれ以降は王宮とこの屋敷に厳重な魔法結界をかけてある」

（リオの魔力で作られる魔法結界なら大丈夫だと思いますが……）

考えてもしょうがないと思うけど、頭を悩ませてしまう。今後の不安を感じていると、ずっと静かに話を聞いていたお義姉様が顔を上げた。

「リオンハルト、ミライは本当に大丈夫なのね」

（お義姉様……）

真剣な瞳。心の底から心配をしているのが伝わってくる。

「ああ。今日からはさらに強い警護にするつもりだ」

「そう……」

リオの強い眼差《まなざ》しにお義姉様がほっと息を吐いた。お兄様たちが「やっぱりできてんのか？」「疎いライレル兄さんでもやっと気がついたの？」なんてこそこそと話している。まったく、本当にデリカシーがない兄たちなのだから。

「だから俺も屋敷を離れることが多くなる。ここにも厳重な結界を張っているが……」

リオが少しだけ不安そうに私を見つめる。

「だ、大丈夫です！　何かあったら手袋を外して力を奪うので!!」

リオがこれ以上、不安にならないように笑顔を作ってあげると、少しだけ安心したような表情になった。

「私もいるから安心して。リオンハルトほどではないけれど、私も魔力は強い方よ」

お義姉様が笑顔でバチバチと手に雷を纏わせて剣の形にしたり虎の形にしたりするから、目を丸くしてしまった。

（お義姉様もめちゃくちゃ強いんですね？　さすが魔法使いの名門シュトレン侯爵家）

「そうだ。ルル、こちら側の魔法使いたちも屋敷の周りを警護させるから安心しろ」

「武道家の使用人も手配しとくね、ルル」

「あ、ありがとうございます。でも私は大丈夫ですよ？」

すごい人たちに保護されるほどの人物でもない。いたたまれない。

でも私もお役に立てることがあるのかと考えたとき、目に入る自分の手。いざというときに力を奪えばリオたちの助けになるのかもしれない。

（無能は無能なりにやれることをやるしかないですね！）

そう心に誓ってぎゅっと手を握りしめた。

◇◇◇

ラノアと接触した数週間後、聖礼の儀で聖女のお披露目がされた。さすがそこは元アイドル。お淑《しと》やかな可愛らしい笑顔を装って国民たちは大盛り上がりとなった。

『怖い。裏事情知ってると超怖いんですけど』

『あの冷たい目を思い出すだけで背筋が凍ります』

なんて反対にオタク仲間たちは震えていたけど。

（貴族たちや魔法使いたちもアレン殿下側に擦り寄ってるらしいですし、あまりいい空気ではありませんね）

魔法塔や街中でもそのような空気を感じ取れた。王位継承権争いは裏側でかなり活発に行われているようだ。リオも忙しいようで最近は朝にたまに顔を合わせるくらい。夜も帰らないことが多い。

「ふぅ……少し休みますか」

リオの不在がさらに増えたため、仕事も多くなっている。持ち帰った仕事から一旦休憩のためペンを置く。窓の外を見ればすでに日が暮れて空には星が輝いていた。

テラスに出ると、リオが張った五色に輝く魔法結界の線が星空にかかっている。

(ここに来てから初めて見ましたが、いつ見ても綺麗ですね)

魔法結界なんて魔力の強い魔法使いしか使いこなせない代物だ。しかもリオの魔法結界は五つの魔力すべてを防ぐ。こんなことを一人でできるのはリオしかいないだろう。

「綺麗だなんて思うような目的のものではないんでしょうけど」

本来は戦地で使われるものだ。けれど、それが複雑な線を描いて輝くのが美しいと感じるのはリオが作ったものだからだろうか。

「ルル」

ぼんやりと柵に手をかけて眺めていると、後ろから声をかけられる。振り返ると久しぶりのリオの姿。

「リオ、おかえりなさい。今日は早いんですね？」

「ああ。またすぐに戻るが……」

「そうですか。無理はしないでくださいね？」

私が心配で眉を歪めてしまうと、安心させるように頭を撫でられた。

(温かい。大きな手。これも久しぶりですね)

「何を見ていたんだ?」

「あっ、その……リオの作った魔法結界が綺麗だなって」

「綺麗?」

不思議そうに見上げて首を傾げている。

「こんなものが綺麗なのか? ただの防御魔法だぞ」

「それはそうですが。簡単に作れるものでもないですし、見られるものでもないので」

「そうか」

(そりゃあリオは魔力が強いから、なんでもできるんでしょうけど)

少し膨れてしまうとその気持ちが分かったのか、リオのくすくすと笑う声が聞こえた。

「ルルはやっぱり単純だな」

「わ、悪いですか。なんでも感動する能無しですよ」

「あぁ、怒るな。言いすぎた、か?」

「なんで疑問形なんですか」

頬をふくらませると柵に置いていた私の手をとって軽く持ち上げる。

(また普通に触れるんですから)

最近はとくに魔力をたくさん使っているだろうに。普通にリオは手袋をつけていなくても触れてくる。だから私もあんまり大きな反応はせず、当たり前になっているのも悪いけど。

そのまま私の手の周りに指先で光の線を引いていく。複雑な紋様が手を包むように描かれた。

「わぁ。屋敷の周りの結界と一緒の模様」

「小さな魔法結界だ。綺麗なのだろう？」

「綺麗で好きですけど……」

（これでは何もできないんですが……）

右手の周りにぐるぐると描かれた魔法結界の紋様。意地悪に微笑むリオを睨んでみるけど効果はないようで楽しそうだ。

「そのまま空いた手で触れてみろ」

「……？」

――――パリン。

言われるがまま左手でその紋様に触れてみると……。

輝く線が割れて、光の欠片が弾け飛ぶ。五色に輝いて周りに浮かび上がるのに神秘的な美しさが広がった。

「リオっ！　これっ、とっても綺麗ですっ!!」

「ここまで一瞬で砕けさせられるのはルルしかいない」

「うっ、そ、そうですね」

「つまり俺にしか作れないし、ルルしか見ることができないってことだ」

「あ……」

俯《うつむ》けた顔を上げるとリオが優しく笑う。その白い肌が五色の光の欠片に照らされて美しい。

（リオが一番綺麗）

なんてことを思う。そんなことを伝えたら、また「単純」だとばかにされそうだから心の中に秘めておく。

「言うならいまだが？」

「え？」

「雰囲気を作ってやったのに、本当に鈍感だな」

「……え……っ！」

真っ赤に染まった私にまた意地悪に笑うものだから、恥ずかしさが込み上げてくる。すべてお見通しなのか。

だとしたらいつから？　伝えてもないのに気づかれていたのが恥ずかしくて全身から汗が吹き出てくる。

（分かってるなら、言わせようとせずに聞いてくれたらいいのに！）

あくまで私に言わせようとしてくるのが意地悪だと思う。

「なんのことか分かりません!!」

「あぁ、失敗した。拗《す》ねてしまった。でもまぁ、どう伝えようと悩むルルを眺めるのは楽しかった」

「っ!? り、リオは意地悪ですっ!」

ぷいっと顔を背けると「残念だ」とわざと悲しそうにしてくるから、前よりタチが悪い。騙《だま》されてはならないと唇を尖《とが》らせつつ、視線だけリオに向ける。

「……いまは言ってあげませんからね」

「ああ。いま、はな?」

「っ!!」

戦闘能力ゼロだと分かっていても、リオの胸をぽこぽこと叩く私を楽しそうに受け止めてきた。

美しく輝く魔法結界と五色の光の欠片、それに笑うリオを見上げながら温かな気持ちに包まれる。

(このまま、この時間が続けばいいのに……)

いままで願い事なんてしたことがなかった。私なんかが願ったところで叶《かな》うことはないと諦めていたから。けれど、いまこの願いだけは叶えてほしい――そう心の奥から初めて願った。

◇◇◇

「お義姉様、そんなに私の髪を整えていただかなくても大丈夫ですよ?」

「何を言うの。綺麗にしておくのは大切なのよ。この私が整えてあげるわ」

「あ、ありがとうございます……」

夕食終わりにお風呂に入ったあと、お義姉様に髪の毛を櫛《くし》でとかしてもらう。リオは警備があるからと最近は帰ってくるのが遅い。そのためここのところずっとお義姉様に世話をしてもらっている。いや、もはや私のそばからまったく離れてくれない。

「ふふ、リオンハルトがいない間は私がルルを独占してもいいなんて最高すぎるわ。あぁ、この綺麗な薄黄色の髪、柔らかくてふわふわでずっと触っていられるわ。この髪を独占してるなんて羨ましい。初めてリオンハルトが憎らしく感じるわね。ふふふ、でもいない間はルルのすべては私のもの……」

(……)

うん。聞かないようにしよう。

何度も櫛でとかしながら笑みを浮かべるお義姉様の方を振り返らずじっとしていることにする。

このままあと何分くらい拘束されるのだろうかと思っていると……。

――パキィ!!

「っ!?」

外から大きな高い音が響く。響いた音の先を見れば、窓の外の結界にヒビが入っている。

(リオの張った結界がっ、どうして!?)

お義姉様がすぐに私の腕を引き寄せて、手をかざした瞬間に辺りに強い光が放たれた。

「お義姉様っ!」

眩《まばゆ》い光が少しだけ収まって目を開けられるようになれば、そこには両手を伸ばして私たちの前に雷の防御壁を作るお義姉様の姿。その分厚い防御壁には水や炎の刃が突き刺さっている。

「ルル!!　私の後ろに下がっていて！」

何人かの魔法使いたちが壊された扉から部屋の中に入ってきて、私たちに攻撃を与えてくる。お義姉様が防御し、何度も攻撃を防いで弾き返される衝撃音が屋敷中に響き渡る。

（な、なんでこんな……）

「っく……あなたたち、魔法使いの名門シュトレン侯爵家の生まれである私を襲うなんていい度胸ね」

「あぁ、さすがあのリオンハルトの姉なだけある。これだけの人数を相手にして、まだ耐えられるとは」

「やっとあの厳重な結界を壊せたと思いきや、屋敷の中にも面倒なやつがいたなんてな」

魔法使いたちが笑いながらその光景を眺めたあと、ゆっくりと後ろを振り返った。

「どうしますか？　アレン殿下、ララノア様」

（っ！　やっぱり……）

その後ろから現れたのはアレン殿下とララノア。

「噂《うわさ》通りの女版リオンハルトだな、忌々しい。さっさとこの女は黙らせるぞ。ララノア」

「はいっ、殿下」

にこっと笑ったララノアがアレン殿下の手に触れると、大きな水の渦巻きが起きてお義姉様の雷を貫く。あまりの勢いにお義姉様が壁に打ち付けられて床に崩れ落ちた。

「お義姉様っ!!」

「っぅ……だい……にげ……っ」

「だめですっ！　そんなことできな……」

――――ゾッ。

背後からの気配に背筋が凍る。

「きゃぁ!?」

振り向く前にララノアに髪を引っ張られて床に押し倒される。そのまま足で私の頭を踏みつけて、見下ろしながら笑う。そんな彼女を強く下から睨みつけると笑みが消えた。

「うざ……何その目？　陰キャオタクの雑魚が調子乗んなよ！」

「っぁ！」

足を離されたと思えば、その足で今度はお腹を蹴られて息が漏れる。あー、絶対この人、元ヤンだ。蹴り慣れている。薄々感じてはいたけれど、いま確信に変わった。

（って、そんなことを悠長に考えてる暇はなかったんでした！）

「なんでお前蹴られ慣れてるんだよ！　気持ち悪っ！」

「っぅ……ぅぐ……」

何度も蹴られつつも、そこは転生前のいじめられてきた経験を活《い》かしてなんとか受身をとって耐え忍ぶ。「こっちは蹴られ慣れてるから効かないんですよ」と言わんばかりににやりと笑ってやれば、さらに火に油を注いだのか目が吊《つ》り上がっていった。

「ララノア、もういい。こいつは蹴るだけ無駄だ」

アレン殿下がララノアの肩に触れて止める。そのまましゃがみこんで殿下が私の髪をつかんで顔を持ち上げた。

「気色の悪い女だ。リオンハルトはこんな女のどこが気に入ったのか」

「……っう……」

「あぁ、違うか。くくっ、あいつも同類か。五つの魔力を与えられて恐れられているものな」

くすくすと愉しそうに笑うアレン殿下。

「俺の手足となれば使ってやったものを。ミライ側につきやがって、偉そうに」

「リオは……ぅ……物では、ありません……」

「物？……ふっ……ははは!!　さすが同類同士はかばい合うのだな！」

「……っ、では……あなたも卑屈な人間同士で支え合って幸せですね……」

ピクリと私の言葉に眉が動く。

「人を蔑んで……物のように扱って、己の私利私欲を優先にして……あなた方が一番、人間ではありません」

「……なるほど。お前は、よほど囮《おとり》としての才能があるようだ」

（────囮？）

「ルルっ!!」

何が言いたいのかと考える間もなくお義姉様の声が響いたと同時に、腹部に鋭い痛みが走る。

痛みが走ったところを見ると水で作られた剣でお腹を貫かれていた。どんどんと血が身体から溢れて透明の水を赤く染めていく。

「っぅぁ……」

水の剣を抜かれると血と水が混ざった液体が床に広がった。

(熱い……痛い……)

さすがの私でも刺されたことはない。これはしんどい。

「ルル！　しっかりして！」

床に倒れ込んだ私をお義姉様が抱えて、腹部を押さえて止血してくれる。急所を狙ってすぐに殺さないことから、めちゃくちゃに悪趣味だと思う。

(……いや……違う。これは……)

はっとしたとき、床に魔法陣が浮かび上がって見慣れた愛《いと》しい姿が目に入った。

「この短時間で異変を察知して転移してくるとは。恐ろしいやつめ」

「なぜ、このようなことに。何を……っ！」

「リオンハルト!!」

血を流して倒れている私にリオが目を見開いてから、駆け寄って膝をつく。

「傷が深いわ！　早く血を止めないと、それに中の臓器も治癒しないとルルがっ!!」

「分かっている！」

涙を流して血だらけになりながら震えるお義姉様の隣で、リオが私の腹部に治癒の魔法をかける。

(だめ……これは……)

血に濡れた震える手で手袋を外した。これ以上私に力を使ってはいけない。そう伝えるためにも、リオの手をつかんで魔力を奪う。

「ルル！　邪魔をするな！」

「リオ……っぅ……これ……は、罠《わな》……です……」

「っ！」

そう、これは罠だ。アレン殿下が『囮』と言った理由。わざと心臓を貫かなかったのは、私を助かる余地があるまでにするため。それによってリオに治癒の魔力を使わせること――つまりは多くの魔力を持つリオを弱らせるのが目的だ。

ここまでの重傷具合では治すのに魔力をかなり消耗する。本来、普通の魔法使いでも身体の中までの深い傷を治すのは困難を要する。

（私を助けたらリオが危険になります）

「だ……め……助けない……で……」

弾かれたリオの手を震える手でまたつかむ。私の言おうとすることが分かったのか、リオが手を弾かずに苦しそうに眉を歪めて私を見つめた。

「どうする？　このままではその女が死ぬが？　お前の魔力のほとんどを費やせば助かるぞ」

「かわいそう〜。早く助けてあげなよぉ」

アレン殿下と肩を抱き寄せられたララノア、それに魔法使いたちが余興を楽しむように笑っている。

「この外道め……」

お義姉様が唇を噛み締めてアレン殿下とラランノアを睨むが、二人にふっと鼻息を返される。

「おねが……い……使わ……ないでくだ……おね……」

私の口の端から溢れる血。口内に鉄の味が広がって息が苦しい。

「ルル……」

歪む視界の中に映るリオの美しい若草色の瞳。その瞳に私の姿がいっぱいに広がっている。

(あぁ、こんなにも私を見つめてくれる人がいると思いませんでした)

転生前は蔑むように、いない存在に近いものとして扱われてきた。

――本当はずっと、ずっと寂しかった。

私のような人間が生きていて意味はあるのかと。そんな中で私の心の支えでいてくれた。物語の中でも、現実になっても本当に優しい人だった。それに……。

『愛してる』

何度も私に愛を与えてくれた。私の手を握って花を咲かせてくれたように、私の心にも明るい生も与えてくれた。こんな無能の私でも愛してくれて、生きていてもいいのだと教えてくれた。

「わた……し……しあ……わせ……」

(それだけで幸せだったんです)

蔑まれた目を見ながら、暗い階段の下へ落ちていくような寂しさはない。

美しく爽やかな生を感じる瞳で温かく私を見つめてくれる。

「愛して……いま……す、リオ……」

――ずっとずっと愛してる。

すべてひっくるめてリオの全部を愛している。

（あぁ、あの美しい欠片を見ながら伝えればよかったですね）

こんな血だらけで伝えることではない。想《おも》いに気がついたときは泥だらけで、伝えたときは血だらけで。

なんともまぁ私らしいといったら私らしいのか。ふっと笑うと視界がゆっくりと閉じられていく。

「ばかなやつ。ルルが無能だと誰が決めたんだ」

（――え）

涙をグッと拭われて視界がまた少しだけ透き通ったとき、血だらけの手を強く握られた。その瞬間……。

――パァァァァァ!!

手から眩い光が放たれて血が一瞬で消えて、それにお腹の痛みもなくなっていく。

「何が……」

そのままリオが私の身体を持ち上げて立ち上がらせる。思わず「いたっ!?」と反射的に言ってしまったけれど、刺された所に痛みはなかった。俯いて見ると貫かれたお腹の皮膚も綺麗に塞がっている。

「リオっ！　治さないでって言ったのに!!」

「ルルが血を出したから止めただけだ。今回は鼻血ではなかっただけのこと」

「鼻血じゃないって……あれ？」

私が見上げれば、そこには何一つ変わらないリオの姿。魔力を失って立っているのも辛いはずなのに、普段と変わらず淡々と冷たい言葉を返してきた。

「リオ、ぴんぴんしてますね？」

「ああ。当たり前だろ」

その様子にお義姉様やアレン殿下、ラノア、魔法使いたちが驚いて固まっている。

（どういうこと？　何が起こってるんでしょうか？）

「な、何をした!?　なぜあそこまでの傷を治しておいて変わらないんだ！」

「はぁ、相変わらずうるさいやつだな」

詰め寄るアレン殿下に冷たく視線を向けたあと、リオが手を開いて炎を放つ。慌ててアレン殿下が水を放ってその炎を止めた。

「貴様っ、そんな魔力を使って大丈夫なのか!?　ララノア！」

笑いながらララノアに手を伸ばすと、ララノアが口の端をあげる。すぐに手をとると水の勢いが増したけれど……。

（なんで……）

リオの炎の魔力がそれを強く押し返していく。

「リオっ！　それ以上はっ……っ！」

止めようとする私に優しく微笑んだあと、引き寄せて私の手に自身の手を重ねた。ぞっとして手を離そうとしたけれど強く握られる。すると、またその手から光が放たれてリオの魔力が強くなっていく。

「な、なぜ……おい！　ララノア、他の魔法使いたちの魔力も強めろ！」

「はっ、はい！」

ララノアがほかの魔法使いたちの手に触れて力を強めて、あらゆる魔力の攻撃がこちらに向かってきた。リオがそれに対抗する魔力で防いで強く押し返す。

「っぐぁ!?」

「殿下っ!!」

そうしているうちに向こうが魔力切れを起こして、みな魔力を失い床に倒れていく。ララノアが倒れたアレン殿下の手を握るが、魔力が残されていないのか何もできずに床に伏せたままだ。

「どうして……っひ！」

リオが炎の火柱をアレン殿下とララノアの前に突き刺した。メラメラと火の粉を放って燃え盛る炎の強さに顔を青くして冷や汗を流す二人。

「ばかなやつらだ。魔力がなくなれば、強める力を与えられても意味がないのに」

「っく……ならばお前もすでに魔力をなくしているはずだろう！」

「ああ……」

震える腕をつかみながら見上げるアレン殿下をリオが冷ややかに見下ろす。

「お前たちは聖女が一人だと思っていたのか?」

(————え?)

すっと私の手を持ち上げると、また眩い光が放たれた。私たちの周りに聖花のような五色の花粉が散らばっていく。

「聖女はもう一人いる。ここにな」

(ここに? 聖女?)

私に微笑みかけたリオに大きく首を傾げて、うーんと一呼吸して考える。ここに……聖女、ここに……。

「……って、私!?」

目を見開いて口をこれでもかと開ければ、リオが「その顔はやめろ。アホ面が際立つ」とこれまた失礼なことを返された。いやいや、いきなり聖女と言われたら、さすがにそうなるでしょう。

(私が聖女ってどういう……)

「うわぁ、僕のこと置いて転移したと思ったら、こんなことになってたんだ」

混乱していると、楽しそうな声が壊された部屋の扉の所から聞こえる。振り返るとミライ殿下とその後ろに従える魔法使いと兵士たち。それにお父様、お兄様たちも汗だくで部屋に入ってきた。

「っ、ミライ……」

「兄上」

ミライ殿下がちらりと視線を動かして状況を確認している。私と、そのあとに傷だらけのお義姉様を見るといつもの微笑みが一瞬にして消えた。

ミライ殿下が無表情で手をかざせば、強い風圧で押しつぶされるアレン殿下とララノア、それに加担していた魔法使いたち。

「うぐぁ……う……っ」

「あいかわらず頭がお悪いようで。目の前の欲に縋ることしかできないから、こうなるんですよ？」

「ぅう……」

「そうそう、勉学をするのはいいことですよ。国の厳重な書庫に置いてある書物を読み漁《あさ》るのはお勧めです」

ピンッと指を立てて、また表情が笑顔に変わる。

「兄上に昔、暗い書庫に閉じ込められた経験が役に立ちました。ふふ、感謝しますよ」

「何が……言いたい……」

「では一つ、良いことを教えてあげましょう。古来より聖女は魔力を強めるというのが有名ですが、それだけではありません」

「な……に……っぐ」

「使い方によってはそんな聖女よりさらに強い聖女が稀《まれ》に現れるそうです」

殿下の視線が私とリオの重なる手に向けられた。

「魔力を奪い、そして……」

――「与えるもの」

その一言にドクンと心臓が跳ねる。

「言い換えれば魔力を預けて、それを引き出すといったところでしょうか」

（預ける……返す……）

私の手に浮かぶ五色の魔力の光。もしかしてこれはリオの魔力なのか。

「ですが、これには難点があります。もちろん聖女の身体には五つの魔力がぐちゃぐちゃに取り込まれています。普通の者であれば自分のものとは違う魔力は使えませんから、拒否反応を起こして引き出せません」

「まさか……」

「あぁ、愚かな兄上でもさすがにご理解いただけましたか？」

（もしかして、だから……）

「この五つの魔力の加護を受けた男しか、その聖女の恩恵を受けられないということですね」

ミライ殿下がパンッと手を叩いて、にこやかに笑う。

「いや〜、エヴァンス卿《きょう》はそのことを知っていたようだけど……きっとルルーシェ嬢のことを想って、とっても調べたんだろうね？　禁書にしか書いてなかったはずだけど？　王家以外の者が読んだら極刑なのによくやるよね〜」

ギクリとお父様の肩が揺れた。お兄様たちが「一番、ルルを溺愛してる人だ」と感服している。

「も……申し訳ありません」

「ふふっ、いいよ。前も言ったけど僕は優しいから、許してあげる」

真っ青になりつつも、深く頭を下げるお父様。

「ということで、こちらにはその悪趣味な聖女より上回る力があるってわけです。分かりましたか、兄上」

「っぐぅ……うく……」

「殿下、これはどうする？」

「うーん。とりあえず父上に報告かな。それまで地下の牢屋《ろうや》にでも入れといて」

パチンと指を鳴らすと、魔法使いと兵士たちがアレン殿下とララノア、それに関わった魔法使いたちを捕らえる。

「くそっ！　側妃の子供であるお前ごときが偉そうにしやがって!!」

「オタクが調子乗るなよ！」

口々に最後の抵抗のように暴言を吐く。とくにララノアは私を鬼の形相で睨んできた。

(この人たちはどこまでも……)

ミライ殿下は慣れているのか冷ややかな表情で無視しているけれど、私は少し腹の虫が治まらない。

ふぅと息を吐いてから、すっと手を持ち上げた。

「オタクを舐めんなよ!!」

――――ビッ!!

強く指を立てつつ舌を出してやれば、みるみるとララノアの顔が真っ赤に染まって怒り狂った。

なかなかに私は火に油を注ぐのが上手らしい。このときばかりは清々《すがすが》しかったが。

「ルル……」

そのまま連れていかれるのを眺めていると、後ろからのリオの困ったような声が聞こえた。はっとして悪どい顔からすぐに笑顔に変える。

「その訳語は聖女同士では役に立つのだな？」

「え……あはは……そ、そうですね？」

（もしかしてバレてます？）

リオのからかうような発言。聖女ということは異世界から来たということであって。ずっとそれもお見通しだったのかと思えば、彼にも少し腹立たしくなる。

「私にそんな能力があったのを黙ってたリオも悪いですよね？」

「ルルに教えたら変に力んで、魔力を引き出しにくくなりそうだったからな」

「そんなものなのですか？」

「ああ。意識がないときに与えられたのが一番スムーズだった」

「え？」

（もしかしてリオが魔力を失って子供になったとき、私が魔力を与えていたのでしょうか？）

「自分のものではない魔力のせいで、少し気分が悪くなったが。だがそのおかげで生き延びた。それは仕方ない」

「あぁ……」

いままで私が色んな人に触れていたからか。ミッチェルのもありますが……とおちょくってやろうかと思ったけれど、怒らせてしまうかと言葉を続けるのをやめておく。

「はっ！　だからことあるごとに私の手に直接触れてきて……」

見上げるとリオが笑っている。すっと私の胸元に触れたリオの指先。

「いまここにあるのは俺の魔力だけ」

――――「与えてもらえるのも俺だけ」

そう妖艶に微笑むものだから鼻血がだばっと溢れ出した。

「貴様あああぁ!!　俺の妹に触れるな！」

「そうだ！　僕たちの妹をなにちゃっかり魔力の器みたいに扱ってくれてるんだ！」

「そんな風には扱っていない」

「そうよ！　ルルは私たちの家族なんだから!!」

「なっ、家族は俺たちだ!!」

ぐいぐいと引き離されて、引き寄せられて、最終的に全員に抱きしめられる。そんな光景をミライ殿下たちが呆れたように笑って眺めている。

（うう、恥ずかしいですが……）

――――とっても幸せですね。

包まれる体温の温かさに抱きしめるたくさんの腕にそっと触れた。

第六章 ✦ 五つの魔力と幸せなお姫様……………

「可愛《かわい》いですね。リオ」

「うるさい」

私が頭を撫《な》でてあげると、ふいっと不貞腐《ふてくさ》れてそっぽを向いた。そんな姿も愛らしくて口が緩んでしまう。それもそのはず……。

「くそ……ルルの身体《からだ》にもっと魔力を与えていればよかった」

そこには半ズボンに白のシャツ、襟元には紐《ひも》のリボンを結ばれた美少年。見慣れていた可愛らしいリオで。

（数週間経《た》ってもこの姿だなんて。やっぱり無理をしてくれたんですね）

あの後、やはりリオはかなりの魔力を使っていたみたいで、すぐに魔力の温存のために少年の姿に身体を変えた。私から引き出す魔力も底をついてしまったらしい。

「ぷっくく。おい、リオンハルト。ずっとその姿のほうがいいんじゃないか？」

「最高。これだけ小さいと可愛げもあるじゃんか。魔法もほとんど使えないしね」

「触るな」

お兄様たちがリオを間に挟んで、つんつんと頬を突《つつ》くのに彼が心底冷ややかな表情を浮かべる。

けれどもそんな顔も幼いからか、なんとも可愛らしくてたまらない。

「ちょっとあなたたち。どうして当たり前のようにシュトレン侯爵家に居座っているのよ？」

「え〜、べつにいいじゃん。てゆーか、そっちが早くルルを返してくれないからでしょ！」

「そうだぞ。早くルルを我が家に返せ」

「リオンハルトに魔力を渡すためだから仕方ないでしょう。これは殿下からの命令よ。諦めなさい」

またお兄様たちがテーブルに並べられた大量のお菓子をわざと食べ散らかしている。そんなお兄様たちに、お義姉様《ねえさま》のこめかみの血管がピクピクと動いている。

そう私も変わらずシュトレン侯爵家で過ごしていた。その理由もお義姉様の言う通りで、リオに魔力を与えるため。殿下やお義姉様、ほかの魔法使いから少しずつ魔力をもらって彼に移していた。

「ちっ、なんで俺たちがこんな無愛想野郎に魔力を与えなきゃならないんだ」

「ライレル。身体が戻ったら、たっぷりお返ししてやる」

「っ！　それは脅しか!?」

(リオは嫌がってますが、殿下から早く復帰しろって催促されてますしね)

前のように一ヶ月も休暇を取られたらたまったものじゃないとミライ殿下の命令で、強制的に回復させているのだ。

あの一件以来、王宮は慌ただしい。アレン殿下とララノアの悪事はすぐに国王陛下に伝えられ、いまは地下の牢獄《ろうごく》に捕らえられている。王族への暗殺未遂は極刑なので、近々刑が執行される予定だ。

「あぁ、この可愛いルルが正式に聖女認定されたし」

「あの最低最悪な聖女も制裁されるしな。ほんとそれは最高」

私をぎゅーと抱きしめるお兄様たち。初めは聖女であるラノアだけでも刑を免れる予定だった。だが、私も聖女であると証明がされたため、二人も聖女はいらないとの陛下の判断で通常通り刑が執行されることとなった。

「それは同意するわ。やっと世の中にルルの素晴らしさが伝わったのね。まぁ、いまさらルルの可愛さと素晴らしさに気がついても遅いけどもね。なんといってもルルはもう少しで正真正銘私の妹になるんだから。ふふ、可愛い妹と弟ができるなんて、最高。想像するだけでにやけるわ」

（あー、はい）

お義姉様がすっごい早口で喜びを噛《か》み締めている。あえて聞きとらないでおこう。

「ふんっ、リオンハルトもやっと私の手がかからなくなって清々するわ！」

めちゃくちゃ嬉《うれ》しそうにそう言い放つから少しだけ意地悪してみたくなる。

「お義姉様。リオに手がかからなくなったようなので、招待状を代わりにお受けしておきましたからね？」

「……へ？」

お義姉様の座る前のテーブルに、国印のシーリングがされた封筒を差し出す。

これは今度行われる『聖女お披露目会』のミライ殿下からお義姉様宛に送られたパートナーの申し込みの招待状だ。

「ミライ殿下からご伝言で『当日を楽しみにしている』とのことです」

「なっ……ななっ……」

「今回はお義姉様のドレスも選びましょうね？」

みるみると真っ赤に染まっていくお義姉様の顔、そのままリオの方へ視線を向けた。

「もう俺のことは気にするな」

「でも……」

「……殿下からも命令された……早く姉離れしろとのことだ」

ふいっとリオが顔を背けた。けれどその耳はほんのりと赤く染まっている。

（ふふ、小さいから尚《なお》のこと可愛らしいですね）

「……そろそろ俺にも姉上の幸せを願わせてほしい」

小さな声でそう呟《つぶや》いたのに、お義姉様の肩が震えて瞳に涙がたまる。ずっとお義姉様が罪悪感を抱いていたのをリオも知っているのだろう。幼い姿でそう伝えたのに、お義姉様が彼に抱きついた。

「リオンハルト、ありがとう。愛しているわ」

「っ！　気持ちが悪い。離せ」

「嫌よ！　この姿はすっごく可愛らしいもの、体感して永久的に保存しなければならないわ！」

「……っ」

感情を隠すことなく、わしゃわしゃと髪を撫で回すお義姉様にリオがめちゃくちゃ嫌そうにしているのが微笑《ほほえ》ましい。

お兄様たちが『うわー、なんかルルが恥ずかしいって言ってる理由が分かったかも』なんて話しているから、やっと気がついてくれたのかと少しだけほっとした。

◇◇◇

「姉上にはもう二度と変なことは伝えない」

ぐちゃぐちゃになった髪の毛を手櫛《てぐし》で整えながら、げっそりとしたリオがソファに腰掛ける。

その後、お義姉様は王宮の執事に連行されていった。おそらくミライ殿下の使いの者に違いない。

お兄様たちは私が魔力を貰《もら》うために手に触れると『ルルの地肌っ』『ルルの温《ぬく》もり』なんて普段は私が頑《かたく》なに触らせなかったから嬉しかったみたいだ。そのため長く手を握ってきて、多く魔力を私に与えすぎたようだ。フラフラになってしまい、エヴァンス伯爵家に強制送還されていった。

「ふふ。早く元気になってほしいですが、私もリオがその姿なのはご褒美なのですよ？」

むっと眉を寄せたリオに微笑みかけると、さらに不貞腐れて短い髪から手を離した。

――――ちゅっ。

隣に座る私に、背伸びして頬にキスをするがそれも可愛い。

「おっふ」

「なんだ……その顔は……」

「小さい子供からのちゅうは最高だなぁと」

CHUU

「……」

はぁはぁと荒い息を吐いてキスされた頬を触りながら堪能する。

「……もっとした方がいいのか？」

「おぉう。めちゃくちゃサービス精神旺盛ですね。もっとしてもらえると、とても嬉しいですけど」

「ん、分かった」

（可愛い！　可愛すぎますっ!!）

リオがこくんと頷《うなず》くからたまらない。赤らむ頬を包みつつも悶《もだ》えていると、リオの小さな手が私の手に触れた。その手が光り輝いて温かい感覚が伝わってくるのになんだか懐かしい感じがする。

「あれ……」

なんで懐かしいのだろうかと思いつつ、美しい光だと眺めていると手が触れていたのが大きく包まれていった。気がつけば大きな影が私に覆いかぶさっていて……。

「じゃあたくさんルルに触れることにする」

そこには元の姿に戻ったリオ。美しく長い黒髪を揺らして微笑むのにやらかしたと思う。

（元の姿に戻るときの感覚だったんですね!?）

「な、ななんで！　い、いま!?」

「ふっ、お前の兄たちが頑張ってくれたおかげだな」

「それはそうですが……はっ！　リオ、まさかわざとですね!?」

もしかすると、もういつでも元の姿に戻れたのかもしれない。わざと元の姿に戻らずに、私がお願いするのを待っていたのかも。現にリオが否定せずに悪そうに口の端を上げている。

「前にも言ったが、自分の発言には責任を持つんだな」

「っ、意地悪ですよ！　リオっ……っん!!」

そのまま口を柔らかな唇に塞がれて、すぐに中を開かれる。どうやら苦情は受け付けてくれないらしい。

温かな湿った舌が絡むと、勝手に気持ちよさを感じて文句を言おうとしていたのに何も返せなくなった。

（――気持ちいい）

舌が絡んで逃げて、捕らえて、吸われて。どろどろに溶け合うような感覚がたまらなく気持ちがいい。

「ルル、可愛い。愛してる」

私の大好きな綺麗《きれい》なリオの顔が優しく微笑んで、私の濡《ぬ》れる唇を指で撫でる。

――あぁ、もう抗《あらが》うのはやめましょうか。

そんなリオに簡単に私の理性は崩れ散っていった。

「はぁ……っあ……あのリオ、灯《あか》りを消してくれませんか？」

キスをしながらベッドのうえで一枚一枚と脱がされていくうちに、なんだか恥ずかしさが増してきた。いくら薄暗いとはいえ、ばっちりと見えるくらいだ。

「……？」

リオが無表情で私の下の下着の紐をほどきつつ、首を傾《かし》げる。『いまさら？』と言いたげなことが、ビシビシと伝わってくるけども……。

（本当にいまからスるんだって思ったら、異常に緊張してきたんですってば！）

俯《うつむ》いて真っ赤になりながら、太ももを擦り寄せて恥部を隠す。そんなことをしてもほとんど見えているのは分かっている。重々承知。

「その……リオは慣れてるかもですが……私は初めてなので……ごにょごにょ」

「あぁ、なるほど」

（分かってくれた!?）

ぱぁっと顔を上げた瞬間、擦り寄せていた太ももをつかまれてパカーンと開かれた。

「っ!!　～!?」

もはや言葉にならない。解かれた紐がだらしなくベッドに落ちていて、恥部がリオの顔の前に晒《さら》されている。

「じゃあ慣れればいい」

口を大きく開けて固まっていれば、笑う彼の顔が足の間に見えた。その顔に手を伸ばして視界を塞ごうとしたが軽やかに下に避《よ》けられる。

「な、なんで……ひどっ……ひぃぁ!?」

考える間もなく蕾《つぼみ》を舐《な》められて吸われた。何が起きているのか理解する前に、視界で無理やり分からされてしまう。

（そんなところ舐めるなんて!!）

あり得ない。そんなことをするのなら事前に言ってくれれば、お風呂に入って入念に洗ったのに！

腹立たしいと文句を言いたいのに何度も舐められて吸われて弾《はじ》かれて意識がそちらに向いて、はっきりと言葉がでない。

「っあぁ！　り、リオっ……今日お風呂ま、まだ……あぁぁぁ！」

「はっ……ん。だからルルの味と匂いが濃い。美味《おい》しい」

「っな、なん……あぁぁっ！」

熱い息をかけられて、従順に溢《あふ》れ出す蜜。トロリと蜜壺《みつつぼ》から吐き出されたのを舐め取られて喉を鳴らす音が耳に響いてくる。

（わざとですねっ！）

さすがの私でも、そういう行為の前にお風呂は入った方がいいのだろうかとリオに事前に聞いていた。けれど「風呂はあとで入ろう。どうせ汚れるから」と妖艶に微笑んで私の疑問を否定したのだ。

すべて彼の狙い通りということだ。なんにも知らない私はこうやって辱めに遭わされる運命だったということか。

「っんんっ、中、苦し……」

リオの唾液と私の蜜ですでに蕩《とろ》けきっていた蜜壺の中にいきなり指を二本も入れられて圧迫感に視界が歪《ゆが》む。

「慣らさないと挿入《はい》らない。我慢しろ。それにすぐ馴染《なじ》む」

「っん……はぁ……んんっああぁっ！」

――じゅぷっ、じゅちゅ。

激しく指を抜き差しされて蜜が飛び散るのが目に入る。苦しさを強く感じる前に蕾を舐められて、舌先で弾かれるせいか快感がすぐに押し寄せて塗り替えていく。

「あぁっ、やぁ……イくっ……っんんっ！」

じゅっと吸われて、中も感じるところを押しつぶされて簡単に達してしまう。強い快感から無意識に身体が逃げようとしたが太ももをつかまれて、跳ねる蕾を大きな舌で舐められるから軽くまた達した。

長く快楽を与えられて荒く息を吸っていれば、リオの舌が離れて蜜が舌先と蕾に繋《つな》がるのが見える。淫靡《いんび》な光景に思わず目を逸《そ》らしたけれど……。

「はぁ……はぁ……っ！」

また大きく足を開かされて堪《たま》らず逸らしていた視線を戻す。

「ん。ちゃんとイけたな」

小刻みに跳ねる蕾に指で触れて笑うものだから気絶したくなった。

（恥ずかしすぎますっ！　こんなことならR18作品にも手をつけていればよかったです!!）

「っあ!?」

そう後悔した直後、カチャカチャとベルトを外す音がして……。

「っぅぁ……」

(うわ――!　うわ――!?　修正なしのもの――!?)

そこには固く反り返った赤黒い肉棒。血管がドクドクと脈打っているのに目を丸くする。手では握っていたけど、目を逸らしていたので見たのは初めて。こんな形になっていたのかと固まってしまう。

我慢していた鼻血がドバっと溢れてくるのに、リオが軽くため息をつく。指先で撫でられるとすぐに止まって脱いでいたシャツで拭かれた。

「まじまじと見るな。さすがに恥ずかしい」

「っあ!　す、すみません!!」

(棒だと思ってましたが違いました!　まったく違います!)

ぐりんっと顔を横に向けたけど目が血走っている気がする。未知の形が脳内から離れない。

(すごく太くて長くて……って、待ってください)

――あれは果たして挿入るのでしょうか?

ゴクリと喉を鳴らして気がつくこと。

えっ、待って。無理ですよね。挿入りませんよ。あんなの、無理無理無理。なんて頭の中で混乱が生じている。

「リオ……それは少し小さくなりませ……っひ!?」

汗を流しながら微笑んで提案してみたが無慈悲に蜜口に擦《こす》り付けられる先端の膨らんだ部分。

「なるわけないだろ。ばかか」

（デスヨネー……）

ぐちゅぐちゅと肉棒の滑りをよくするように蜜を擦り合わせられるたびに蕾に触れて敏感に身体が跳ねてしまう。身体だけはなんとも従順に躾《しつ》けられた。

「っぁ、り……無理っ、そんな……大きいの……」

震えながら拒否するが、リオが嬉しそうに頬を赤らめたのに『いや、なんで？』と言いたくなる。褒めたわけじゃない。凶器だと言いたいのだ。

「大丈夫。これもすぐに慣れる」

「何を根拠に……っあぁ！」

くちゅりと音を立てて中に押し込まれていく先端の部分。強い圧迫感に声が出るがそのまま中に腰を進められる。

「っあ、苦し……いたっ、いたぃ！　リオっ、抜いて！」

「ん……はぁ……力を抜け……」

「いたぁっ……無理無理無理!!」

フルフルと首を振るとリオがため息をついてから腹部に手を当てる。ふわりと温かい風がお腹《なか》を包むと、痛みが引いていく。

（これって……）

「痛みが和らぐようにしておいた」

「あ、ありがとうございます……って、最初からそうしてくれたらよかったじゃないですか！」

「痛みがある方が、俺がちゃんと挿入っている感じがしてよくないか？」

「挿入って……」

意地悪に私の下腹部から手を離したリオに愕然《がくぜん》とする。この人、根っからの執着偏愛だ。

「それにルルは初めてだと実感したい。まぁ、あとで血は出るだろうけど」

（うわー……あー、これは無理ですね）

なんというか、リオに常識を求めるのは難しそうだ。コミュ障だから仕方ないのか。呆《あき》れてしまったのを気づかれたのか、リオがむっと眉を寄せる。あ、まずい……。

「っあぁぁ!?」

――――ずちゅん！

後悔する前に奥まで押し込まれる肉棒。蜜と肌が弾けて音を立てる。

「っあ……あぁ……」

「あぁ、簡単に奥まで挿入ったな？」

（苦しいはずなのに……なんで……）

あんなに太くて大きいものを最奥まで押し込まれたら苦しいはずなのにおかしい。

「痛いのが無理だと言うから、快感を感じやすくなるようにしておいた」

口の端が上がるのに震え上がる。ビクビクと痙攣《けいれん》してリオのものを締め付けて離さない。挿入っているだけなのに快感が脳内を突き抜けていく。ずるりと抜かれると中が勝手に縋《すが》るように締め付けた。

「っ、締めるな……すぐに埋めてやるから」

「え……ああっ！っん!!」

ぽっかりと空いたような切ない感覚に中が疼《うず》くと、すぐにまた大きいリオのもので埋められる。

何度も突かれて身体が揺さぶられるたびに走る快感。

「っあぁっ、リ、これ、ひど……ああぁっ」

「はっ、どうして？……っ、気持ちよくていいだろう？」

「そんな……あああっ、わた、初め……んああっ！」

パンパンと互いの肌が激しくぶつかる音と行き場を失った蜜が弾けてリオの腹部を濡らしていく。

（だめっ、気持ちよくて何も考えられない）

強制に近い快楽に溺れていく。感じるところを的確に突き上げてくるのも恐ろしいけれどすぐに気持ちよさが塗り替える。

唇に口付けを落とされて勝手に舌を出してしまえば絡み合う。躾けられたのに近いとは分かっているけれど抗えない。

「あっ……はぁ……な、なんで……」

唇を離されるとリオの肉棒も入り口ギリギリまで抜かれる。トロリと蜜が流れ落ちるのにもどか

しい感覚が苦しい。

「ほら、言って。気持ちいいって？」

濡れる唇を指で撫でられて引き出される。そんな恥ずかしいことは、いつもなら言えるはずがないのだけれど。

——欲しい。もっと。

「っあああっ、んんっ……気持ちい……」

「ん……欲しい？」

「欲しいっ……もっとリオの欲しいっ！」

私の頬を撫でて、美しくまた妖艶に微笑んだリオに息を飲んだ。だめだ、きっと彼には敵《かな》わない。

「あぁっん、やぁ、気持ちっ……そこっ、ああっ!!」

「っ、可愛い……ルル」

「んぁっ……」

また強く揺さぶられて、躾けられたいまの私は思ったままを口にしてしまう。

「愛してる、ルル。こんな姿を見られるのも、こんな姿にするのも全部俺だけ」

「っああっ、わた……んんっ」

重く苦しい執着が体を包んでいく。それなのに嬉しくてたまらなくて胸を締め付ける。

（その理由は分かってます）

「私もっ……私も好き……ですっ」

ギュッと抱きしめて柔らかな黒髪をくしゃりと手で歪ませる――――リオのこんな姿を見られるのも私だけ。

「っあぁ、リオっ、もう……またっ、イく……！」

「ああ……っ、俺も……次は一緒に……」

「っああぁっ!!」

足を持ち上げられて強く最奥まで押し込まれると、簡単に達してしまう。強く締め付けると、中に埋められた肉棒が膨らみ跳ねて奥に白濁を注ぎ込まれた。何度もドクドクと小刻みに動きながら欲を吐き出して奥に擦り付けられる。

(あぁ、なんだかぐちゃぐちゃですね。たしかにリオの言う通りお風呂はあとでもいいのかも……)

「リオ……苦し……べたべた……」

「ん……可愛い、ルル」

「っ！」

汗やら涙やら鼻水やら唾液やら。前にも言ったけれど、こんな私を可愛いと蕩けた瞳で見つめるリオは木の治癒の魔法使いに診てもらった方がいい。ってそれよりも……。それに……。

「ひぁっ!?　ま、まだするんですか!?」

中に埋めたままだったものがまた大きく固くなっていくのをダイレクトで感じる。

「……？　当たり前だろう」

不思議そうにして起き上がったリオ。頬に張り付く髪を後ろに流して濡れた唇を舌で舐めるのに
『ふぁ!?』とスクショしたくなったけど、それどころではない。

当たり前ではない、そう正そうと口を開いたがまた貫かれて嬌声《きょうせい》だけが響いた。

「あぁ、ルル。ほらちゃんと飲み込んで？　俺の精子出てきてるから」

「っああっん、何度もっ……中、いっぱっ……ああっ!!」

「ん。じゃあ出てきた分はまた注ぐから」

「ひぃぁ!?……無理っ……そ……ああっ！」

その後、何度も中に出されて揺さぶられて快楽という名の地獄をみた。分かっていたけれど……。

(執着が強すぎます!!)

そう叫ぶ気力もなく、そのまま気絶したのだった。

◇　◇　◇

「うぁ、緊張します……」

ブルブルと震えながら深呼吸する私を、涼しい顔をして眺めるミライ殿下。豪華な金縁の椅子に座りながら皇族の正装を身に纏《まと》うのにさらに緊張が増す。

「なんの緊張？　ただ笑顔で手を振っていればいいだけでしょ？」

(ミライ殿下は慣れてるだけでしょう！　私は一般ピープルですから！)

ギリギリと白のワンピースの裾を握るけれど、言い返せば百倍にもなって返ってくるだろうから我慢だ。我慢。

今日は国民への聖女《私》のお披露目。聖礼の儀の場でのお披露目のため王族と限られた者しか入れない聖堂の最上階の間で時間まで待機している。そのため緊張も最高潮。

けれどそんな緊張とは別の意味で足腰がガクブル状態なのだ。その理由は……。

「ひぃぁ!?」

するりと私の腰を撫でて引き寄せたのは満足そうに微笑むリオ。

「大丈夫か？　やっぱりもう少し治癒の魔法をかけておくか？」

「っ！　いいえ、大丈夫です！」

(この私の子鹿のような足腰を見て反省してほしいので！)

そうこれまたギリギリと唇を噛み締めながら白のワンピースの裾をつかんだ。

昨日、明日はお披露目があるからと『お願いしますっ、今日は一回でお許しください』と懇願した私を『治癒してやるから大丈夫だ』とばっさりと切り捨てた。そうして無慈悲に何回も抱かれたのだ。

いくら治癒で回復するとはいえ、その最中はたまったものじゃない。死ぬ。ほんとに腹上死する。

真っ赤になって震える私に首を傾げてから、リオがべつの魔法使いたちと警備の話をしに少し離れていった。

「魔力が多ければ多いほど、そういうのも強いから諦めなよ。ルルーシェ嬢」

「なっ!?」

「まぁ、それも都市伝説的なとこあるけどね？」

ふっと笑って私を見るミライ殿下。足を組みながら肘掛に腕を置いて頬をついて優雅に笑う。すべてを見透かしたような殿下にさらに真っ赤になって震えた。

「さて、そろそろ行こうか……いや、ルルーシェ嬢は君がエスコートしたほうがいいかな？」

ゆっくりと立ち上がって手を差し出したが、考えるようにその手を引っ込める。手袋をつけていない私の手を見て悪戯《いたずら》っぽくリオに目配せした。

「言われなくても」

リオが私の手を握って隣に立つ。温かな大きな手に包まれて優しく微笑まれると昨日のことを許してしまう。何回も言うが私は基本、単純なのだ。

(仕方ないから許してあげましょうかね)

単純という理由も大きいけれど、彼の手は大きくても小さくても、優しさが伝わってくる。それが気持ちを温かいものに変えてくれるのだ。

そんなリオの手を握り返して、テラスに出ると大きな歓声が響いた。

「聖女様〜！」

「聖女様、ルルーシェ様万歳ー!!」

大きな声で国民たちが手を振ってくれる。

「げんきんだよねぇ。前までは君の手を見るだけで離れていったのに」

「わ、私は大丈夫ですよ？　そうなるのも理解してますし……」

「ふふ、君は優しいね。僕だったら非難してきたやつら全員呼び出して、思う存分いたぶるのに」

「あ、あはは……」

（もしかしていつもこんな話をしてたんですか？）

聖堂の広場下までには殿下たちの声は聞こえない。あの美しい顔で手を振っていたミライ殿下が、このテラスでこんな恐ろしいことを話していたのかとリオに目線を送る。

リオが否定せずに『ルルは珍獣扱いだった』と小さな声で返したのに口を開いてしまった。餌を与えると大きく鳴くから面白かった、だそうだ。ひどい。

「師匠～！　成功したオタク～！」

「かっこいいです！　師匠ー!!」

ミライ殿下の裏事情に引き攣《つ》った笑顔になっていると、見慣れた女の子たちが『師匠愛してる！』と大きなボードとうちわを持って手を振っている。

おお、ここから見るとこういう風に見えていたのか。なかなかに目につく。私の指導が行き届いている。

（ふふ、可笑《おか》しいですね。ここは異世界なのに）

転生前の大好きな見慣れた光景。なんというか、もうすべてが小説とは違っているのだ。

「よかったな。あんなに愛されていて」

リオが風で揺れる私の髪を撫でる。彼の綺麗な長い髪も揺れて輝いている。私を映す若草色の瞳は緩やかに弧を描いていた。

（この綺麗な瞳に私がいっぱいに映されるなんて）

前までは米粒くらいの距離だったはず。それがこんなにも近い距離でいまは私を見つめている。

「リオも……私を愛してますか？」

少しだけ意地悪に尋ねてやれば、リオが瞳を見開いてから口の端を上げた。

「愚問だな」

「……っ!?」

握っていた手を引っ張られて、唇に口付けを落とされる。その瞬間『ぎゃあああああ！』という国民、いやオタク仲間の黄色い声が響いた。

「あ……ああ……」

真っ赤になる私にくすりと笑ってから唇をゆっくりと離す。

「愛してる、ルル」

頬を撫でて掬《すく》った髪に唇を落として上目遣いで微笑んだ。

（はぁ……リオには驚かされることばかりですね）

「ルルは？」

リオも分かりきっているくせに。そう思いながら、ふっと息を吐いて口を開く。

「……私もです……私もリオを愛してますよ」

「ん。それはオシとしてか？」

思ってもみないリオの返しに目を丸くしてしまった。いままで何度も愛しているという意味を履き違えてきたからだろうか。

『推し』という言葉に若干トラウマを持たせてしまったのは、かわいそうなことをしたかもしれない。少しだけ不安そうな表情に安心させるように微笑みかける。

「……全部」

「ぜんぶ?」

そう推しとか愛とかすべてだ。リオのすべて。

無能と蔑まれていた私に一冊の本から胸を締め付けるような甘い感情を与えてくれた。直接、優しく温かい手を差し伸べて抱きしめてくれた。

――――彼のすべてが私を幸せにしてくれる。

「リオの全部を愛してますっ!」

そんな大好きな温かい身体にぎゅっと強く抱きついた――――……。

番外編　リオのプロポーズ大作戦

『お前など産まなければよかった』

その言葉とともに差し出した花が弾《はじ》かれた。黒髪の隙間から見えたのは、こちらを蔑むように睨《にら》みつける瞳。手につかんでいた聖花の花びらが床に散らばっている。

(どうせ手を伸ばしたところで、包み返されることはない)

微《かす》かに震える手を開くと五色の花々が光を強めた。そんな眩《まばゆ》い光とは逆に、気持ちは暗く沈んでいく。期待するだけ無駄だと花から目を逸《そ》らした。

この花を綺麗《きれい》だと思える日はくるのだろうか。

『僕は……』

(俺は……)

——人ではないのだから。

——……。

「おい。挨拶はまだか?」

魔法塔の廊下を歩いていると現れたのは、見慣れた男だった。薄黄色の短髪を揺らして、目の前で仁王立ちしている。

（挨拶？）

聞き返しても面倒くさそうな予感しかしない。なので無視することにする。横を通り過ぎるために足を進めたが、またその前を塞ぐように仁王立ちされた。

（いっそのこと凍らせるか）

……いや、仮にもこいつはルルの実兄だ。凍らせて魔法塔のオブジェにするのは、さすがに彼女が怒るかもしれない。仕方なく力を込めた手を緩める。

「早く返事をしろ。あ・い・さ・つはまだか!?」

「……挨拶、挨拶と何度も言われても意図が分からない。人に聞くのなら、誰にどういった理由で挨拶するのか。すべてを口にして分かるように説明することだな」

「なっ!?」

鼻息を荒くしてつかみかかろうとしてきたライレルに手をかざす。すぐにやつの足が、メキメキと音を立てて凍りつき床に繋《つな》がった。

『んぎゃぁ!?』と叫び声をあげて暴れだしたので、その間に横を通り過ぎる。やっと普通に廊下を歩けそうだ。

「待て！　こら！」

「……」

「無視をするな！　俺の話を聞け!!」

（……うるさい）

また無視してそのまま前に歩みを進めたが……。

「お父様に挨拶してないだろうが！　エヴァンス家はお前とルルの結婚は許してないんだからな！」

進めていた足がピタリと止まる。ゆっくりと振り向くと、変わらずライレルが忌々しそうに俺を睨みつけていた。

「それはお前の家の了承が必要なことか？」

「はぁ!?　あ、当たり前だろうが！」

目と口をこれでもかと開いて愕然《がくぜん》としている。なんともアホ面が際立つ。ルルに似ているからか前よりも不快感はないが。

（当たり前……そういうことに興味もなかったが、家同士のことだから必要なことなのか？）

何が世間一般の常識なのか。貴族の常識や決まり、家の繋がりなどはすべて姉上にまかせきりだった。

姉上に一度聞いてみるか……いや『さっさと結婚してしまいなさい！（早く私の妹にしなさい！）』としか言わないから聞いてみても意味がない気もする。誰かほかに聞ける人はいたかと考えていると……。

「うわぁ、リオンハルト。もしかしてあの炎の軍神に挨拶ひとつしてないの？」

「殿下……」

後ろからミライ殿下がひょっこり現れる。もはや神出鬼没なので、いまさら驚きはない。

向かいにいたライレルは慌てて頭を下げている。仁王立ちのまま頭を下げたので、不格好なのが滑稽だったのか、殿下が『ぷっ、変なの～』と愉《たの》しそうに笑った。

「ねぇ、リオンハルト。このまま押し倒したらどうなると思う？　上半身だけ、ぐわんぐわんって揺れるのかな」

「さぁ、気になるのなら押してみたらどうだ？」

「そっかぁ。じゃあライレル、少し踏ん張っていてね？」

「っ！　で、殿下、ご容赦ください！　わぁー!?」

押し倒そうとする殿下の手を避《よ》け続けるライレルの反射神経に、さらに目を輝かせた。やはりこの男は性格が悪い。

「あ～、楽しかった」

「……足が痛い……いや全身が痛い……」

そのあと殿下に王宮の裏庭にある温室に誘われて、ライレルとともにお茶を共にする。

「話が戻るんだけど。リオンハルト、ほんとにエヴァンス卿《きょう》に挨拶してないの？」

「それはいますぐに必要なことか？」

「いますぐに決まってるだろうが！」

勢いよくライレルが椅子を倒しながら立ち上がったのに、何事もなく殿下が風の魔法で椅子を軽く直した。

「お父様はお怒りだぞ！　ただでさえ、ルルを半月もお前の家に預けていることに怒っていたのに！」

「ルルと平等に一緒にいるため互いに決めたことだ。いまさら怒られても困る」

「だ――!!　とにかく、結婚したいのならちゃんと順序を踏むことだな！」

「でなければ、エヴァンス伯爵家全員、結婚は絶対に認めない！」と俺に指をさしてから、ドカッと椅子に座り直した。

(順序……)

「まぁ、ルルーシェ嬢と結婚したいのなら、まず攻略しなきゃいけない壁が高いということだね」

「壁？」

殿下が楽しそうに笑いながら、紅茶のカップを手に取り口をつける。

「最近、エヴァンス伯爵邸の周りの気温が何度か上がっているそうだよ？　近隣住民が困っているらしい」

「それはエヴァンス伯爵家の住人が悪い」

「な！　お前のせいだろうが！」

「……なぜ？」

「お父様がお前を火あぶりにすると息巻いている！　忠告を聞かずにルルに手を出した時点で許していないと！」

(忠告はされていたが……そこまでか？)

互いに好いているし、それでいいのではないか。エヴァンス卿は何をそこまで怒ることがあるのか。首を傾《かし》げつつもカップに入った紅茶を口に含みつつ、ゆっくりとエヴァンス卿の昔の姿を思い出してみる。

幼い頃から戦地に駆り出されていたせいか、彼と接する機会は多かった。

——『君には意思がない。だから私は君を助けはしない』

たいした会話をしたことはないが、戦地に向かう前にそう一度だけ伝えられたことがあった。

『エヴァンス卿に助けてもらうほど弱くはない』と言葉を返すとため息をつかれた。眉間に皺《しわ》を寄せてしまえば、軽く笑みを返されただけだった。

(何を考えているのか分かりにくい人だが、ルルのことになると饒舌《じょうぜつ》だったたな)

戦地で疲弊しきった兵士や魔法使いたちに『娘が初めてプレゼントをくれた』やら『毎日可愛《かわい》すぎておかしくなりそうだ』やら。延々と娘自慢を語るから『空気読めよ。この親ばかが』という冷ややかな視線を全員から向けられていた記憶がある。

(たしかそれと……)

エヴァンス卿が何度も言っていたことがあったような。それはたしか……。

——『将来、ルルと結婚しようとする男は八つ裂きにして骨も残さず灰にしてやる』

「……」

持っていたカップの中に入った紅茶が、微かに揺れて音を立てた。

ルルと交際してからは、そういえば色々ありすぎてあの父親の存在を忘れていた。それに向こうからも一切何か文句を言われることもなかった。なので『許された』と軽く思っていたところもあったのだろう。だが、それはもしや……。

（俺が来るのをずっと待っていた、ということか）

カップをソーサーに置き直して頭を抱えたくなったが、冷静にならなければと顔を上げる。

「ライレル」

「なんだ？」

「……エヴァンス卿はどのくらい怒っている？」

「それは……」

言い淀《よど》むライレルの顔色がだんだんと悪くなっていく。

「あと少ししたら屋敷が火事になる」

俯《うつむ》きながらぽつりと呟《つぶや》いたライレルに、しーんとするその場。

「さすがに俺たちも屋敷内が暑くてたまらない。使用人たちが熱中症で倒れそうなくらいだ」

「わーお。激おこ」

「……」

「ほんとに灰にされるんじゃない？　そうなったら畑にまいてあげるね。リオンハルトの骨だからたくさん果実が実りそうだなぁ〜」

どこの畑にまこうかな〜と楽しそうに温室を眺め出した殿下を睨みつけたが効果はない。

「殿下、エヴァンス卿の心情は分かっていただろう。貴族会議に出ているはずだが」

「ふふっ、まっさか～。ていうか、そういうのには一切参加しない君が悪いんでしょ？」

「魔法使いの方の仕事が忙しいから仕方ない」

「嘘《うそ》ばっかり。まぁ、いいけど。ルルーシェ嬢にはちゃんと了承もらってるんだよね？　彼女が父親を説得するだろうから、深く考えなくてもいいんじゃない？」

「……了承？」

なんのことだと殿下に視線を返すと、彼とライレルが不思議そうにしている。互いの意思が伝わらないことに少しの間だけ沈黙が流れたが、すぐに二人の表情の雲行きが怪しくなっていった。

「リオンハルト。まさかルルーシェ嬢にプロポーズしてないの？」

「プロポーズ……」

（言われてみれば……）

「してないな」

――――ガターン!!

先ほどよりも勢いよくライレルが立ち上がり、今度は椅子の足が折れて壊れた。

「貴様っ！　俺の妹に何も言わず、嫁にもらおうとしていたのか！」

「それは……」

（……たしかに間違っている、気がする）

最近はルルの『推し活』？　というものが忙しく、また怪しい部類もいたせいで警戒していたため、それどころではなかった。

それにルルは俺に多くを求めてはこない。自分に対しての欲はなく、期待すらしていない性格であることは分かっていた————彼女は極端に自己肯定感が低いのだ。だからこそ、多少甘えていた部分もあったのかもしれない。

「そこに関しては俺が悪い……謝罪する」

「許さん！　お父様にかわって、すぐにお前を灰にしてくれるわ!!」

「わー。温室が燃える～」

炎の玉を何度も俺に放つから、軽く避けながらどうすべきかと考えていると……。

「とにかく今週末にエヴァンス伯爵邸に挨拶に来い！　それまでにルルにはちゃんと伝えておけよ!!」

魔力を使い果たしたのか、はたまたこれ以上は分が悪いと思ったのか荒く息を吐きながら指をさしてくる。そのまま逃げるように温室から出ていった。

「リオンハルト、ちゃんと伝えないとね？」

「……分かっている」

（こういうものは何か雰囲気とかは必要はないのか？）

「何かした方がいいのか？」

「必要ないんじゃない？　ルルーシェ嬢ならなんでも喜んでくれそうだし、普通に言えばいいんじゃないの？」

「それはまぁ……一理ある」

「そうそう。たとえば……この一生独り身なはずだった俺にはルルしかいない～！　こんな面白くない俺とどうか結婚してほしい～！　的なこと言ってあげればいいよ」

おちょくっている。これだけはすぐに分かる。言い返しても意味がないのも分かっているので、早々に殿下を無視して温室から出た。

「なんと伝えるべきか」

（ルルが喜ぶ顔は見ていて飽きない）

伝えたときの彼女を想像すると軽く微笑《ほほえ》んでしまいそうになる。らしくないとは思うが、ルルの嬉《うれ》しそうな表情を思い浮かべて足取りが軽くなった。エヴァンス卿への挨拶は憂鬱だが。

◇　◇　◇

――――『生誕祭』

それはオタクによる一大イベントである。推しが産まれたことに感謝し祈りを捧《ささ》げる日。ありとあらゆる手段で推しへの愛を表現するのだ。

「ふむ。盛大にお祝いしなければなりませんね」

じっと何種類かの布を眺めながら吟味する。長時間ずっと布を見つめていたので、店主がそわそわとこちらをうかがっていた。

（よし。もう全部買ってしまいましょう）

「ここからここまで、全部ください」

「ま、毎度！」

右から左へと指をスライドさせて大人買い宣言すると、ぱぁっと店主の顔がほころぶ。何種類かの布と綿が大量に入った茶色の大きな袋を、慣れたように抱えつつ家路についた。

「ルル！」

「ぶにゃ!?」

シュトレン侯爵邸に入ると、いきなり柔らかなものに顔が包まれる。

（ち、窒息死する！　お胸で窒息死する！）

バタバタと暴れると離してくれたので、やっと息ができる。死因がくだらないものにならなくてすんだ。

呼吸を整えていると目の前でふるんっと揺れたのは、お義姉様《ねえさま》の大きな胸。視線をゆっくりと下に向けたが緩やかなカーブの私のモノに涙が出そうになる。うん、つるぺた、泣きたい。

「ねぇ、ルルっ。この服はどうかしら？　とっても素敵だと思わない？」

「わぁ！　新しいお洋服ですか？」

「ええ。リオンハルトの誕生日がそろそろじゃない？　だから新しい服を贈ろうかなって」

「いいですね！　リオにはどれも似合うと思います！」

「ふふ、よかった。あの子、ルルのおかげで最近は顔を出すようになったでしょう。周りから注目を集めているから、いっそう気合いが入るのよね」

（うーん、それはたしかに？）

少しはリオの他人への警戒心が緩くなったのか、最近は私とお出かけするときは頭まで被《かぶ》ったローブをおろすことが増えた。周りの女性が彼を見て、目を丸くして真っ赤になるのが見慣れた光景になってきたのだ。

（嬉しいような……腹が立つような）

チクチクと走った痛みに、つるぺたな胸に触れる。

「ルル、どれがいいかしら？　国宝石をあしらった深緑色のこの上着はリオンハルトの瞳をいっそう美しく映えさせるのよね。それとも、あの子の長く綺麗な黒髪にあう幻獣の毛皮を使ったロングコートか。あぁっ、それともあの美しい顔を際立たせるスカーフの……（以下略）」

お義姉様が手をかざすと使用人たちが大量の服を部屋中に並べていく。さすがお義姉様。一字一句噛《か》まずに、すべての服の良さを語っている。

（こうしてはいられませんね！　私も頑張って生誕祭の準備をしなければ!!）

ぎゅっと抱えていた茶色の袋を持っていた手に力が入る。そんな私にお義姉様が視線を向けた。

「それは？　ルルからの贈り物？」

「はいっ！　ぬいの材料です！」

「ヌイ？」

「推しぬいがあれば、いつでも一緒にいる気分になれますから！」

「そ、そう？」

布や針、ペンを取り出して、段ボール紙に型取りし始めた私にお義姉様が「ルルが楽しいならそれでいいわ」とそれぞれ準備を始めた。

（それにバースデーケーキや、たくさんの祭壇を用意しなければ！）

忙しい。とてつもなく忙しい。やることが多すぎて時間が足りないくらいだ。それにリオには誕生日当日まで色々とお祝いの準備していることは秘密にしたい。

「サプライズというのも良きですよね。ぐふふふ……」

鼻歌を歌いながら、夜遅くまで自分の部屋で一人もくもくと布を縫う。当日はエヴァンス伯爵邸の私の部屋を飾り付けする予定だ。それに関しては気がつかれないとは思うけれど、準備をしていることはリオに気がつかれないように気をつけなければ。

いまは絶賛、シュトレン侯爵邸で過ごす期間。私の滞在場所と期間はエヴァンス伯爵家とシュトレン侯爵家のなぞの協定で決まったらしい。なんなのだろう、その協定は。

（あとはバースデーケーキの構想と、部屋の飾り付けのグッズ……あぁ、寝る暇も惜しいです！）

性格上、嘘をつけないので、極力リオが会議などでいない夜を狙うしかない。急ぎで布を縫っていると……。

――コンコン。

「……はっ！」

部屋の扉がノックされたのに、慌ててベッドの中に縫いかけの布と道具をしまいこむ。机の上にあったものも棚の中に急いで片付けた。

「ルル？」

「お、おかえりなさいっ！」

慌てたせいか少し息が上がっている私に、部屋に入ってきたリオがじとっとした視線を向けてくる。蛇に睨まれた蛙《かえる》状態だ。

「また何か好きなことを見つけたのか？」

「あっ、ま、まぁ……そ、そそそそうですね？」

（ごく自然に！　しぜーんに!!）

お祝いのことは内緒にしたいので言葉を濁したが、視線が挙動不審に左右に揺れた。これでは意味がない気がする。

「知られたくないほどのものなら、なおのこと知りたくなるが」

「っ！　そ、そそそそんなことはありませんよ!?」

「へぇ？　ではこの机の引き出しを開けてみてもいいか？」

「ふぇ!?　だ、だだだだだめです！」

リオの手が机の引き出しに伸びる前に、ばっと私が机の前に立ち塞がる。

「冗談だ。楽しそうでよかった」

どうやらからかわれただけのようで、伸びていた手がそのまま私の頭を撫《な》でた。楽しそうに笑って見下ろしている。

（ぐぬぬ……今日も今日とて推しの顔がいい）

「だとしても寝不足はよくない。もうオシカツはやめて寝ることだな」

「ふぇ……わぁ！」

軽く抱えられて、そのままベッドに下ろされると、リオが上から微笑んできた。かっこいい、好き。

どうして仕事終わりだというのに輝いているのか。そうやっていつでも美しい顔を晒《さら》し、これ以上たくさんの女性を虜《とりこ》にしてどうするのだ。いっそのことずっとローブを被っていてくれたらいいのに……なんてまた性格の悪いことを思ってしまう。

「みんなのものなのに……」

なんてことを思ってしまうのは根っからのファン根性が抜けきれていないからか。どちらにしろ昔から欲はない方だったのに、リオに関してはどんどんと独占欲が強まっている気がする。

（私を好きになってくれただけで嬉しいはずなんですけど……）

「ルル？」

「あっ、な、なんでも……リオは寝ないのですか？」

「あぁ、まだ少し処理をしなければならないものがある。もう少ししたら寝るつもりだ」

リオがベッドに腰掛けながら、ほどけかけていた髪紐《かみひも》を解く。結び直すために自身の髪を手櫛《てぐし》で梳《す》くと、長い髪が指に絡んで落ちるのに目が離せない。

（綺麗な髪）

私のような我儘《わがまま》くせっ毛ではない綺麗な黒髪。寝起きでも爆発することがないのは羨ましくもある。私は毎朝、この髪の毛と熾烈《しれつ》な戦いを繰り広げているのに。

(リオの髪なら三つ編みや、ハーフアップ……いや上の方で結ぶのもありです。編み込みにしても良きですね。うーん、どれも捨て難いです。何にしても、とっても美しいから脳内で保存必須なことには間違いな……)

「ん、結ぶ?」

「え?」

じーっとリオの髪を見つめていたことに気がつかれたようだ。ベッドの前で背中を向けて床に座って私の視線の高さに合わせてくれる。

「ルルの好きにしていい。あぁ、でも女性寄りのものはやめてほしいが」

「ツインテールとかですか? ふふ、それはそれで面白いですね?」

「……想像したくない」

むっと眉を寄せたリオの髪に手を伸ばす。

(柔らかい)

細く滑らかな黒髪が手に触れて気持ちがいい。この際、やっぱりツインテールにしてみようか。それはそれですごい破壊力がありそうだ。脳内永久保存しようと鼻息を荒くしてしまっていると……。

「わっ……っん!」

いきなりリオが顔を上げて、私の頭を引き寄せた。そのまま互いの唇が触れる。

「んんっ……ちょ、ま……んふ……んん」

何度も触れ合う唇。舌先で唇に触れられると、従順になってしまった私は唇を自然に開く。侵入してきた舌が絡んで、甘く深いキスに夢中になる。

「ふっ……結べ……んっ……ません……んふ」

「ん……は……頑張れ」

「んんっ……」

(結ばせる気ありませんよね!?)

彼の濡《ぬ》れた口の端が上がったのが見えて、わざとなのだと気がつく。けれどもすぐにまた深く絡み合って、手の力が抜けてリオの髪が落ちた。

しばらくして唇が離れると、いつの間にかベッドに背中がついて上から見下ろされている。

「うぅ……や、やっぱり、リオは意地悪です」

「そうか？　ツインテールにさせようとしてくるルルが悪いだろう？」

「ぎくり。そ、それは……そうですけど……んっ！」

何度も私の頬や首筋にキスをするリオに真っ赤になりつつ受け入れてしまう。どうやらリオのツインテール姿は諦めなければならないようだ。これが惚《ほ》れた弱みというやつなのか。

(今日の作業は明日に回してしまいましょうか)

私に触れる大きな手の甘美な誘惑には勝てそうにない。一度味を覚えてしまうと戻れない媚薬《びやく》のようだ。瞳を閉じて彼の手と唇を受け入れていると……。

「リオ？」

ぴたりと止まったリオに不思議に思って瞳をうっすらと開く。するとリオの頬がほんのりと赤く染まっていた。

「どうかしたのですか？」

「ルル……俺は……」

それに言葉に迷うように視線が揺れている。何か気になることでもあったのだろうか。少しだけ周りを見回すと……。

（はっ！）

ベッドのシーツが乱れたせいか、下に隠してあった布が飛び出している。私たちの足元でひょっこりと顔を出している、ぬいの頭の部分。

（ま、まずいです！）

「ルル、俺と一緒にこれか……」

「あ――!!」

大きな声を上げると、リオが目を丸くして口を閉じる。何かを言いかけていたけれど、致し方ない。早急に気を逸らさねば！

「何が……」

「あ、あー！　あそこに雪の妖精が!!」

「……」

ビッと部屋の窓を指さしたが、リオが微動だにせず無表情で私を見下ろしてきた。見慣れた冷ややかな表情にたじろぎそうになるがここで怯《ひる》んではいけない。

「と、ととってても綺麗な妖精さんです！　すっごい珍しいものが飛んでいます！」

「……それは見た方がいいのか？」

「ももももちろん！　見てください、早く！」

リオが諦めたようにため息をついてから起き上がる。わざとらしく顔を窓に向けた瞬間に足元でひょっこりしていたぬいの布の上にダイブした。

その速度、コンマ数秒。あまりの勢いでダイブしたせいかシーツごとつかんで、そのままベッドの下に落ちた。なおかつ、勢いが止まらずに回転してゴチンと音を鳴らして壁に頭を打った。痛い。冷たい。心底引いている視線で極寒地に感じる。でも、それもご褒美……って、違う。ひどい。

「気が触れたのか？」

シーツを身体《からだ》に巻き付けながらも頭を抱えて悶絶《もんぜつ》する私をリオがベッドの上から見下ろしている。

「一度、木の治癒の魔法使いに診せた方がいいかもしれない」

「だ、大丈夫です！　というかリオだって治癒の加護を受けているではありませんか！」

「ルルは俺の手には負えない」

(ひど!?)

なんてひどいことを言いつつ、私の頭を撫でてたんこぶを治してくれた。優しい、好き。なるほど、これは飴《あめ》と鞭《むち》というものか。

「そういえば、何か話そうとしていましたが……」

なんとか縫いかけの布と道具をシーツに隠せたことに安心して改めてリオに問いかける。すると気まずそうに口に手を当てていた。

「リオ？」

「……いい。また今度でいい」

「はい？」

きょとんとする私から視線を逸らして「仕事をする」とそのまま部屋を出て行ってしまう。

(今度でいいなら、重要なことではなかったようですね？)

ほっと胸をなでおろしてから、急がなければと意気込んで、また作業を再開した。けれど……。

「ルル、この花を……」

「あ――！　もう少し待ってくださいっ!!」

その日以降、神出鬼没にリオが現れるようになってしまった。

様々な贈り物を持参して訪れてくれるのはありがたいのだけれど、ゆっくりと話す時間もないのだ。隠しているのもあって、会話に集中もできない。

「ルル、今日は時間が……」

「ないです！　今日もまったくありません！」

「は？　でもまだ……」

「では、おやすみなさい！　また明日！」

それになぜかリオもそわそわと視線を泳がせるから、私も気づかれたのかと目線が異様に泳いでしまう。

そのうち話さない方が得策かとリオを避けて、無理やり部屋から追い出す流れになってしまった。

心苦しいけれど、仕方がない。

(その分、当日は盛大にお祝いしますからね!)

改めて気合いを入れて準備に取り掛かることにしたのだった。

◇　◇　◇

「どうして殿下もついてきているんだ?」

「ええ~、だって楽しそうでしょ?　なんだかすっごい面白いことが起こりそうなんだもん」

馬車の中、向かいに座るミライ殿下がわくわくと身体を揺らしている。

「そういえば、ルルーシェ嬢には伝えられたの?」

「それは……」

ルルは今日、エヴァンス伯爵邸にいるらしい。ここ最近はまともに彼女と話すらできていない
――むしろ避けられている。

結婚の申し込みをしようとすればするほど、なぜか警戒したように逃げていく……もしや、これはわざとなのか。

（気がついているのか。だとしたらそんなに俺との結婚が嫌なのだろうか。プロポーズとやらも聞きたくないと……ならば、ほかに気になる男でもできたのか）

ルルの気になるもの……だめだ、思い浮かぶものが多すぎる。悶々《もんもん》とする。

ルルの趣味をやめさせることはしたくなかったから見守るだけにしていた。だからこそ、彼女の好きなものが多すぎて分からない。好きなことをやめさせるのは嫌だが、俺から離れようとするのならいっそ……。

（思い浮かぶものを、ルルの知らないところで一つずつ亡きものにして……）

「ねぇ、怖いこと考えてない？」

「……何も」

「そう？」

深く考えていると、いつの間にかエヴァンス伯爵邸の前に着いていた馬車。無表情で降りる俺のうしろで殿下が怪訝《けげん》そうに見下ろしていた。

「まぁ、気持ちは分からなくもないけど」

けれどすぐに満面の笑みで跳ねるように馬車から降りたのに寒気が走る。恐らくいま頃、シュトレン侯爵家で姉上も悪寒を感じて震え上がっているかもしれない。

二十代後半にして、姉上に縁談がまったくないのも、目の前の愉しそうに笑う男が原因だ。少しだけかわいそうに感じていれば……。

——ビュッ！

「っ！」

いきなり屋敷から吹いた熱風。あまりの熱さにすぐに魔法で水の膜を張る。

「わー。ほんとに君、灰になるかもよ」

「……」

使用人が誰一人として迎えに出てこないのが、これまた歓迎されていない感が強い。

(身体に感じるこの殺気はエヴァンス卿だな)

玄関口から感じる恐ろしい魔力。戦地では何度か感じていたエヴァンス卿のものだ。

「仮にも殿下という存在がいるのに」

「それ、僕を盾にしてない？」

「していない。まぁ、殿下を前にすれば攻撃もやめるだろうとは思っているが」

「してるよね？　うわ、側近失格なんだけど」

唇を尖《とが》らせている殿下には申し訳ないが、いまはありがたい。まずいと思ったらすぐに交渉の道具として使わせてもらおう。

「また嫌なこと考えてるよね？」

「なんのことか分からない」

「これは貸しだよ。今度何かあったら絶対に協力してもらうからね？」

(姉上のことか……)

殿下があえて危険を犯すことはしない。ここまでして俺に貸しを作るのは姉上に関してのことだろう。

いつも冷静沈着に事の流れを読み、隙ができるのを辛抱強く待つ男が珍しく気を急《せ》いている。よほど難攻不落なことが生じているのかもしれない。

「どちらにしろ、ありがたいことには違いな……」

玄関の扉を開けた瞬間、今度は大きな火の塊が飛んでくる。瞬時に殿下の身体を引っ張り横に避けたが、後ろに植えてあった木々が一瞬にして灰と化した。

そんな光景に二人で呆然《ぼうぜん》と固まる。

「ちょっ……僕がいるの知ってるよね？」

「知っては、いると思う」

「リオンハルト、貸し100くらいにしてもらってもいい？」

軽く頷《うなず》いて、警戒しつつ中へ入る。使用人が誰もいない。というか屋敷に入るだけでなぜここまで警戒しないといけない。

（なんだこの屋敷は……戦地よりも恐ろしい）

「待って。リオンハルト」

殿下がうーんと顎に手を当てて廊下を見つめている。

「なんだか嫌な予感がするんだよね」

「嫌な予感？」

ゆっくりと彼が指をさした先にあったのは、廊下に飾られていた花瓶。

「あの花さぁ、こんな暑い屋敷の中でよく咲いてるよね？」

「そうだな。普通であれば枯れそうなものだが……造花なんじゃないか？」

「造花なら水を入れる必要はなくない？　それとあの足元」

（あれは……）

殿下が軽く風を起こすと、窓からの日差しを反射して何かがチカチカと煌《きら》めくのが分かる。

それは一本の透明の紐のようで足元に一直線に張られていた。最終的に先ほどの造花が飾られた花瓶に繋がっているようだ。

「リオンハルト。あの花の水、被《かぶ》ったら何かあるかもね？」

「なるほど。わざと紐を引っ掛けて、花瓶の水をかけるような仕掛けにしてあるということか」

（だとすると、この近くに仕掛けた本人がいるはず）

「出てきなよ。大人しく出てきたら水を被らせないでおいてあげる」

殿下が愉しそうに花瓶と中に入った水を宙に浮かせている。こうやって人を追い詰めていくときだけ愉しそうなのはいかがなものか。

そうしていると、ゆっくりと廊下に隣接していた部屋の扉が開かれた。

「ひ、卑怯《ひきょう》者《もの》め！　殿下を連れてくるなんて男らしくないぞ！」

（あれは二番目の兄か）

現れたのは肩までの髪を揺らしつつ、部屋から顔だけを出しているルルの二番目の実兄、ユラレル。俺を指さして怒っている。

「連れてきてはいない。勝手に殿下がついてきただけだ」

「ぎ――！　相変わらず腹の立つ男め！　貴様のせいで、何度植え替えても庭の草木が枯れていくんだぞ」

「それはお前たちの父親のせいだろう」

「うるさい！　草木の請求書も送り付けてやるからな！」

うるさいのはお前の方だと耳を塞ぎたくなった。殿下が指で透明の糸を弾きながら、楽しそうに俺たちの会話を聞いているのにも嫌気がさす。

「あぁ、やっぱりエヴァンス伯爵家は癖が強いし、ばかだから見ていて飽きないし、多種多様でいいなぁ」

(褒めているのか、貶《けな》しているのか)

ため息をつきそうになったとき、微かに口の端をあげたユラレルにはっとする。

(これは、まさか……)

「殿下！」

強い魔力を感じて、殿下の腕をつかんで引き寄せる。次の瞬間、顔の真横を炎の槍《やり》が通り過ぎて廊下の壁に突き刺さった。これは……。

「こざかしいやつめ！　大人しくやられていればいいものを！」

背後から現れたのは面倒な男。二番目は実力的には大したことはないが、こちらは色んな意味で面倒だ。

「ライレル……もし殿下に当たっていたらお前の首が飛んでいたぞ」

「それはお前もだろう？　殿下を守れなかった側近であれば、同じように罰を科せられるからな」

何度も飛ばしてくる炎の玉を避けつつ、こちらも水の剣を作り出して攻撃する。

「殿下はこちらへ」

「あぁ、ありがと。わ〜、こんなところで魔法使いのトップ二人の演習が拝めるなんて幸せだなぁ」

ユラレルに椅子を用意されて、殿下が優雅に座りながら俺たちのやり合いを眺めている。

「魔力さえなくせば、お前などどうってこともないわ！」

「……っ」

（つくづく面倒なやつらだ。こちらの戦い方や思考を読まれているのがやりづらい）

ライレルとは腐れ縁で長い付き合いだ。そのせいで手の内がすべて知られている。すぐに黙らせることができないから腹立たしい。長期戦になるのも、ものすごく面倒だ。

「どうした！　もう終わりか!?」

「はぁ……仕方ないな。あまりこういった戦い方は好きではないが」

「なんだ……っわぁ!?」

笑って煽《あお》ってくるライレルを一瞥《いちべつ》してから、風を起こして手前にやつの身体を近づけさせる。すぐにその身体を下に避けて足を引っ掛け、重心を崩したのを見計らい、腕をつかむ。そのまま背中を床に押し付けた。

「っぐぁ！　き、貴様！　体術など……魔法使いのやることか！」

「ライレル、魔力がなくなったときの戦い方を学んだ方がいい」

「は!? 偉そうに俺に指示をするな、誰がお前なんかの言うことを聞くか！」

「そうか。ならば魔法で言うことを聞かせよう」

手足に水の鎖を巻き付けて身動きをとれなくしてやる。手に炎をまとわせて、指先から鋭く尖った長く太い針を作り出していく。上から笑いかければ、ライレルがぞっと顔を青ざめさせた。

（こいつはいざというときに優しすぎて困る。まぁ、そこがお人好《ひとよ》しのエヴァンス伯爵家らしいが）

「言うことを聞かせるためには痛みが必要だろう？ このように突き刺さったあと簡単に抜けないようにかえしを作るべきだ」

「な、ななな……」

「そのあと、ゆっくりと体内で広がるようなものにした方がいい。そうすれば長く苦しみを与えられる」

「っひ!?」

派生するように鋭い針が無数に広がっていくのにライレルが大量の汗を吹き出して慌てている。

「ライレル兄さん、お墓は太陽に近い丘に作るね」

「ふ、ふざけるな！ 助けろ、ユラレル！」

ぐっと親指を立てたユラレルにバタバタと暴れだしたライレル。拘束したライレルの腕に針の先を近づけると……。

「こ、こここ降参だ！　もう分かったから！」

（ここまでか。まぁ、いいお灸《きゆう》になっただろう）

「試しにお前に実践してやろうと思ったのに。仮にも俺の右腕だろう？」

「誰がお前の右腕だ！　勝手に決められただけだ！」

「大丈夫だ、安心しろ。すぐに治癒してやる」

「やめろ！　これでも俺はルルの兄だぞ、ルルに言いつけてやるんだからな！」

（まったく、なんて子供じみた）

まぁ、でもここまでしておけば少しは大人しくなるはず。ふっと力を緩めて魔法を消す。

「ルルは騙《だま》されているんだ……くそ、恐ろしいやつめ」

「……それで、エヴァンス卿はどこにいる。誰も案内に来ないから分からない」

「そのまま進んでいけば突き当たりの部屋にいるよ」

屋敷内を見渡すように視線を動かすとユラレルが廊下の先に目線を送る。

「ここから先は一人で行かせるようにとお父様から言われている」

「わー、なんだか最後の大物敵感すごいねぇ。愉しそう」

椅子に座っていた殿下が「死なないでね？　リオンハルト」と楽しそうに手を振ってきた。本当にこの男は何をしに来たんだ。結局は貸し１００だけ作られ、守らされ、挙句魔力を使っただけだ。

忌々しく睨んだが、微笑み返された。まさかと思うが、これを見越したうえで俺についてきたとは思いたくもない。すぐに考えるのをやめて、三人に背を向けて足を進めた。

（熱いな……）

突き当たりにあった大きな扉。そのドアノブは焼き物が出来そうなくらい熱く、湯気が立っている。手に水をまとわせて扉を開くことにする。

「よくたどり着いたね？」

扉を開くと部屋の中で、エヴァンス卿が椅子に座りながら微笑みを浮かべていた。が、身体を取り囲むどす黒いオーラの圧が強い。

『将来、娘と結婚しようとする男は、八つ裂きにして骨も残さず灰にしてやる』と宣言していたときと同じ目をしている。あの兄弟より数百倍面倒くさい。

「まずは座って。話をしよう」

促されたソファに腰掛けると、目の前のテーブルに紅茶を差し出された。

（煮えたぎっている）

ぐつぐつと泡をたててカップの中の紅茶が煮えている。これを飲めというのか。仮にもこちらは筆頭魔法使いで格上の侯爵位だ。失礼極まりない態度だろう。さすがに苛立《いらだ》って睨みつけようとしたが……。

「何か言いたいことでも？」

顔は変わらず笑っているが目が笑っていない。瞬《まばた》き一つせず血走っている。

「再三、ルルに手を出したら火あぶりにすると忠告したのにルルに手を出し、国民の前で可愛い可愛いルルの小さく赤いぷっくりとした唇にキスをし、交際宣言もして、ルルの小さく可愛らしい身体に独占欲の塊のような痕をつけて、なおかつ勝手に結婚までしようとしたのに、これ以上何か言いたいことでもあるのかな？」

――ゴゴゴゴゴ。

だめだ。この男は娘のことになると話が通じない。文句を言えばすぐにでも屋敷から弾き出されそうな圧だ。渋々、こっそりと手から冷水を出して混ぜ、適温になった味が薄く不味《まず》い紅茶を口に含む。

「君がその姿でしっかりと話したのは初めてに近いかな」

「そうだ……そう、ですね」

「敬語はいらないよ。君の方が立場的には私より上でしょう」

（ならば殺しそうな魔力を発するのはやめろ）

そう喉まで出かかるのを必死に堪《こら》える。

「妻を亡くしてからは、家族との時間をつくるために魔法使いから引退したからね」

「あぁ、だから急に辞めたのか」

「幼い頃の君とはあまり話をしなかったから知らなかったんだね。というか誰とも話さなかったのは君の方か」

「話しても怖がられるだけだったからな」

「そう。でもまぁ、君のご両親は楽しそうに周りの貴族と話していたけどね」

「俺に利用価値ができて嬉しかったんだろう。死ぬまで権力にしか興味がなかった」

不味い紅茶が入ったカップから口を離して、ソーサーに置き直す。

「殿下が静かに片付けたんでしょう」

顔を上げるとエヴァンス卿の作られたような笑顔が消えて俺を見つめていた。戦場にでもいるような、鋭いものだ。

──『片付けた』

それは俺の両親のことを言っているのだろう。裏でアレン殿下と内通していたことを知り、ミライ殿下が事故にみせかけて亡きものにしたことを。

(誰にも知られていないことだと思っていたが)

あの用意周到な殿下が簡単に気づかれるようなヘマをするはずがない。それに気づいているということは、よほど勘が鋭い。

ルルの力を知っていて、ずっと隠していたくらいだ。やはりこの男は只者《ただもの》ではない。

(だからエヴァンス卿とはあまり話はしたくなかったんだ)

「大丈夫。それに関しては誰にも言うつもりもないし、利用したいとも考えてないよ。ミライ殿下にそんなことするだけ無駄だしね。ただ……」

「ただ?」

「やっと君が、息ができるようになったかと軽く思っただけだ」

「息……?」

「人間ではないように振る舞っていたのは君自身だと思っていたから」

彼が笑みを浮かべると、ふっと空気が軽くなった。先ほどの強い殺気も収まっている。

「私はそんな作られた人形のような人間を助けるつもりはさらさらない。君とは他人だし」

「あぁ、だから昔にあのようなことを伝えてきたのか」

『君には意思がない。だから私は君を助けはしない』と言ったこと――この男はルルが聖女であることを、そのときから知っていたはずだ。

五つの魔力を取り込み、それがぐちゃぐちゃに混ざりきったルルの身体。その魔力を彼女から引き出して利用できるのは俺しかいないことも。

「そうだね。すべて分かっていたよ。だけど悪いとは思っていないよ」

カタンと音を立てて立ち上がる。窓を開けると暑い空気が外の冷えた空気と混ざって過ごしやすいものに変わる。

「そのときはルルが君のためにあるような存在にはするつもりもなかったからね」

指先を伸ばすと美しく白い鳥がエヴァンス卿の指先にとまる。どうやら彼に飼い慣らされた鳥のようだ。エヴァンス卿が軽く撫でると心地よさそうに羽を擦《こす》り付けている。

（俺だけのため……）

「ならば、なぜこんなにも焦るのだろうか」

そのような関係性で成り立っているのなら、焦る必要などない。ほんの数日避けられただけで、ここまでもの焦燥感や苦悩を味わう必要もないのだ。

（その理由は分かっている）

ゆっくりと立ち上がり、エヴァンス卿の前で片膝をついてひざまずく。

「俺はルルーシェを愛している」

エヴァンス卿が瞳を見開いて身体が揺れると、鳥が指先から羽ばたいて外に飛び立った。美しく広がった真っ白の羽が、真っ青な綺麗な空の中で小さくなっていく。

愛しているからといって、ルルを縛り付けたくはない——けれど彼女にそばにいてほしい。

そう相反する気持ちが心の中で混ざりあっている。

(おそらく……)

それが『愛している』ということなのだろう。ルルと出会ってからは温かな感情を知るようになった。

心を支配する暗くて重いものが、彼女の笑顔だけで締め付けられるように甘く温かな感情に変わるのだ。

——そのすべてが愛《いと》おしい。

「ずっと……彼女には俺の隣でずっと笑っていてほしい」

どうか結婚という契約を結ぶことくらいは許してほしい。俺はルルの唯一の存在でありたいのだ。

(欲などなくしたものだと思っていたのに。ルルと出会ってからはずいぶんと強欲になったものだな)

必死に彼女の父に許しを乞う自分自身がおかしく感じて、自然と笑ってしまう。

「エヴァンス卿、どうか彼女との結婚を認めてくださいませんか」

左胸に手を当てて、深く頭を下げて懇願する。しばらくの間、沈黙が流れたが大きなため息をつかれた。

（やはり許してはくれな……）

「ったく、どうして早くそれを言いに来ないかな」

顔を上げると、エヴァンス卿が呆《あき》れたように頭を抱えている。

「人間関係の構築もルルに教わった方がいいよ。これからね」

（これから……）

「それは……許すということか？」

「完全に許したわけじゃないからね！　ルルを泣かせたりしたら即刻火あぶりにするから！」

ビッと指をさして忠告してくる。屋敷全体を包んでいた空気が心地よい温度に変わっている。

「ありがとう」と感謝を伝えると、むっと気まずそうに俺に背中を向けた。

「それと、ルルが部屋にいるから。屋敷に来たのなら会ったらどう？」

「あぁ、そうさせてもらう」

それ以上は話さなくなったエヴァンス卿に、改めて深く頭を下げて部屋を出る。

「はぁ……絶対に嫁になんか出すものかと思っていたのに……」

扉が閉まる前に、彼が椅子に腰掛けて呟いたのだけが小さく聞こえた。

◇　◇　◇

「ルル」

「ふぉあ!?」

部屋の飾り付けをしているといきなり扉が開かれて、驚きのあまりに乗っていた脚立からひっくり返りそうになる。すぐに後ろから抱き上げられてなんとか床に頭を打ち付けるというドジは踏まなくてすんだ。よかった……。

(じゃありません！　お兄様、また勝手に部屋に入ってきて！)

「お兄様っ！　あれほど邪魔はしないでくださいって言って……ぎゃ――!?　リオ!?」

振り返ると抱き上げていたのはリオ。あまりの驚きに彼の腕から飛び跳ねて飾り付け途中の部屋を大の字で隠そうとした……が、まったく意味がない。

「これは……」

「ま、まままままだ完成してないんです！」

リオがこれでもかと目を丸くして私の部屋を眺めている。壁にはまばらに貼られた写真や、可愛らしく並べられた聖花や『誕生日おめ』まで貼られたバルーン。『おめ』ってなんだ、軽すぎじゃないか。とにかくまだ準備途中なのだ。

(お父様、お兄様！　なんで時間通りにリオを呼んでくれないんですか！)

それに朝から必死に飾り付けしていたため髪も顔も格好もすべてがボロボロだ。最悪すぎる。

本当は夜にリオを屋敷に呼んでもらう約束だったのだ。あとでお父様とお兄様はボコボコにしてやる。いやポコポコの間違いかもしれないけれども。

「うぅ……まだ写真が飾りきれてないのに……壁一面にリオの美しい写真を貼る予定だったのに」

「いや、これ以上は怖い。身の危険を感じるから別にいい」

「ひどっ!?」

リオが顔を引き攣《つ》らせながら、少し後ろに下がったのにガーンと衝撃が走る。これはストーカーの部屋を覗《のぞ》いた被害者の構図になってないか？

「それで、これは？」

「うぅ……ハッピーバースデーっていうやつです。リオのお誕生日をお祝いしたかったのです」

「……お祝い」

「予定では夜にお兄様たちにリオを呼んでもらうはずだったんですけど……」

リオが顎に手を当てながら、首をくぃーと横に曲げて考えている。少ししてからはっと手を離した。

「今日は俺の誕生日か？」

「まさか忘れていたんですか!?」

「ああ。自分が歳《とし》をとる日に関してあまり興味がない」

「興味って！　しかも誕生日の言い方!!」

突っ込みたくなるがリオならたしかにあり得る。基本的に何事にも無関心なので、仕方ないかと無理やり納得した。

「だから最近は忙しそうだったのか？」

「そうですね、驚かせたかったから内緒にしていたんです。ごめんなさい」

「いや、いい……安心した」

「安心？」

はて？　とリオを見つめたがそれ以上は言葉を返さず、ほっと息を吐いているから何のことか分からない。

（とにかく、もうここまで来たら決行するしかないですね）

部屋の片隅に置いてあったものを取り出す。本当はラッピングして渡す予定だったものだ。

「次はなんだ？」

「推しぬいです。ちなみに私のお手製なのです」

「オシヌイ？……またよく分からない訳語か。でもまぁ、手製なのはすごいな」

何体かあるお手製のぬいぐるみを腕に抱えるとリオがその内の一体の女の子の人形を手に取った。くるくると回しながら眺めているのに少し感動しているのが伝わってきて安心する。

「ふふ、それは私のルル人形なのです。こっちの男の子はリオの人形ですよ。ちなみにリオの手に持ってるのは部屋での観賞用、こっちは保存用。そしてこの小さいぬいは一緒にお出かけ用です！」

「……多くないか」

「多いことはありません！　少ない方ですよ!?」

ぐいっと迫るとリオが「そうか」と小さく返事をした。そのまま手に取った私の人形を眺めている。

「このルルは花を持ってるんだな？」

「はい。リオのくれるお花はとっても綺麗ですから。ふふっ、いつもたくさんくれるのでお人形でお返しです」

「綺麗？」

「私は聖花の光を強めることはできませんからね。お花はラメ素材でできてるんですよ？　ほら日差しに当たると光るんです、すごいでしょう？」

（ふふん！　布にこだわった甲斐《かい》がありました）

「本当はクラッカーとか使って盛大に驚かせたあとにお渡しする予定だったんですけど……」

「クラッカー？」

（まぁ、中途半端になってしまいましたが……）

「お誕生日おめでとうございます。とにかくそれが伝えたかったんです」

一番の肝心な気持ちがリオに伝わればいいのだ。にっこりと笑ってたくさんの人形をリオに渡す。

「誕生日など、祝われたことがなかった」

「ふぇ!?　お、おお義姉様には？」

「あぁ、あれは気恥ずかしいのか物だけ大量に部屋の前に置かれていて、いつも困る。部屋に入れない」

「じゃあ今年も部屋に入れませんね？　なんせ大量のプレゼントを用意してましたから」

「はぁ、毎年着られないほどの服を贈るのはやめてほしい」

げんなりとしているリオが可笑《おか》しくて笑ってしまう。

「じゃあ、これからは私が言葉にしてたくさん伝えますね。毎年、準備もすっごいのにしますから楽しみにしてください！」

ぐっと拳を作って笑うが、リオの瞳がまん丸に開いた。

「な、何か変なこと言いましたか？」

「いや……」

私から視線を逸らす。静かに瞳が俯いて、抱えた人形が持つ花に指先で触れた。本物ではないが日差しで煌めきを放って可愛らしく輝いている。

「ずっと俺など誰にも祝われるような存在ではないと思っていたから」

（あ……）

俯いた瞳を見て、悲しく重いリオの過去を思い出す。彼が両親から冷たく扱われていたこと。それを思い出して胸が痛む。その痛みに引き寄せられるように、ゆっくりと手を伸ばした。

「そんなことはありませんよ」

リオの花に触れる手に自身の手を添えると、少しだけ花が揺れて日差しに煌めく。

俯いた瞳の視界に入るように下から見上げてやる。

「産まれてきてくれてありがとうございます」

生を感じさせる彼の若草色の瞳が、花の布のラメを反射して輝くのに優しく微笑んだ。

「私はリオに出会えて幸せです」

「ルル……」

「さっきも言いましたけど、ずっと伝え続けますから。私はしつこいんですからね？」

「むしろ覚悟してくださいね？」と自身の胸を叩《たた》くと触れていた手が包まれる。それには先ほどの冷たさはなく、いつもの彼の人肌の温かさがあった。

「ありがとう。ルル」

リオの瞳が弧を描いたのに安心する。手の温《ぬく》もりが私にも伝わってくる。

「ルル、愛している。俺とずっと一緒に生きてほしい」

若草色の瞳が手に持つ人形の花と同じように美しく煌めいている。

(そんなの……)

「はい。もちろん！」

にっこりと笑えば、リオが嬉しそうに微笑んだが、しばらくして無表情に戻る。何かを考えているのか言葉に迷うように、口が開いては閉じるを繰り返している。

(ん？　んん？)

「そうではなくて……」

視線を逸らしながら、それに頬がほんのりと朱色に染まるのに、きょとんとしてしまう。そんな私に少しだけ息を吐いてから、ゆっくりと口を開いた。

「結婚してほしい……」

「え？」

「俺と結婚してほしいという意味で言ったんだが。それは分かっているか？」

「結婚……ほぉ、ほぉ。なるほど。結婚。そんなのもちろん分かって……」

（ん？　けっこん？……けっ……結婚――!?）

ということは、いまのはプロポーズというやつでは？　そのことに気がつくと、これでもかというくらい口をぽかーんと開いてしまった。

「それはだめという表情……」

「まったくダメではありません！　結婚したいです！　むしろ結婚してください！　いや、結婚させてください！　結婚ありがとうございますです!!」

リオの胸をつかんで鼻息荒めで回答してしまう。はっと我に返ると、今度はリオがきょとんとしている。しまった、喜びで我を忘れた。恥ずかしい。これではどっちがプロポーズしたのか分からない。けれどリオがすぐに嬉しそうに微笑んだので、この笑顔が見られただけよしとしよう。

「ずっと伝えようとしていたんだが……すまない。言えるタイミングがなかった」

「え？　そ、そうなのですか？」

「ああ」

（ま、まさか、リオが何度も私に言おうとしていたことって……）

プロポーズだったということか。それを何度も避けていたこと。だからリオが「安心した」と言ったのか。さーっと全身の血の気が引いていく。

「ご……ごめんなさい、リオ」

頭を下げて謝罪する。プロポーズを無理やり止め続けた女は私しかいないだろう。申し訳なさすぎる。しかもその原因のサプライズをも盛大に失敗してしまうとは。ずーんと頭を垂れていると……。

「……ふっ、ふふ、ははは っ」

「っ！」

これでもかと珍しいくらいにリオが笑っている。

「大丈夫だ。なんというか慣れている。それに……」

彼が部屋を見回した。

「自分自身に囲まれてプロポーズするとは思わなかった。これはこれで、なんだか面白くていい」

「うう……」

（気づいたときには泥だらけで、告白したときには血だらけで、プロポーズされたときはオタク全開部屋で……）

不甲斐なさと申し訳なさでぐるぐると頭をさらに垂れさせる。するとリオが人形たちを床に大事そうに置いてから膝をついて私を抱き寄せてきた。

「ルル、愛している。好きだ」

「うぁ、わ、私も好きですよ？」

「ん。俺も好き」

（うわ――、うわ――!?）

甘い。それにぎゅーっと抱きしめてくるリオが可愛い。ショタリオを思い出して、子供に甘えられている気分だ。これはたまらない。

「すぐに結婚したい」

「そ、そそそれは、あのっ、て、手続きというものがっ……」

「だめか？」

「だめというか……あのっ」

（ううぅあ――――!?）

子供っぽい我儘なのかと思いきや、耳元で甘く懇願してくるから本当にタチが悪い。このまま流されでもすれば、いますぐにでも聖者を呼んで式をして、婚姻届に署名させられそうな雰囲気だ。

「今日は俺の誕生日なのだろう？　願いを叶《かな》えてくれる日ではないのか？」

「おっふ」

額を合わせて、じっと綺麗なお顔でお願いしてくるから、理性がぶっ飛んで鼻血が流れた。

（よし、このまま署名してしまいますか！）

「待て！　まだ俺たちは許してないんだからな！」

簡単に流されそうになったとき、扉が開かれてビクッと身体が飛び跳ねる。

「ぎゃ――!?　お、お兄様っ！　それにミライ殿下まで！」

「うわ～。すごい部屋だねぇ。よくこんなところでプロポーズしようと思うよね」

「うげぇ、リオンハルトに見つめられてる気がして落ち着かない！」

「早く全部はがしたい。ライレル兄さんすぐに燃やそうよ」

（まさかずっと聞いて……最低です！）

どうやら部屋の外で盗み聞きしていたような雰囲気だ。さすがに腹が立ってお兄様たちに文句を言ってやろうと思ったが、後ろからまた人影が現れる。

「ルル〜！　屋敷で冷やしてあったバースデーケーキ、持ってきたわよ〜！って、うわっ⁉」

バースデーケーキを持ってきてくれたお義姉様が全員勢ぞろいだったのに驚いて、足元に置かれていたルル人形の顔を踏みつけて足を滑らせた。

（あっ、ケーキがっ！）

空中に浮いたケーキと後ろに倒れ込むお義姉様、それに踏まれたはずみで糸が切れて顔から綿が飛び出すルル人形。すべてがスローモーションに見える。

すぐにお義姉様は殿下が支えたが、ケーキは私の頭に落ちてきた。見事にケーキも私も人形もぐちゃぐちゃになった。

「丸一日かけてリオを描いたデコレーションケーキがぁぁぁ！　それに私の分身の人形があぁぁぁ！」

「あああっ、ご、ごめんなさいっ、ルルっ！　わ、私……」

「あー。リティ、気にしなくていいよ。リオンハルトへのケーキや人形はどうでもいいでしょ？　君が無事でよかった」

「っ……」

「ひどっ！　この人、ほんと優劣はっきりしすぎじゃないですか!?」

（ていうか、人のものぐちゃぐちゃにしておいて、いい雰囲気醸し出さないでほしいんですけど！）

それに殿下の魔法で絶対に空中で浮かせることができたはずだ。リオも何もしなかったのにギッと睨《ね》めつけると「これ以上、辱めにあいたくなかった」とでも言いたげに目線を逸らしている。悲しい。

「ん。味は悪くない」

「っ！……うぅ、ケーキが……」

少しかわいそうだと思ったのか、リオが近づいてきて私の頬を舐《な》めた。

「本当はもっとしっかりとした段取りだったのに……」

「これはこれで楽しくていい」

「……そうですか？　リオがそれでいいなら、いいのですけど」

「ん、それに……」

私のケーキのクリームまみれの髪を持ち上げて耳元に顔を近づける。

――「このまま甘いルルを味わうことにする」

そう囁《ささや》いてクリームがついた耳朶《じだ》を舐めるから、ぼっと真っ赤に染まった。

「っな、なんで……」

楽しげにリオが笑っている。そのまま抱えられるとお兄様たちがすぐに気がついて追いかけてこようとする。けれど、リオが扉を閉めて魔法で部屋に閉じ込めた。

そのまま屋敷から出ていくとクリームまみれの私を見て、何事かと道を歩いていた人々が目を丸くして見てくる。

「リオっ！　めちゃくちゃ変な目で見られてます！」

「いまさらか？　どうせ俺たちはそういう目で見られることに慣れてるだろう？」

「そ、そうですけど……」

「変な目で見られても俺はルルがいてくれればいい」

「なっ!?」

「ルルは違うのか？」

口を開くと意地悪に聞いてくるリオ。慣れたような笑みを浮かべるから、私だけ慌てていたのもばからしくなってくる。

（それは……その通りですね）

ふっと息を吐いてから彼に顔を近づけて、こっそりと彼にだけ聞こえるように返事を返した。リオが少しだけ目を見開いたが、すぐに微笑みを返される。互いに笑い合いながら、走り出した。

——私もリオがいればいい。

なんてことを思いながら、これからの甘い秘め事と、甘い将来のことを想像して彼の胸に頬を擦り寄せた——……。

あとがき

はじめまして、前澤《まえさわ》のーんと申します。

この度は『不憫《ふびん》で最強の推しをモブ以下令嬢の私がいつの間にか手懐《てなず》けていました』をお手に取っていただきありがとうございます。このようにあとがきを書けることを嬉《うれ》しく思います。

正直に話せば、私は幼い頃から漫画家を目指しておりました。そのためにひたすら漫画を描いていたのですが、早く物語の先が描きたいという気持ちばかり強く、絵をおろそかにしたため悲しいことに何年経《た》っても上達しませんでした。

漫画を描くことから離れてしばらくしたときに、絵ではなく文字で物語を描くのはどうだろうと考え、二年ほど前から小説を書くようになりました。それが合っていたのか、いまでは楽しく自分の脳内の物語を描くことができ、幼い頃の夢が叶《かな》ったようです。

さて私もヒロインであるルルーシェと同じ雑食のオタクです。今作の『モブ以下令嬢』は、現実世界での辛さや悩みを趣味で忘れて楽しく過ごしていた私の経験に基づくところがあります。

よく池袋と秋葉原を一日に何往復も行き来したことや、グッズを手に入れるために早朝から待機列に並んだこと、ライブに持っていくための推しうちわやボード製作など、そのときの感情や実体験を基にしています。そのためオタクの読者様には共感できるところがあったのではないでしょうか？

実際にこの小説を書いているときは、私自身もリオンハルトを推している気分になりました。とくにチドリアシ先生が描いてくださったリオンハルトが美しくて、毎回確認させていただくときはルルと同じようにペンラ片手に大興奮していました（笑）。

私の中でも『モブ以下令嬢』は書くのが楽しくて一瞬で書き終わった感じがあります。そのため、今回の番外編もノリノリで書き上げました。

今後のリオとルルは互いに足りないものや失くしたものを補いながら幸せに暮らしていくでしょう。物語の先は皆様の頭の中でも二人を幸せにしていただけますと嬉しいです。

ＷＥＢ版から読んでくださる読者の方、書籍で初めましての読者の方、そんな読者様たちがいるからこそ私は物語を書くことができております。本当にありがとうございます。

最後に書籍化についてお声がけいただいた編集担当者様、またオーバーラッププロサージュノベルスの編集部の方々、素敵なイラストで命を吹き込んでいただいたチドリアシ先生、書籍の刊行・販売に関わっていただいたすべての皆様に感謝申し上げます。

前澤のーん

Rosage Novels

不憫で最強の推しをモブ以下令嬢の私がいつの間にか手懐けていました

発行　2025年4月25日　初版第一刷発行

著者　前澤のーん

イラスト　チドリアシ

発行者　永田勝治

発行所　株式会社オーバーラップ
〒141-0031
東京都品川区西五反田8-1-5

校正・DTP　株式会社鷗来堂

印刷・製本　大日本印刷株式会社

ISBN　978-4-8240-1162-6 C0093

【オーバーラップ　カスタマーサポート】
電　話　03-6219-0850
受付時間　10時～18時(土日祝日をのぞく)

作品のご感想、ファンレターをお待ちしています

あて先：〒141-0031　東京都品川区西五反田8-1-5 五反田光和ビル4階　ライトノベル編集部
「前澤のーん」先生係／「チドリアシ」先生係

スマホ、PCからWEBアンケートにご協力ください

公式HPもしくは左記の二次元コードまたはURLよりアクセスしてください。
▶ **https://over-lap.co.jp/824011626**
※スマートフォンとPCからのアクセスにのみ対応しております。
※サイトへのアクセスや登録時に発生する通信費等はご負担ください。

ロサージュノベルス公式HP ▶ **https://over-lap.co.jp/rosage/**